Love of my life

Dieses Buch ist einem ganz besonderen Menschen gewidmet, der für immer in meinem Herzen sein wird.

Soulsista

Love of my life

Bibliografische Information der Deutschen Nationalbibliothek:
Die Deutsche Nationalbibliothek verzeichnet diese Publikation in der Deutschen Nationalbibliografie; detaillierte bibliografische Daten sind im Internet über http://dnb.dnb.de abrufbar.

TWENTYSIX – Der Self-Publishing-Verlag
Eine Kooperation zwischen der Verlagsgruppe Random House und BoD – Books on Demand

© 2019 Soulsista

Herstellung und Verlag:
BoD – Books on Demand, Norderstedt

ISBN: 978-3-740-75282-8

Inhaltsverzeichnis

Irgendwo in Deutschland 7

San Francisco 1998 75

Zeit des Leidens und der Hoffnung 84

Die Jahre vergehen 89

Neue Begegnungen 104

Das Konzert 125

Wenn Träume wahr werden 131

Das Leben nimmt seinen Lauf 142

Geplatzte Träume 146

Herzschmerzen 153

Die große Reise 158

Schwere Jahre 211

Das Unvermeidbare geschieht 229

San Francisco September 2018 256

Du bist in meinem Herzen……………...257

Irgendwo in Deutschland
November/Dezember 1997

Es war einer dieser kalten und grauen Novembertage, an welchen man sich abends lieber warm eingemummelt in eine Decke mit einer Tasse Tee und ein paar Keksen vor dem Fernseher gemütlich machte, als das Haus nochmal zu verlassen. Das Thermometer sank bereits unter fünf Grad und Nebel stieg auf.

Patrizia stand vor ihrem Kleiderschrank und überlegte was sie anziehen sollte. Bald würden die Freundinnen klingeln und sie abholen, denn sie hatten schon vor vielen Wochen, Karten für ein Konzert gekauft. Tim, ihr Ehemann hatte sie darauf aufmerksam gemacht, weil er wusste, wie gerne seine Frau Musik mochte. Ein für sie damals unbekannter Künstler aus Amerika, sollte an diesem Abend in ihre Stadt kommen. Patrizia liebte die Musik von Elvis, der neben seiner Rolle als „King des Rock'n'Roll", auch sehr gerne Gospels sang. Vor allem nach den Konzerten und im privaten Bereich, sang er die Kirchenlieder, um sich zu entspannen. Patrizia besaß erst seit kurzer Zeit ein christliches Album von Elvis und hörte gerne diese Lieder. Die neu entdeckte Liebe zur Gospelmusik, war groß, so dass es ein Muss war, bei einem Konzert in ihrer Nähe, dabei zu sein. Auch wenn sie den Interpreten noch nicht kannten. Einerseits hatte Patrizia an diesem Abend überhaupt gar keine Lust auszugehen und Leon, ihren kleinen Sohn, allein mit seinem Vater zu lassen, der momentan voll durch die Arbeit am Haus ausgelastet war. Andererseits konnte sie dringend ein wenig Abwechslung gebrauchen. Das Familienleben bestand derzeit nur aus dem Ausbau des Hauses, in welches sie und ihre Familie im Jahr zuvor, eingezogen waren. Idyllisch auf dem Land gelegen, stand es in der Nähe des kleinen Weihers, auf welchem im Sommer die Enten badeten. Im Winter, wenn es sehr kalt war, konnte man auf dem zugefrorenen Wasser, Schlittschuh laufen.

Doch das neue Eigenheim war längst nicht fertig gestellt. Zwei Zimmer, eine kleine Küche und ein winziges Bad waren die einzigen bewohnbaren Räume für die dreiköpfige Familie. Es gab noch keine Schlafzimmer. Leon, ihr Mann Tim und sie selber mussten in einem Sechs-Quadratmeter-Zimmer auf dem Boden schlafen, auf welchem zwei Matratzen lagen. Das waren keine optimalen Bedingungen für eine Ehe und sie hoffte, dass sich dieser Zustand bald ändern würde. Die Familie wusste, dass es anfangs im neuen Haus eng werden würde und sie einige Abstriche machen mussten. Tim nahm dies gelassen hin. Er hatte sein eigenes Tempo. So gab es fast jeden Tag Streit zwischen den Eheleuten, über das eine oder andere Thema zum Ausbau oder den Tagesablauf am Wochenende. Tim nahm sich keine Zeit mehr für seine Familie. So kam es, dass mit dem Einzug in das Haus vor neun Monaten, ein langsames, aber durch viele schwierige Umstände, ein leider unvermeidbares Auseinanderleben der beiden begann.

Patrizia hätte glücklich sein müssen. Ihre Schwägerin, die gleich nebenan ein Haus alleine bezogen hatte, beneidete sie, weil sie das bereits erreicht hatte, wonach die Schwester von Tim strebte. Ein Kind, ein solides Dach über dem Kopf, einen Ehemann mit einem sicheren Job und vieles mehr. Eine Familie eben, mit allem was dazu gehörte. Doch Patrizia wurde von Tag zu Tag betrübter. Tim war genervt, nach der Arbeit noch am Haus arbeiten zu müssen, aber sein Vater, dem das Haus gehörte, stand täglich vor der Tür, um am Ausbau mitzuhelfen damit es irgendwann einmal, fertig gestellt werden konnte.

Patrizias einziger Lichtblick war Leon, ihr Sohn. Es gab nichts mehr was wichtiger war in ihrem Leben. Sicher hatte auch sie Fehler gemacht und darüber hinaus, nach der Geburt ihres Sohnes, ihre Ehe vernachlässigt. Aber ihr kleiner Sohn brauchte sie doch voll und ganz, weil sich ja sein Vater kaum um ihn kümmern konnte. Oma und Opa beider Seiten waren anderweitig beschäftigt und so ergab sich das eben, dass Patrizia die wichtigste Bezugsperson für Leon wurde. Einzig Eve, Patrizias Schwägerin und Leons Patentante, die nebenan wohnte, unterstützte sie mit ein paar Stunden jeden Sonntag, wo Leon ins Nebenhaus ging, um mit ihr zu spielen. Leon war ein sehr liebes und sensibles Kind, das viel Wärme und Geborgenheit benötigt hatte. Patrizia ging voll auf in ihrer Mutterrolle und beschloss, dass es Leon niemals an etwas fehlen würde. Er war zu ihrem Lebensmittelpunkt geworden, seit sie ihn zum ersten Mal in ihren Armen hielt. Ein unglaubliches Gefühl. Versonnen saß sie auf ihrem Bett und machte sich Gedanken über die Zukunft. Sie wollte nicht undankbar sein, aber glücklich war sie auch nicht.

Ein Klingeln an der Tür riss Patrizia aus ihren Überlegungen, dieses Haus mit ihrer Familie bald wieder verlassen zu können. Würde sie hier je glücklich werden? Eigentlich wollte sie doch nie einziehen, denn es lag in einer sehr ruhigen Gegend und es gab kaum Nachbarn. Patrizia fühlte sich einsam und daher hoffte sie, schnellstmöglich wieder ausziehen zu dürfen. Das Haus hatte Tims Vater gebaut und sie bezahlten eine relativ günstige Miete. Er meinte es sicher gut mit der kleinen Familie, aber Patrizia wollte wieder weg. Ihre Meinung war jedoch nicht allzu sehr gefragt. Wo das Geld ist, ist die Macht. Das wurde ihr schnell verdeutlicht. Tims Vater hatte sie eines Tages, nach einem Streit, bereits aufgefordert, sich jemanden anderen zu suchen, der ihr ein Haus baute, wenn es ihr hier nicht passte. Und sie hatte die Rechnung ohne Tim gemacht. Er war stolz über seine Arbeit am Haus zusammen mit seinem Vater und er würde für ewig damit verbunden sein. Zum ersten Mal in seinem Leben, bekam er die Anerkennung von seinem Vater, nach welcher er sich die ganzen Jahre seines Lebens gesehnt hatte. Die Arbeit, die Tim leistete, ersparte dem Bauherrn mehrere tausend Euro. Tim und seine Familie sollten das Haus eines Tages bekommen. Durch einen Auszug hätte er seinen Vater verärgert und womöglich die Chance, das Heim eines Tages sein Eigen zu nennen, verspielt. Ein Umzug kam für ihn niemals in Frage. Jetzt konnte er sich und seinem Vater beweisen, was alles in ihm steckte. Doch auch er forderte Patrizia oft genug auf, wenn sie Streit hatten, zu gehen, sofern ihr das alles hier nicht gut genug wäre. Aber allein. Er würde nicht mitkommen. Damit war das Thema für Tim erledigt.

Patrizia hatte vorerst keine andere Wahl als durchzuhalten. Sie spielte des Öfteren mit dem Gedanken einfach wieder mit Leon auszuziehen und hoffte, Tim würde dann aus Liebe zu seiner Familie nachkommen. Doch aus finanziellen Gründen verwarf sie dieses Thema wieder. Denn Tim war ein sehr sturer Mensch. Es konnte passieren, dass er eben nicht nachkommen würde, obwohl er selber die Nase vom Ausbau voll hatte. Allein Patrizias Auszug hätte ihn dazu veranlasst, nicht das zu tun, was er eigentlich auch wollte. Patrizia entschloss sich zu bleiben. Sie wollte Leon ein Zuhause geben, in welchem er sicher aufwachsen konnte. Das Haus war nicht schlecht und es würde für drei Personen gerade reichen, wenn es dann ausgebaut wäre.

Von einer Dauerbaustelle war am Anfang keine Rede gewesen. Von den täglichen Besuchen des Schwiegervaters, auch nicht. Handwerker durften nur die allernötigsten Arbeiten übernehmen, denn wenn man zwei Häuser gleichzeitig baute, kostete das viel Geld. Eve war nebenan in derselben Situation, was den Ausbau betraf.

Wieder ertönte die Klingel an der Haustür.
„Ja, ja, ich bin doch schon auf dem Weg" rief Patrizia laut, so dass man es vor dem Haus hören konnte. Sie legte den roten Lippenstift zurück in das Kosmetiktäschchen und versprühte noch ein wenig ihres Lieblingsparfums, auf ihr frisch gewaschenes Haar. Tim machte keine Anstalten die Tür zu öffnen. Er wusste, dass es nur Patrizias Freundinnen sein konnten. Warum sollte er sich dann bemühen, vom obersten Stockwerk, in welchem er gerade mit seinem Vater handwerklich tätig war, nach unten zu kommen und die Türe zu öffnen. Deswegen würde er seine Arbeit nicht unterbrechen.
Eve stand mit Dana, einer gemeinsamen Freundin, vor der Tür und beide waren voller freudiger Erwartung auf den bevorstehenden Abend. Dana steckte momentan in einer unglücklichen Ehe fest und Eve war noch auf der Suche nach ihrer großen Liebe. Beide waren in Amüsierlaune.
"Wir gehen schon mal vor und besetzen uns die besten Plätze in der ersten Reihe", sagte Eve.
"Du kannst mit Susan ja dann nachkommen".
Susan, Patrizias Freundin seit Kindertagen, ließ noch auf sich warten.

"Alles klar, geht schon mal los, wir sehen uns nachher im Konzertsaal". entgegnete Pat, wie sie von allen ihren Freunden genannt wurde und war froh, noch ein paar Minuten ihrer Unlust das Haus zu verlassen, nachgeben zu können.

Leon saß in seinem kuscheligen Schlafanzug im Wohnzimmer auf dem Boden und spielte mit den vielen kleinen Autos, die er vor sich aufgebaut hatte. Er sah seine Mutter mit seinen wunderschönen blauen Augen an. Er war so entzückend. Tim ließ seinen Unmut oft auch Leon spüren, obwohl der Kleine nichts dafür konnte. Sobald er mit Patrizia Streit hatte, was leider in letzter Zeit sehr oft passierte, bekam dies auch Leon mit ab. Tim stieß den Kleinen damit ständig vor den Kopf, um so Patrizia zu bestrafen. Dafür hasste sie ihren Ehemann. Gewiss, er liebte beide, doch wenn er austickte, war alles zu spät und er machte keinen Unterschied mehr, wer vor ihm stand. Selbst Patrizias Eltern oder seine Schwester wurden von ihm ignoriert, wenn er wütend war. Einzig bei seinen Eltern traute er sich nicht so zu sein, wie er wirklich war. Seine Mutter konnte absolut nicht verstehen, warum sich Patrizia beklagte. Sie meinte dann nur, dass sie auch immer mit allem alleine da stand und sich ihr Mann, Tims Vater, auch wenig um den Nachwuchs kümmerte. Die Wutausbrüche von Tim nahm sie Patrizia nicht ab.
Leon war mit seinen dreieinhalb Jahren auch ein aufgewecktes und munteres Kerlchen, der ihr

jeden Tag den Mut gab durchzuhalten. Eines Tages würde sich alles ändern, hoffte sie.

Erneut klingelte es an der Tür. Jetzt stand Susan mit einem strahlenden Lächeln davor. "Los geht's, wir müssen uns beeilen sonst sind die guten Plätze alle weg." Patrizia beruhigte sie und erklärte, dass Eve und Dana bereits vorgegangen waren, um für sie den Platz freizuhalten. Susan entspannte sich und blickte Patrizia leicht skeptisch an als sie deren Gesichtsausdruck sah.
"Oh, ich habe heute so gar keine Lust aus dem Haus zu gehen, aber was soll's, wir haben die Karten und die beiden warten auf uns. Lass' uns gehen", sagte Patrizia zu Susan. Dann schnappte sie sich Leon und gab ihm einen dicken Kuss. Leon ließ sich kurz vom Spiel mit den Modellautos ablenken und umarmte seine Mama.
„Tschüss mein Allerbester, wir sehen uns morgen früh", verabschiedete sich Patrizia und lief zur Tür, während sie im Flur noch einen Abschiedsgruß hoch in die erste Etage schickte, von welcher das Surren einer Säge zu hören war.
"Viel Vergnügen" rief ihr Tim von oben zu, immer noch in seine Bauarbeiten versunken. Sein Vater war ebenfalls beschäftigt und verabschiedete sich mit einem kurzen „Adieu", von Patrizia und ihrer Freundin. Die Männer arbeiteten immer bis spät in die Nacht, weil sie erst gegen halb sechs Uhr abends mit der Arbeit begannen.

"Danke, aber bitte schau jetzt auch nach Leon", entgegnete Patrizia und ließ die Haustür ins Schloss fallen. Es dauerte eine Weile um sich auf den freien Abend einzustellen. Ihre Gedanken kreisten immer um Leon. Hoffentlich schaute Tim auch wirklich nach ihm. Von der oberen Etage konnte er ja schlecht sehen, was der Kleine unten im Wohnzimmer so anstellte.

Als sie mit Susan schließlich an der Konzerthalle ankam, waren wie vermutet auch schon die Parkplätze rar. Sie quetschten das Auto noch in eine schmale Lücke, die eigentlich gar kein offizieller Parkplatz war, in der Hoffnung niemand würde sich daran stören. Fünf Minuten vor Beginn des Konzertes liefen Patrizia und Susan in den Konzertsaal. Eve hatte es tatsächlich geschafft, zwei Plätze in der ersten Reihe freizuhalten. Das gefiel den beiden Freundinnen sehr gut. Patrizia, von Haus aus ungeduldig, freute sich, dass sie nicht lange warten musste, bis es los ging. Das Licht wurde gedimmt und die Stimmen der Zuschauer im Saal wurden leiser.

Fünf schwarze Musiker betraten die Bühne. Sie liefen zu ihren Instrumenten, die bereits aufgebaut waren. Ihnen folgten die Chormitglieder, die sich seitlich davon aufstellten. Nachdem alle versammelt waren, begann die Band zu spielen und die ersten Töne erfüllten den Saal. Gänsehaut machte sich breit. Wunderschöne Klänge drangen ins Ohr und Patrizia war begeistert. Nach einem kurzen Vorspiel betrat die Haupt-

person unter großem Applaus die Bühne. Er begrüßte das Publikum mit einem umwerfenden Lächeln im Gesicht. Seine Versuche Deutsch zu sprechen misslangen, doch seine Ausstrahlung machte alles wieder wett. Als Gospelfans hätten Patrizia und ihre Freundinnen ihn kennen müssen und wissen wer da nun vor ihnen bejubelt wurde, aber sie standen erst am Anfang ihrer Musiksammlung in diesem Genre.
Auf sein Zeichen hin, welches er mit einer Handbewegung seinen Musikern gab, legte die Band nun richtig los. Seine samtige und doch kräftige Stimme ließ die Bühne wie verzaubert wirken. Der kleine Chor neben ihm, welcher aus zwei Sängerinnen und einen Sänger bestand, rundeten die Lieder ab. Grandiose Stimmen füllten den Saal und das Publikum hörte begeistert zu. Eine göttliche Atmosphäre ward geschaffen, schöner hätte es nicht sein können. Patrizia und ihre Freundinnen wurden sofort mitgerissen von der Stimmung, die von der Bühne ausging und ihre Lustlosigkeit war komplett verflogen. Patrizia hatte Gänsehaut am ganzen Körper, obwohl es warm war im Saal. Musik wirkte schon immer auf ihre Gefühle und heute konnte sie wieder einmal feststellen, Musik ist Medizin. Man muss sich nur darauf einlassen.

Eve, die wie immer gerne Spaß machte, hatte schon Blickkontakt mit dem Keyboarder aufgenommen. Er lächelte ihr zu als er sah, wie Eve mit dem Kopf ein „Ja" nickend vor Begeisterung applaudierte.

So begann ein heftiger Flirt zwischen Bühne und der ersten Reihe, der Abstand betrug kaum zwei Meter, denn die beiden konnten nicht mehr die Augen voneinander lassen. Patrizia bemerkte dies und stupste Eve mit einem Augenzwinkern leicht in die Seite.
„Wer weiß, was der Abend noch bringen würde", dachte Eve so bei sich.
Erste Blickkontakte waren jedenfalls schon hergestellt.

Nach zwei Stunden Musikgenuss und mehreren wunderschönen klangvollen Zugaben war das Konzert leider zu Ende. Das Publikum, welches sich nicht mehr auf den Stühlen halten konnte, verabschiedete die Musiker und Sänger stehend mit tosendem Applaus. Eine tolle Stimmung, einfach herrlich. Völlig beeindruckt setzten sich die vier Freundinnen noch einmal auf ihre Stühle zurück.

Das Konzert war das Beste, was Patrizia je erlebt hatte und sie wusste sofort, da musste sie noch einmal hin gehen. Sie fühlte sich großartig. Aber auch ihre Begleiterinnen waren total begeistert, nicht zuletzt Eve, die einen großen Gefallen an der Gospelmusik gefunden hatte.
„Wir müssen den Tourneeplan studieren", sagte sie, „ein zweites Konzert würde mir sicher guttun, euch auch?" Patrizia nickte zustimmend.

Als die vier Freundinnen schließlich den Saal verließen, waren sie zu aufgeputscht, um schon

nach Hause zu gehen. Auf dem Parkplatz wurde eine ganze Weile lautstark diskutiert wie der Abend weitergehen sollte. „Wenn ihr noch lange quatscht, dann geht gar nichts mehr", rief Susan dazwischen „ich könnte eine Kleinigkeit essen, und ihr?"
„Ja, antwortete Patrizia lachend, „vom vielen Mitsingen ist meine Kehle ausgetrocknet. Ich würde gerne einen Drink nehmen."
Die Entscheidung fiel zunächst auf eine nahe gelegene Pizzeria. Alles Weitere würden sie dort besprechen.

Das Lokal war selbst zu dieser späten Uhrzeit noch gut gefüllt, doch sie hatten Glück und ergatterten einen kleinen Tisch mit vier Stühlen in der Mitte des Raumes. Das passte perfekt. Sie zogen ihre Jacken aus und hängten diese an die Stuhllehne. Neugierig schauten sie in die Runde, ob man nicht doch noch vielleicht jemanden kannte. Und siehe da, an dem großen Tisch ganz hinten im Lokal, erblickten sie zu ihrer Freude die Künstler von vorher. „Was für ein Zufall", lachte Patrizia. „Besser hätten wir es nicht treffen können. Der Abend sollte noch spannend werden." Eve jauchzte vor Glück und sofort erhaschte ihr Blick erneut den, des Keyboarders. Dana meinte, dass der Schlagzeugspieler auch ganz niedlich sei. Ja, niedlich waren sie alle, aber rund einen halben Kopf kleiner als Patrizia und Susan. Gespannt drehten nun alle vier Freundinnen den Kopf zu den Künstlern hinüber.

Edward Hoskins, so hieß der Hauptinterpret, erkannte sofort sein Publikum aus der ersten Reihe wieder und schickte ein sanftes Begrüßungslächeln an die Damenrunde.
„Wow" sagte Patrizia, dieser Mann hat etwas ganz Besonderes in seiner Art, obwohl er mindestens zwanzig Jahre älter sein wird, als wir es sind. Charisma nennt man das wohl." Sie schaute ihre Freundinnen zwinkernd an. Intensiv wurde nun darüber nachgedacht und diskutiert, wie sie mit dem Nachbartisch, heute Abend noch, ins Gespräch kommen könnten.
"Pat, geh doch mal rüber und frag Edward nach dem Text von dem berühmten Lied „Amazing Grace", wandte sich Susan fordernd zu ihr und lächelte dabei. „Du warst doch immer diejenige, die keine Hemmungen hatte, einfach jemanden anzusprechen. So kommt man schnell in eine Plauderei." „Ich, wieso ich?" entgegnete Patrizia schnell, „geh du doch mal selber los".
„Mein Englisch ist doch nicht so flüssig wie deines, außerdem findest du immer die richtigen Worte", konterte Susan.
Patrizia überlegte eine kurze Weile.
Eve ermunterte sie ebenfalls, den ersten Schritt zu machen und Kontakt aufzunehmen.
„Zuerst brauche ich einen Schluck zu trinken", antwortete Patrizia lachend und griff nach ihrem Glas Maracujasaft, welches der Kellner kurz zuvor serviert hatte. Dann ließ sie sich vollends überreden an den Nachbartisch zu gehen. Sie dachte schnell nach, was sie alles sagen oder fragen wollte. Als sie sich auf den Weg machte,

war sie etwas nervös. Zum Glück war ihr Englisch trotz der Babypause noch ganz gut und das gab ihr eine gewisse Sicherheit. Am Tisch angekommen, wurde sie von freundlichen Gesichtern empfangen. Es kam tatsächlich schnell eine kleine Unterhaltung zustande und Edward Hoskins schrieb ihr schließlich noch den gewünschten Liedtext auf die Rückseite der Eintrittskarte, welche Patrizia vor ihm auf den Tisch gelegt hatte. „Das würde auch ein schönes Andenken an diesen Abend sein", dachte sie so bei sich und versuchte die Handschrift zu entziffern. Den Musikern schien es zu gefallen, dass Patrizia an ihren Tisch gekommen war und sie hatten keine Scheu vor ihren Fans. Gerne unterhielten sie sich mit Ihnen und freuten sich über eine Rückmeldung, ob das Konzert denn den Besuchern gefallen hatte. Patrizia erzählte, wie begeistert sie und ihre Freundinnen von dem Abend waren und lobte die Musiker allesamt. Edward nickte zufrieden. Das deutsche Publikum erschien ihm manchmal zu teilnahmslos, da es sich erst am Ende des Konzerts von den Stühlen erhob. Er legte dies als Desinteresse aus, doch Patrizia konnte ihn beruhigen. Auch wenn alle fast regungslos da saßen, war dies kein Zeichen von Nicht-Gefallen, sondern eher des Genießens. Edward kannte dies aus seinem Land nicht. Bei heimischen Konzerten machte das Publikum aktiv mit. Es erhob sich schon am Anfang von den Plätzen, klatschte und tanzte, besonders in der Kirche. Patrizia musste lachen. So kannte sie ihre Landsleute tatsächlich nicht.

Als Patrizia nach ein paar Minuten wieder zurück an ihrem Platz angekommen war, spitzten die drei Mädels gespannt die Ohren, um zu hören, über was am anderen Tisch geredet wurde. Patrizia berichtete ihren Freundinnen alles haargenau und alle vier überlegten, wie sie den Kontakt halten könnten. Patrizia schlug vor, so zu tun, als wäre für die Freundinnen die Sache damit erledigt gewesen und würdigten dem Tisch fast keinen Blick mehr. „Wenn die Jungs auch noch Interesse hätten, würden sie dies schon irgendwie zeigen", bemerkte sie leise.

Der Kellner brachte das Essen. Es gab für alle leckere Pizza mit Salami und Salat dazu.
Eve hielt dennoch weiter Blickkontakt mit dem Keyboarder, während sie genussvoll in das Pizzastück, welches sie wie ein Kuchenstück in den Händen hielt, gebissen hatte. Alle vier hatten gute Laune, es wurde viel geredet und gelacht. Als sie nach einiger Zeit dann aber gehen wollten, schlug Patrizia vor, sich am Nebentisch noch zu verabschieden. „Schließlich gehörte sich das ja so", sagte sie. Die vier Gospelfans passierten den Tisch mit einem Lächeln im Gesicht und wünschten allen noch einen schönen Abend. Plötzlich erhob sich der Kerl, der zuvor das Schlagzeug spielte, vom Stuhl und meinte, dass sie den Abend noch nicht beenden müssten. Patrizia sah in seine Augen. Von ihm ging eine Magie aus, die ihr fast die Luft zum Atmen nahm. Was für ein schöner Mann, was für Au-

gen, was für ein umwerfendes Lächeln. Es war, als hätte sie der Blitz getroffen. Leicht benommen stupste sie Susan, die neben ihr stand, unauffällig in die Seite. „Siehst du, so geht das", flüsterte Patrizia ihrer Freundin leise ins Ohr". Dann schaute sie wieder den Schlagzeuger an. Es hatte geklappt, das Interesse den Abend weiter miteinander zu verbringen, war geweckt. Aber auch Eves Augen funkelten und die Freundinnen berieten wo man um diese Zeit, es war bereits kurz vor Mitternacht, noch zusammen hingehen konnte. Während diskutiert wurde, kam der Kellner mit der Rechnung. Edward bezahlte und die Musiker waren bereit zu gehen.

Susan schlug einen nahe gelegenen Nachtclub vor, da dieser bis fünf Uhr früh geöffnet hatte. Schließlich wollten sie nur noch zusammen etwas trinken gehen und sich ein wenig näher kennenlernen. Nachdem alle dem Vorschlag zugestimmt hatten, liefen die Freundinnen aufgeregt zu den beiden Autos. Drei Musiker aus der Band folgten ihnen neugierig. Patrizia fand es ziemlich spannend, den Abend mit Fremden zu verbringen und genoss die ungewöhnliche Atmosphäre. Sie blickte sich um und bot den Männern mit einer Handbewegung die Plätze in den Autos an. Unter ihnen war natürlich der Keyboarder. So stiegen nun alle ein und die Fahrt ging los. Zuvor wollten die drei Musiker noch kurz ins Hotel um zu Duschen und sich umzuziehen, denn so ein Konzert war ganz schön schweißtreibend. Das Hotel war glücklicherweise in fünf Minuten zu erreichen. Während die Musiker nach oben in ihre Zimmer gingen, setzten sich Patrizia, Susan, Eve und Dana in die Hotelhalle und warteten. Endlich, nach fast einer Stunde, kam einer nach dem anderen die Treppe herunter. Frisch geduscht und umgezogen. Als alle vollzählig waren, konnte es schließlich weiter gehen.

Gegen halb zwei erreichten sie den Club. Der Laden war nicht besonders voll und so fanden alle einen gemütlichen Platz an der Bar. Nun stellten sich die Musiker auch mit Namen vor: Jeff der Drummer, Curtis der Keyboarder und Jim der Bassist. Alle kamen sie aus der Gegend um San Francisco, Kalifornien. Jeff wählte den Hocker neben Patrizia. Er bestellte sogleich eine Karaffe Rotwein und bot Patrizia ein Glas an. Er hatte ein angenehmes After Shave aufgetragen und war ein äußerst sympathischer Mann, der sie mit seinen großen braunen Augen freundlich ansah. Patrizia zündete sich eine Zigarette an und hielt ihm die Schachtel hin. Er verneinte, weil er Nichtraucher war und bemerkte zugleich, dass es ihn nicht stören würde, wenn sie rauchte. Genüsslich sog Patrizia den Rauch ein, denn zuhause hatte sie sich das Rauchen verboten, um Leon davon zu verschonen. „Viele Eltern gehen mit diesem Thema viel zu leichtsinnig um", dachte sie. Ihr Nachwuchs sitzt in verqualmten Wohnungen und Autos und sie wunderten sich dann, wenn Krankheiten wie Asthma oder andere Atemwegserkrankungen auftraten. Doch auch Patrizia wusste, dass sie damit aufhören sollte. Eines Tages würde sie es schaffen. Während sie an ihrem Glas nippte, ertappte sie sich dabei, Jeff mehr und mehr interessant zu finden. Sie genoss seine Nähe. Er erzählte von der Tournee und dass er dieses Jahr Weihnachten nicht zu Hause sein würde. Das Leben eines Künstlers eben. Patrizia fand das alles sehr spannend. Eigentlich war es oft schon ihr Wunsch gewesen, in einer Eventagentur zu arbeiten und Künstler wie Edward Hoskins auf Tournee zu begleiten, um das Organisatorische zu übernehmen. Dabei wäre sie aber ständig unterwegs gewesen. Mit Kind undenkbar. Sie hatte sich dafür entschieden Mutter zu sein und nebenher ein paar Stunden zu arbeiten und nicht Karrierefrau zu sein und nebenher ein wenig ihr Kind zu erziehen. Da war sie altmodisch. Was konnte wichtiger sein, als das eigene Kind. Leon war jede Sekunde ihrer Zeit wert, die sie mit ihm verbrachte.

Nach einer kurzen Weile fragte Susan, ob jemand Lust hätte zu Tanzen. Patrizia nickte und sogleich liefen beide, mit den Hüften wippend zur Tanzfläche, als heiße Soulmusik aus den Lautsprechern ertönte. Eve und Dana waren in innige Gespräche mit Curtis und Jim vertieft. Susan und Patrizia liebten diese Musik schon seit ihrer Jugend und sie tanzten nach wie vor gerne leidenschaftlich dazu. Beide waren früher jedes Wochenende in der Disco gewesen, wo Patrizia auch Tim kennengelernt hatte. Susan,

immer noch auf der Suche nach ihrem Traummann, schaute sich unter den Tänzern um.
Nach ein paar Minuten gesellte sich Jeff zu ihnen. Patrizia fand das sehr mutig, zumal er es hier mit zwei großen Frauen zu tun hatte und er fast einen Kopf kleiner war. Aber es gefiel ihr auch, besser gesagt, Jeff gefiel ihr. Er war ein geschmeidiger Tänzer und sie nahmen in gerne in Ihrer Runde auf. Die Blicke von Jeff und Patrizia trafen sich hin und wieder als sich ihre Körper im Rhythmus der Musik bewegten. Da war eine gewisse Anziehung zwischen ihnen und Patrizia genoss den Zauber des Abends, wie schon lange nicht mehr. Da war so ein Gefühl, welches sie sich nicht genau erklären konnte. Gegen drei Uhr wurden alle so langsam müde, was sich bei dem einen oder anderen durch Gähnen bemerkbar machte. Patrizia hatte schon ein wenig ein schlechtes Gewissen, so lange weg zu bleiben. Doch sogleich fiel ihr ein, dass Tim, wenn er ohne sie ausging, nie vor fünf Uhr morgens heimkam. Sie dachte an Leon, der jetzt auf seiner Matratze am Boden lag und schlief und freute sich darauf, ihn bald wieder in ihrer Nähe zu haben.

Patrizia trommelte alle zusammen. „Wie sieht es bei euch aus", fragte sie in zwei Sprachen, „wollen wir uns mal wieder auf den Heimweg machen oder wollt ihr euch die ganze Nacht um die Ohren schlagen?"
Die Freundinnen nickten. Der Abend war wunderschön, aber morgen würde wieder die Pflicht

rufen und so beschlossen sie einstimmig, nach Hause zu fahren.

Zuerst brachten die Freundinnen die Musiker zurück ins Hotel. Curtis schien großen Gefallen an Eve zu finden und versprach ihr Freikarten für das nächste Konzert, welches am folgenden Abend, etwa dreißig Kilometer weiter weg, noch stattfinden würde. Eve war begeistert, aber Patrizia wusste nicht, ob sie sich nochmals einen Abend frei nehmen konnte. Susan und Dana klinkten sich aus, da sie andere Pläne hatten. Eve bedankte sich, doch sie ließ noch offen ob sie und Patrizia kommen würden oder nicht.

Gegen vier Uhr morgens waren alle wieder zu Hause angekommen. Der Nebel war dichter geworden und die Kälte durchdrang ihre Kleidung. Schlotternd verabschiedeten sie sich voneinander nicht ohne eine Frage von Eve: „Pat, wie sieht's aus heute Abend?" mit einem verschmitzten Lächeln sah sie ihre Schwägerin und gleichsam Freundin hoffend an. „Du musst meinem Bruder klarmachen, dass wir Freikarten haben und diese nicht verfallen lassen können".
„Ich werde sehen, was ich tun kann" erklärte Patrizia mit einem müden Lächeln, „aber jetzt muss ich erst einmal schlafen, Leon wird schon bald wieder wach sein. Gute Nacht."

Leise schloss Patrizia die Haustüre auf und ging auf Zehenspitzen ins Haus. Sie bevorzugte die Nacht im Wohnzimmer auf der Couch zu verbringen, um die beiden „Männer" nicht aufzuwecken. In dem kleinen Schlafgemach spürte man jede Bewegung des anderen.

Patrizia konnte nicht gleich einschlafen, ihre Gedanken kreisten noch eine Weile um den Abend. Jeff ging ihr nicht mehr aus dem Sinn. Sie spürte, dass sie trotz ihrer Müdigkeit irgendwie aufgedreht war. Schäfchen zählen war angesagt.

Ruck zuck kam der Sonntagmorgen und Leon zupfte an ihrer Decke: „Mama, guten Morgen, warum liegst du hier"?
Patrizia öffnete verschlafen die Augen. Kaum zwei Stunden hatte sie schlafen können.
„Guten Morgen mein Süßer" nuschelte sie, „ich wollte euch gestern Abend nicht aufwecken, weil es ziemlich spät wurde. Was habt ihr denn gestern noch Schönes angestellt?"
Leon erzählte, dass sein Vater erst nach einer ganzen Weile zu ihm nach unten kam und er solange das Kinderfernsehen beim Abendbrot genießen konnte. Aber dann hätten sie mit seinen Legos ein Flugzeug gebaut. Stolz hielt er es in den Händen und zeigte es seiner Mama.
Leon war fasziniert von Flugzeugen und sein innigster Wunsch, das war ihm schon von klein an klar, war es, Pilot zu werden.
„Oh, wie schön" entgegnete Patrizia und erhob sich von der Couch.
„Na dann machen wir mal das Frühstück", sagte sie zu ihrem Sohn.

Leon folgte ihr barfuß in die Küche.
Tim schlief wie alle Tage, wenn er frei hatte, bis halb elf, so dass es selten ein gemeinsames Frühstück gab. Überhaupt verbrachte Patrizia die meiste Zeit allein mit Leon. Wenn man den kleinen Fratz fragte, wo sein Vater ist, antwortete er immer mit den Worten: „Bei der Arbeit."

Seit dem Einzug in das neue Haus stand es um die Ehe der beiden nicht mehr gut. Schnell gerieten sie in Streit und wenn Tim ausrastete, war dies kein normaler Streit mehr. Da flog schon mal der Blumentopf durchs Zimmer. Es dauerte meist ein paar Stunden, bis Tim sich ausgetobt hatte. Hinterher tat es ihm zwar immer leid, aber beherrschen konnte er sich auch nicht. Er erklärte, dass er dann ein anderer Mensch sei, mehr oder weniger die Kontrolle verlor. Tim hatte zwei Seiten. Solange für ihn die Welt in Ordnung war, konnte er ausgeglichen, freundlich und liebevoll sein. Patrizia verwöhnte er vor allem mit Geld und Geschenken. Damit versuchte er seine „Aussetzer" wieder gut zu machen. Sie hoffte, dass sich dies eines Tages ändern würde, denn sein Verhalten war äußerst aggressiv und gewalttätig, wenn er wieder seinen speziellen Moment hatte. Niemand außer Leon und Eve kannten Tim wie er wirklich war. Nach außen hin galt Tim als ein bescheidener, ruhiger und netter Mann, der eine Frau mit zu viel Temperament geheiratet hatte, weil Patrizia immer diejenige war, die das Wort ergriff. So dachten zumindest seine Eltern, die Patrizia dafür verantwortlich machten, wenn ihr Sohn doch einmal ein schlechtes Verhalten an den Tag legte. Sie meinten, dass Patrizia ihn mit Worten provozieren würde. Doch das Ausrasten ihres Sohnes kannten sie nicht. Manchmal hatte Patrizia sogar Angst vor ihm, besonders dann, wenn er den „Knopf" bei sich umlegte und außer Kontrolle geriet. Patrizia liebte Tim dennoch. Sie war sich sicher, dass er aus seiner Kindheit geprägt war und im Prinzip nichts für sein Verhalten konnte. Tim gab selber einmal zu, dass seine Kindheit nicht besonders schön und liebevoll war. Aber entschuldigte das alles? Nur Leon sollte und durfte davon nichts mitbekommen. Patrizia bekam manchen Schlag oder Fußtritt von ihrem Ehemann ab. Wenn er sich dann zu Hause ausgetobt hatte, zog er sich an und verschwand. Er kam nie vor fünf Uhr morgens wieder zurück. Sein Bedürfnis alleine zu sein, trieb ihn in die Nachtclubs, wo er sich ein oder zwei Bier genehmigte. Patrizia blieb dann allein mit Leon zurück. Tim hatte seit seiner Kindheit Aggressionen in sich, die er nie aufgearbeitet hatte. Eine Therapie hätte ihm sicher geholfen, doch er selbst sah nicht den Grund dafür.

Da Patrizia sich in ihrem neuen Zuhause nie so richtig wohlgefühlt hatte, machten sich manchmal körperliche Beschwerden wie Herzstolpern und Herzrasen bei ihr bemerkbar. Der Arzt bescheinigte ihr, dass das Herz gesund sei, wohl aber die Seele leidet. Tim scherte das wenig. Er zeigte kaum Mitgefühl seinen Mitmenschen gegenüber. Tim meinte, dass Patrizia einen Psychiater gegen ihre körperlichen Beschwerden brauchte und damit war die Sache für ihn erledigt.

Am Frühstückstisch schweiften Patrizias Gedanken ab und sie überlegte, wie sie einen weiteren Abend ausgehen konnte. Sie musste Tim in guter Stimmung erwischen und das gelang meist am besten beim Mittagessen. Sie erzählte Leon zuerst, dass sie heute Abend noch einmal mit seiner Tante ausgehen wollte, da sie Freikarten geschenkt bekommen hätten. Leon machte sich nichts daraus.

Tim zeigte sich den ganzen Sonntag schlecht gelaunt. Beim Mittagessen redete er kein Wort. Er schaute weder Leon noch Patrizia an. Das Familienleben litt darunter, wie schon so oft. Irgendetwas schien Tim wieder über die Leber gelaufen zu sein und seine Familie musste das ausbaden. Patrizia kannte dieses Verhalten von ihrem Ehemann schon eine ganze Zeit lang, sodass ihr nur eins übrig blieb: Tim aus dem Weg zu gehen. Nachdem sie die Küche aufgeräumt hatte, schnappte sie sich Leon und die beiden spazierten in der schwachen Herbstsonne um den nahe gelegen Weiher. Leon hatte Spaß, mit den mitgebrachten Brotresten, die Enten zu füttern und hüpfte freudig umher. Patrizia spürte die kühle Herbstluft und schlang ihren roten Schal noch enger um den Hals, während sie darüber nachdachte, was sie am Abend anziehen wollte. Gegen vier Uhr waren beide wieder zu Hause. Patrizia kochte Kaffee und bot Tim ein Stück von ihrem selbstgebackenen Marmorkuchen an, der in der Küche im ausgekühlten Backofen stand. Ohne Worte setzte er sich an den Tisch, trank den frischgekochten Kaffee und aß den Kuchen dazu. Patrizia nutzte die Gelegenheit für ein Gespräch mit ihm. Sie fragte ihn, ob er Stress bei der Arbeit hätte. Tim antwortete kurz: „Mein Chef ist so ein Idiot." Mehr sagte er nicht dazu. Patrizia wusste, dass der Moment zwar nicht günstig war, aber sie erzählte Tim, was sie am Abend vorhatte. Schließlich blieb nicht mehr viel Zeit bis dahin. Tim drehte langsam den Kopf zu seiner Frau hinüber und fragte: „Ist es denn notwendig, dasselbe Konzert noch einmal zu hören?" Er war wenig begeistert, als er erfuhr, dass seine Frau erneut einen Abend ausgehen wollte. Patrizia war auch nicht wohl dabei, Leon allein bei seinem übel gelaunten Vater zu lassen. Sie war kurz davor ihrer Schwägerin für den Abend abzusagen. Der Kleine merkte, dass etwas nicht stimmte und verschwand in das provisorische Schlafzimmer. Leon konnte sich auch gut alleine beschäftigen. Patrizia ging es hauptsächlich darum, dass Tim im Haus war und ein Auge auf ihren gemeinsamen Sohn warf, wenn sie nicht da war. Sie hatte bereits das Abendessen vorbereitet, damit Tim keine Arbeit damit hatte. Später musste er nur noch Leon zu Bett bringen. Mehr konnte sie nicht erwarten. Gegen Abend meldete sich Eve um die Lage bei ihr zu erforschen. Patrizia sagte ihrer Freundin mit schlechtem Gewissen zu, erneut mit zum Konzert zu gehen.

Eine gute Stunde vor Konzertbeginn machten sie sich in Patrizias Auto auf den Weg.
Eve beruhigte Patrizia, als sie von Tims mieser Laune erzählte: „Das wird schon gut gehen. Wirst sehen, wenn wir weg sind geht er auf Leon zu und beschäftigt sich mit ihm. Er freut sich bestimmt darauf, den Abend mit ihm alleine verbringen zu können. Und wenn er dich mit Ignoranz bestraft, dann kommt das daher, dass wir das zu Hause gelernt haben. Meine Eltern haben uns niemals geschlagen, wenn wir etwas angestellt haben oder ihnen etwas an unserem Verhalten nicht gepasst hatte, aber dafür haben sie uns spüren lassen, dass wir für sie nicht anwesend waren." Patrizia seufzte. "Das ist keine Entschuldigung", entgegnete sie forsch. „Wenn er mit mir ein Problem hat, braucht er es nicht an seinem Sohn auszulassen. Das Verhältnis zu ihm wird sehr darunter leiden, auch für die Zukunft."
Eve nickte zustimmend. Ihr Bruder Tim war teilweise sehr schwierig in seinem Verhalten.

Nach etwa fünfzig Minuten auf der Autobahn waren Eve und Patrizia fast am Ziel. Die Lichter einer größeren Stadt empfingen die Freundinnen an diesem Abend. Das weiße Golf-Cabriolet von Patrizia bog in den Schotterparkplatz ein und die beiden schauten sich um, eine freie Lücke zu finden. Wieder waren alle Plätze schon

belegt. Es war kurz vor Konzertbeginn und sie hatten es eilig zum Eingang zu kommen. Patrizia steuerte den Wagen um das große Gebäude herum, um irgendwo eine Parklücke zu finden.
„Wie sehe ich aus" begann Eve.
Patrizia gab ihr lachend zur Antwort: „Besser als gestern, da waren deine Haare etwas wild durcheinander, aber du hast es ja trotzdem geschafft den Typen auf dich aufmerksam zu machen."

Patrizia parkte den Wagen am Hintereingang, wo eigentlich gar kein offizieller Parkplatz für Besucher vorhanden war. Aber wer sollte etwas dagegen sagen? Es war keine Menschenseele zu sehen. So kurz vor dem Konzertbeginn waren alle beschäftigt. Solange niemand kam und sie weg schickte, ließ Patrizia ihr Auto einfach stehen. Sie parkte direkt neben dem großen Bus des Edward Hoskins, in welchem er und seine Musiker durch einige Länder in Europa tourten. Eilig stürmten die beiden Schwägerinnen nun in den Konzertsaal und glücklicherweise waren in der zweiten Reihe noch wenige Plätze frei. Patrizia mochte nicht so gerne inmitten der Menge sitzen und sie war sehr froh über die beiden Plätze, welche sich am Rand boten. Vor Ihnen saßen zwei Männer und einer davon schien etwas aufgedreht zu sein, denn er wedelte ständig mit seinem weißen Schal in der Luft herum und zog so die Aufmerksamkeit anderer Konzertbesucher auf sich. Beide Männer unterhielten sich dabei angeregt und laut. Eve blinzelte, als sich

der Jüngere umdrehte, doch Patrizia stupste sie in die Seite und flüsterte: „Schau weg, der hat sie doch wohl nicht mehr alle. Die Leute denken ja, wir sind genauso verrückt."
Eve schmunzelte und wandte sich wieder voll und ganz ihrer Freundin zu, als plötzlich das Licht ausging und fünf schwarze Musiker auf die Bühne traten. Die Szenerie kam ihnen bekannt vor.
Eve und Patrizia waren auch an diesem Abend bester Laune, es würde sicher wieder ein gelungenes Konzert werden. Das Programm war zwar dasselbe wie am Vorabend, doch man konnte die Lieder nicht oft genug hören. Das Publikum schien ebenso begeistert wie gestern. Nach der Pause bemerkten sie, dass der ältere der beiden Männer vor Ihnen gähnte und Patrizia konnte sich den Kommentar, „dann sitzen Sie doch auf unsere Plätze und wir können nach vorne kommen, wenn Sie fast einschlafen", nicht verkneifen. Die Männer blickten verwundert auf, aber zu ihrer beider Erstaunen, willigten sie ein. Schnell wurde die Sitzreihe getauscht und endlich war der Blickkontakt zu Curtis besser, was Eve natürlich gefiel.

Am Ende des Konzertes gab es Standing Ovation und der Saal tobte. Dies war wieder Musik der Extraklasse und mehr und mehr wurde Patrizia bewusst, wen sie und ihre Freundin da auf der Bühne bestaunten. Die Gospelgröße schlechthin, der Superstar des Genres. Kurz nachdem der Vorhang gefallen war und das

Licht den Saal wieder hell erleuchtete, erschienen Curtis und Jeff vor der Bühne und begrüßten Patrizia und Eve. Sogleich gesellte sich einer der schrägen Typen, die mit ihnen die Plätze getauscht hatten, zu ihnen und plapperte munter mit den Musikern. Patrizia war verärgert. „Was mischt denn der sich jetzt ein?", sagte sie zu Eve. „Der hat sie doch wirklich nicht alle. Das ist unsere Verabredung."
Der junge Mann bemerkte ihren Missmut und stellte sich vor: „Ich bin Mike und das ist mein Vater und wir kommen hier aus der Gegend. Da ich auch Musiker bin und der größte Fan von Edward Hoskins, würde ich die Jungs gerne zu mir nach Hause einladen. Ihr beiden seid natürlich auch herzlich willkommen". Eve blickte skeptisch fragend zu Patrizia: „Der scheint ja ganz nett zu sein, wollen wir mitgehen? Immerhin hat er uns freiwillig seinen Platz ganz vorne überlassen". Patrizia überlegte kurz und nickte: „OK, sieht so aus als würden wir uns die Musiker heute Abend teilen müssen". Als sie einwilligten mitzukommen, nickten alle zufrieden.
Auch für die Musiker war es ungewöhnlich, vom Konzert weg, irgendwo hin nach Hause eingeladen zu sein. Curtis und Jeff vermuteten, dass sich die anderen untereinander kannten. Ihnen war nur wichtig da zu sein, wo Patrizia und Eve sich aufhielten.

Mutig stieg Eve mit Curtis in das Auto von Mike und seinem Vater ein. Patrizia, mit Jeff im Wagen, fuhr ihnen hinterher. Immer noch etwas zweifelnd, wo die Reise hingehen sollte, unterhielt sie sich während der Fahrt mit ihrem Beifahrer. Sie klärte Jeff darüber auf, dass sie die beiden Männer auch nicht kannte. Jeff staunte und sagte: „Na dann müssen wir auf jeden Fall hinter ihnen bleiben, damit wir sie nicht aus den Augen verlieren." „Ja", antwortete Patrizia, „ich kenne nicht einmal deren Adresse". Jeff sah sie von der Seite an. Patrizia gefiel ihm sehr gut. Ihre charmante Art mit ihm zu sprechen, ihr herzliches Lachen und ihr Humor waren genau das, was er bei einer Frau suchte. Er wollte unbedingt mehr über sie erfahren.

Nach einer kurzen und schnellen Fahrt in eine ländlichere Gegend, erreichten sie das Haus von Mike. Es war sehr groß und hatte zwei Stockwerke. Als sie es betraten, sahen sie im Inneren unzählige Musikinstrumente stehen. Mike war im Vertrieb tätig und er hatte tatsächlich Ahnung von Musik, wie sich bald heraus stellte. Das Haus war wirklich beeindruckend. Die schönsten und wertvollsten Orgeln und Flügel bekannter Hersteller, standen auf beiden Etagen und sogar noch im ausgebauten Keller, um verkauft und auch um bespielt zu werden. Die Wände waren mit Fotos berühmter Musiker dekoriert, die hier schon einmal zu Besuch waren. Der berühmteste Gast war James Brown persönlich, welcher hier nach einem Konzert mit seiner Entourage weilte. Voller Stolz erzählte Mike von seiner Freundschaft mit dem „Godfather des Soul". Aber auch deutsche Künstler, wie zum Beispiel Udo Jürgens, spielten bereits in diesen Räumen auf dem weißen Flügel. Patrizia und Eve waren begeistert. So entdeckte jeder schnell seinen Lieblingsplatz in den großen Räumen, auf welchem man es sich bequem machen konnte. Zuvor zeigte Mike seinen Gästen noch eine ganz besondere Hammond Orgel, eine B3, welche für ihren exzellenten Sound bekannt war. Doch diese gehörte Mike und war unverkäuflich, da sich auf den Seitenwänden diverse Musikgrößen mit einem Autogramm verewigt hatten. Staunend blickten Eve und Patrizia auf die Unterschriften, als Mike ihnen erklärte, zu wem sie gehörten. Man konnte nette Grußworte von einer Vielzahl von Musikern aus der ganzen Welt bestaunen. Dann holte er einen wasserfesten Filzstift mit dunkelblauer Mine hervor und gab ihn Jeff. Gerne unterzeichnete auch er auf der weißen Seitenwand der Hammond B3. Anschließend reichte er den Filzstift an Curtis weiter, damit auch er hier bei Mike, unvergessen blieb. Mike freute sich sehr über weitere Autogramme herausragender Musiker, auf der Orgel. Seine Augen leuchteten im hellen Licht der Scheinwerfer, die an der Decke angebracht waren.

Patrizia fand das alles sehr anregend und interessant. Mike und sein Vater waren herzliche Gastgeber und überaus freundliche Zeitgenossen. Das hätten die beiden Freundinnen anfangs, als sie die beiden Männer beim Konzert zum ersten Mal sahen, nicht vermutet.

Mikes Vater, dessen Müdigkeit wieder verflogen war, brachte Rotwein und ein paar Gläser. Dazu stellte er eine Schale mit gesalzenen Erdnüssen. Die Stimmung war prächtig und ausgelassen, nicht zuletzt, weil aus allen Ecken des Hauses Musik erklang. Eve saß mit Curtis zusammen auf einer mit Stoff bezogenen Bank, die vor einer weiteren kostbaren Hammond Orgel platziert war. Der passionierte Musiker begann sogleich zu spielen. Patrizia und Jeff fanden etwas abseits eine gemütliche Couch und sie lauschten den sanften Tönen. Beide hatten ein Glas Rotwein in der Hand. Jeff, der sich etwas zu Patrizia hinüber lehnte, flüsterte ihr ab und zu etwas ins Ohr. Patrizia lächelte dabei. Sie fühlte sich in Jeffs Gegenwart wohl wie nie und wünschte sich sehnlichst, dass dieser herrliche Abend nicht so schnell zu Ende gehen würde. Jeff entsprach eigentlich nicht dem Typ Mann, auf den sie früher geschaut hatte, bevor sie Tim kennenlernte, doch er strahlte eine Wärme aus und hatte eine Art an sich, die sie vollkommen einnahm. Jeff, der ein paar Jahre älter und fast einen Kopf kleiner war als sie selber, hatte dieses unwiderstehliche Lächeln, wie kein anderer. Sein Charme und sein freundliches Wesen wirkten betörend auf Patrizia. So einem Mann war sie noch nie begegnet.

Sie redeten über Dies und Das. Patrizia merkte sehr bald, dass er keiner dieser üblichen Musiker war, die nur auf das Eine, nach den Konzerten, mit ihren Groupies hinauswollten. Jeff war anders. Tiefsinnig, bescheiden, bodenständig und unvergleichlich. Bei Curtis hingegen sah das schon nicht mehr so aus. Er „baggerte" was das Zeug hielt bei Eve. Sie schien die Aufmerksamkeit zu genießen. Es wurde gelacht und getrunken, alle hatten viel Spaß. Patrizias Meinung zu Mike, ihrem Gastgeber, änderte sich fortan. Im Prinzip war er ein cooler Typ und eben nicht so ein Spießer. Das gefiel ihr ganz gut. Man musste die Menschen eben erst ein wenig kennenlernen, bevor man sie einschätzen konnte. Das wurde ihr nun auch klar und sie schämte sich ein wenig, wegen ihrer anfänglichen Vorurteile ihm gegenüber.

Gegen fünf Uhr morgens war die Party vorbei und alle verabschiedeten sich voneinander. Patrizia drückte Jeff einen zarten Kuss auf seine rechte Wange und flüsterte ihm ein „Dankeschön" ins Ohr. Jeff schaute sie leicht verlegen an. Mit einem Kuss von Patrizia hatte er nicht gerechnet. Er lächelte und seine Augen hatten wieder dieses Strahlen, welches Patrizia von Anfang an faszinierte. Curtis versprach Eve weitere Freikarten, als sich die beiden voneinander verabschiedeten. Bereits in zwei Wochen sollten sie sich wieder treffen. Die Künstler waren noch vier Wochen auf Tournee in Deutschland und in Frankreich.

Gähnend traten Eve und Patrizia die Fahrt nach Hause an. Es war bereits der zweite Abend in Folge, an dem es ungewöhnlich spät geworden war. Zum Glück hatten die beiden Schwägerinnen nicht weit zu fahren, dennoch gab es für Eve keine Gelegenheit mehr ins Bett zu gehen. Der Montagmorgen kam gnadenlos. Sie hatte Dienst und musste Arbeiten. Sie hoffte, eine weitere durchfeierte Nacht, in ihrem Alter noch gut überstehen zu können. Eine kalte Dusche und eine große Tasse Kaffee würden die Müdigkeit vertreiben. Am Abend wollte sie früh zu Bett gehen und den fehlenden Schlaf nachholen.

Patrizia legte sich zunächst auf die Couch ins Wohnzimmer. Schlafen konnte sie ohnehin jetzt nicht. Gleich würde Tim aufstehen. Zum Glück hatte er nicht mitbekommen, dass es heute noch später als gestern geworden war. Sie schloss die Augen und wartete ab. Als sie Tim ins Bad gehen hörte, stand sie schnell von der Couch auf und schlich sich ins sogenannte Schlafzimmer. Da lag ihr süßer kleiner Leon und träumte vom Baggerfahren und Flugzeugfliegen. Sein Anblick rührte sie. Sie legte sich neben ihn und schlief zufrieden ein.

Die Tage danach plätscherten dahin wie immer und Patrizia fühlte sich mit einem Kind nicht ausgelastet. Gerne hätte sie stundenweise wieder gearbeitet. Sie schrieb einige Bewerbungen und wartete ungeduldig auf die Antworten der zukünftigen Arbeitgeber. Dazwischen träumte sie von einer anderen Umgebung. Die Konzertabende mit Eve gefielen ihr besonders gut. Sie wäre gerne in die Welt der Künstler mit eingetaucht. Doch die Realität sah anders aus. Der tägliche Spielplatzbesuch mit Leon war für sie auch nicht so prickelnd. Windeln wechseln, Marmelade einkochen oder Ausflüge mit dem Heimatverein waren die Hauptthemen der anderen Mütter vor Ort. Es interessierte sie nicht, wann Fritzchen mit den roten Haaren zum ersten Mal nicht mehr in seine Windel gepinkelt hatte, oder warum die kleine pummelige Teresa immer neben dem Topf ihr Geschäft verrichtete. Aber da gab es ein Highlight, auf welches sie sich freute. Dies war natürlich kein Thema für die Spielplatzrunde, denn als Mutter treibt man sich ja in den Nächten nicht auf Konzerten herum und feiert Partys mit den Musikern.

Patrizia freute sich wie eine Schneekönigin als das nächste Musikevent endlich bevorstand. Eve konnte sich den halben Nachmittag im Büro freinehmen und früher als sonst Feierabend machen, so dass einem weiteren Abend mit den Musikern, zwei Autostunden entfernt, nichts im Wege stehen würde. Patrizia war sehr gespannt, wie es mit Jeff weitergehen sollte, denn Curtis hatte bei seinem letzten Telefonat mit Eve ein paar Andeutungen gemacht. Jeff schien sich ernsthaft für sie zu interessieren. Auch Patrizia dachte sehr oft an ihn, obgleich sie wusste, dass es sinnlos war, sich in Jeff zu verlieben. Immerhin war sie verheiratet und Jeff, der Neffe von Edward Hoskins und sie kamen aus zwei verschiedenen Welten. Aber war das nicht genau seine Welt, die sie so sehr interessierte? Doch das Wichtigste in ihrem Leben war Leon und er brauchte Beständigkeit und nicht die Tagträume seiner Mutter. Dennoch konnte sie das nächste Treffen kaum erwarten. Sie fügte sich ihrem Schicksal und ließ alles auf sich zukommen.

Es war der Tag, an welchem Leon eine Nikolausfeier im Kindergarten hatte. Diese wollte sie auf keinen Fall versäumen und die Familie machte sich gemeinsam gegen vier Uhr nachmittags auf den Weg. Heute war Tim wieder an der Reihe auf Leon aufzupassen. Dies rief natürlich nicht gerade Begeisterung in ihm hervor, denn er musste am Innenausbau des Hauses ungestört weiterarbeiten können. Doch Patrizia hatte deswegen kein schlechtes Gewissen. Wegen ein paar Abenden verzögerte sich das Bauprojekt nicht gleich um Jahre. Dafür gab es ganz andere Gründe. Nämlich die Unlust bei Tim, überhaupt weiter zu machen. Der Berg an Arbeiten, die vor ihm lagen, war einfach zu hoch. Und Patrizia wollte sich auf keinen Fall die Chance auf ein weiteres Musikerlebnis entgehen lassen.

Gegen fünf Uhr verließ sie den Kindergarten und hastete zu Eve. Diese wartete schon ungeduldig im Wagen.
„Ich komme ja schon", rief Patrizia ihr entgegen. „Fährst du oder ich?"
„Am besten du, ich hatte einen stressigen Tag im Büro, obwohl ich heute früher gehen konnte", entgegnete Eve.

Der Wagen kämpfte sich durch den Feierabendverkehr und pünktlich um sieben Uhr betraten die beiden den Haupteingang der Konzerthalle, nachdem sie noch in letzter Sekunde einen Parkplatz gefunden hatten. Wie auch beim letzten Mal waren an der Kasse zwei Karten für die erste Reihe auf ihre Namen hinterlegt.

Sogleich, als sie ihre Plätze eingenommen hatten, wurde es dunkel im Saal und Musik erklang. Patrizia beobachtete die Musiker und sah, wie sich Jeff mit den Augen fragend, an Curtis wandte. Er hatte die bessere Sicht auf das Publikum und als er Jeff aufmunternd zunickte, wusste nun auch er, dass Patrizia und Eve im Publikum saßen. Jeff war es also wichtig, dass sie heute Abend gekommen waren. Patrizia fühlte sich sehr gut in diesem Moment. Da war jemand, der sie wahrnahm und Wert auf ihre Anwesenheit legte.

Das Konzert war wieder einmal wunderschön und das Publikum bestätigte dies erneut mit Bravo-Rufen und der Bitte um eine Zugabe. Nach drei weiteren Liedern war das Konzert dann schließlich zu Ende. Alle verließen nun ihre Plätze, bis auf Patrizia und Eve. Sie warteten auf Jeff und Curtis. Sie beobachteten, wie ein paar Männer die Instrumente der Band abbauten und sie in die dafür vorgesehenen Kisten packten, die seitlich an der Bühne standen.

Nachdem der Saal bereits fast leer war, kamen Jeff und Curtis hinter dem Vorhang hervor und begrüßten ihre beiden Gäste. Patrizia war erstaunt über den Kuss auf ihre Wange, den ihr Jeff gab. Aber sie fühlte sich sehr wohl, wenngleich sich ihr schlechtes Gewissen meldete. Eve sagte nichts dazu, dass ein Mann die Frau ihres Bruders küsste. Sie wusste, wie unglücklich Patrizia war. „Was soll's", dachte Patrizia. Es war doch nur ein Kuss auf die Wange. In vielen Ländern gehörte der Begrüßungskuss einfach dazu. Oder hatte ihr der Kuss etwa gefallen und wünschte sich noch mehr? Sie fing an, sich wie ein Teenager zu fühlen.

Bei einem gemeinsamen Abendessen wurde viel erzählt und jeder bekam nun ein klein wenig eine Vorstellung, wie der andere in seinem Land lebte. Das Leben eines Musikers war aufregend und interessant, aber auch anstrengend. Statt Weihnachten zu Hause zu sein, mussten sie sich in diesem Jahr, nach dem Weihnachtskonzert in der Kirche, in irgendeinem Hotel in Frankreich aufhalten. Das erschien ihnen nicht sehr besinnlich.

Patrizia liebte Weihnachten mit der Familie und obwohl sie sich so ein Tourneeleben auch vorstellen konnte, waren ihr doch ihre Lieben wichtiger. Ihr Traumberuf Schauspielerin zu werden, wurde durch diese Tatsache mitbestimmt und somit immer wieder verworfen. Kleine Komparsen Rollen beim Fernsehen, die sie zwischendurch ergatterte, kamen da gerade recht und waren eine schöne Abwechslung, zu ihrem manchmal ereignislosen Alltag.

Der Abend nahm seinen Lauf. In der Hotelhalle gönnten sich die vier noch einen Drink, bevor Eve zum Aufbruch drängte. Es war bereits nach Mitternacht und zwei Stunden Fahrt lagen vor ihnen. Bei der Verabschiedung lag Wehmut in der Luft und keiner konnte sich vorstellen, dass dies nun ein Abschied für immer sein sollte. Curtis kramte den Tourneeplan hervor um zu sehen, wo es mit den Konzerten in Deutschland weiterging, bevor sie nach Frankreich fuhren. Patrizia las die Städte, die auf der Liste standen, laut vor. In der Tat gab es noch eine Chance sich wiederzusehen, dies würde aber mit einer Übernachtung verbunden sein.
„Dann nehme ich Leon einfach mit", sagte Patrizia und schaute in die Runde. Jeff blickte erfreut auf. Er fand es schön, auch Patrizias Sohn einmal kennen zu lernen. Eve nickte zufrieden und alle waren von der Idee angetan.
„Ja, warum nicht. Musikalische Früherziehung nennt man das", konterte sie herzlich.
„Tim würde nichts dagegen haben, denn schließlich war er ja von seinen Pflichten, auf Leon aufzupassen, befreit", antwortete Patrizia erfreut. „Gebongt. Wir sehen uns in drei Tagen in Nürnberg im Hotel."
Jeff umarmte Patrizia innig und beide schauten sich tief in die Augen. Sanft drückte er ihr einen Kuss auf den Mund. Patrizia blieb zuerst ohne

jegliche Regung. Dann erwiderte sie den Kuss. Mit immer noch schlechtem Gewissen ließ sie ihren Gefühlen freien Lauf. Noch nie hatte ein Mund sie so geküsst. Weich und sanft, leidenschaftlich und gefühlvoll. Es war um sie geschehen. Eve bekam davon nichts mit. Knutschend stand sie mit Curtis ein paar Schritte weiter weg. Patrizia holte sich auf den Boden der Tatsachen zurück und löste sich aus der Umarmung. Sie lief zu Eve und erinnerte sie daran, dass sie sich doch auf den Heimweg machen mussten. Curtis grinste schelmisch. Jetzt war der Abend aber endgültig zu Ende. Lachend machten sich Eve und Patrizia auf den Weg, während ihnen Jeff und Curtis noch nachwinkten.

Bei guter Stimmung im Auto, schwatzen die Freundinnen munter wie nie um diese Uhrzeit. Bei so mancher Blitzanlage, die die Geschwindigkeit auf dieser Strecke kontrollieren sollte, war es gut, dass sie nicht funktionierte. Patrizia gab mächtig Gas, um nicht schon wieder allzu spät nach Hause zu kommen. Gegen halb vier frühmorgens, war die Fahrt zu Ende. Wie praktisch, dass sie nebeneinander wohnten, so war der Weg derselbe.
Eve steckte den Schlüssel in die Haustür und wandte sich dann nochmal Patrizia zu:
„Das alles ist sehr aufregend, meinst du nicht? Sind wir jetzt sowas wie Groupies. Man weiß doch, dass Musiker in jeder Stadt ein anderes Mädchen haben und wir gehören nun auch dazu? Ich glaube, Curtis hat größeres Interesse an

mir. Was ist mit dir, Pat?" Patrizia schaute ihre Freundin fragend an: „Was soll mit mir sein? Ich bin verheiratet, da darf nichts weiter sein. Zugegeben, Jeff ist ein ganz besonderer Mensch. Aber auf was für ein Abenteuer kann ich mich mit einem kleinen Kind einlassen? Was will Jeff von mir? Nur eine Bettgeschichte, weil er sich fernab der Heimat vielleicht etwas einsam fühlte. Ja, er ist ein sehr netter, sympathischer Kerl und er geht mir nicht mehr aus dem Kopf. Aber mein Verstand sagt mir, dass ich nicht zu weit gehen darf. Das Beste ist, wir gehen jetzt schlafen und in drei Tagen sehen wir die beiden ja wieder. Bin gespannt wie er auf Leon reagiert. Immerhin soll er dieses Mal mit auf das Konzert gehen, was ihm sicher auch gefallen wird. Ich wünsche dir eine gute Nacht liebe Schwägerin, wir telefonieren."
„Dir auch eine gute Nacht Pat", entgegnete Eve gähnend und schloss die Haustüre nun endlich auf, um ins Haus zu gehen. Patrizia lief ein paar Schritte weiter, dann war auch sie daheim.

Die Nacht verbrachte sie sicherheitshalber wieder auf der Wohnzimmercouch, um niemanden aufzuwecken. Völlig erschöpft von der Autofahrt schlief sie schnell ein und begab sich wieder in das Land der Träume. Patrizia träumte fast jede Nacht und sie stellte fest, dass ihre Träume aufregender waren, als ihr reales Leben. Sie hatte viele Träume, aber für die nächsten Jahre sollte es nur einen geben: Sie wollte voll und ganz für Leon da sein und nichts auf der Welt würde wichtiger sein können. Kein Job und schon gar kein Mann. Eine ihrer beiden Schwestern, die vier Jahre jünger war als sie selbst, hatte einst ihren Sohn wegen eines Mannes verlassen. Unvorstellbar.

Die Wintersonne blinzelte durch die Jalousien ins Wohnzimmer, als Patrizia gegen acht Uhr morgens erwachte. Wieder einmal war es eine kurze Nacht gewesen, aber den Schlaf konnte sie sicher wieder aufholen. Im Nebenzimmer war es ganz ruhig. Tim und Leon schliefen noch fest, denn es war Samstag. Kein Wecker klingelte heute, um die Nachtruhe zu beenden. Sie erhob sich von der schmalen Couch und streckte sich. Sie spürte ihren Rücken. „Was für ein Abend", dachte sie und schlenderte beschwingt ins Bad. Sie war in bester Stimmung und die kräftigen Strahlen der Wintersonne schienen dies noch zu untermalen, als sie die Jalousien hochzog. Ein leises Knacken der Tür ließ sie aufhorchen. Leon schlich auf nackten Füßen durch die Wohnung und wartete in der Küche auf seine Mutter.

„Guten Morgen mein Süßer", begrüßte Patrizia ihren Sohn mit einem Kuss auf die Wange, als sie in die Küche kam.

„Na, war das Fest schön im Kindergarten? Und was habt ihr sonst noch so gemacht?"

Leon erzählte munter, dass er eine Weile mit seinem besten Freund Fabian gespielt hatte und später alle zusammen zum Pizza essen gegangen waren. Patrizia war froh, dass für Leon der

Abend kurzweilig verlief, denn am liebsten verbrachte er die Zeit mit seiner Mama. So wie er es eben gewohnt war.
„Du, sag mal", begann Patrizia. „Was würdest du davon halten, das nächste Mal mit auf unser Konzert zu gehen? Wir fahren nach Nürnberg, übernachten dort im Hotel und könnten auch noch auf den berühmten Christkindlesmarkt gehen". „Au ja", rief Leon begeistert und hüpfte vor Freude hin und her. Ich packe gleich mal Kater Kasimir, mein Kuscheltier ein, der muss nämlich unbedingt mit. Er rannte los und suchte seinen kleinen blauen Rucksack, in welchem er immer sein Spielzeug verstaute, wenn er zu seiner Patentante Eve ging. Leon konnte sich mit seinen dreieinhalb Jahren noch nicht so genau vorstellen, was ihn da erwartete, aber allein schon die Tatsache mit Mama und Tante Eve mitgehen zu dürfen, machte ihn froh.
„Wann fahren wir los?" fragte er neugierig.
„In drei Tagen", antwortete Patrizia. „In drei Tagen", freute sich Leon, wenngleich er nicht genau wusste, wie lange drei Tage waren. Er wiederholte einfach die Worte der Mutter. Gegen elf Uhr stand Tim auf und kochte sich mit noch halb geschlossenen Augen seinen Kaffee. „Wie kann man nur so lange schlafen und immer noch müde sein", dachte sich Patrizia. Aber wahrscheinlich war er wieder bis drei Uhr früh vor dem Fernseher gesessen. So wie jeden Abend. Das machte der Körper auf Dauer bestimmt nicht mit, denn unter der Woche musste er ja bereits um sechs Uhr aufstehen. Tim redete an diesem

Morgen nicht viel. Er ließ Patrizia und Leon spüren, dass er seine Ruhe haben wollte. Jedes Wochenende dasselbe Procedere. Patrizia musste für sich und Leon alleine sorgen, was das Freizeitprogramm betraf. Tim kapselte sich ab und frönte dem Nichtstun. Es konnte passieren, dass er nicht vor sieben Uhr abends ins Bad ging um sich anzuziehen. So spazierte er dann den ganzen Tag verschlafen in seinem Bademantel in der Wohnung umher. Wieder verlief ein Wochenende ohne besondere Vorkommnisse und Patrizia fieberte dem Abend in Nürnberg entgegen. Sie versuchte sich zu beherrschen, erwischte sich aber immer wieder bei dem Gedanken an Jeff. Sie konnte es kaum erwarten ihn wieder zu sehen. Wie wohl Leon auf ihn reagieren würde? Und Jeff auf Leon? Und Tim?

„Ach herrje", dachte sie, Tim wusste noch gar nichts von ihrem geplanten Ausflug. Sie müsste es ihm spätestens heute noch sagen, da sie dieses Mal auch über Nacht weg bleiben würde. Am Abend, als Leon bereits im Bett war, rückte sie mit der Sprache raus. Tim nahm es gelassen, da sie ja auch Leon mitnahm. Er schaute nicht einmal vom Fernseher hoch, als Patrizia ihm von ihren Plänen berichtete. Aber sie war auch erleichtert, mit ihrem Vorhaben keine Diskussion bei Tim hervorgerufen zu haben.

Mit einem Lächeln im Gesicht packte Patrizia zwei Tage später ein paar Sachen zusammen.

Tim sah ihr zu und dachte sich nichts weiter dabei, als sie ihm von ihrem geplanten Besuch, auf dem Christkindlesmarkt erzählte. Wenigstens konnte er während ihrer Abwesenheit schalten und walten wie er wollte. Keiner da, der etwas von ihm einforderte oder meckerte, weil er zu lange schlief. Tun und lassen was man will. Naja und nebenher noch ein wenig am Haus arbeiten. Warum nicht. Essen konnte er in der Firma, denn das war ihm wichtig. Außerdem war Tim sehr gerne alleine und so konnte er die Einsamkeit genießen. Für Patrizia war dieser Tatbestand unerklärlich. Sie brauchte Familie, Freunde und Bekannte um sich herum. Tim war da ganz anders, ein Einzelgänger wie er im Buche steht. So war er aber nicht immer. Die ersten Jahre ihrer Ehe waren unbeschwerter. Beide gingen arbeiten und am Wochenende standen Freunde und Feiern auf dem Programm. Seit sie im neuen Haus wohnten, nahmen die Pflichten viel Raum ein. Der Alltag wurde schwermütiger und Highlights blieben aus. Patrizia genoss die Abwechslung mit den Konzerten und das Prickeln durch Jeffs Anwesenheit. Dass sie sich verlieben könnte, war nicht eingeplant. Aber sie wollte sich ein Leben ohne Tim auch nicht so recht vorstellen.

Die folgenden Tage fiel ihr alles leicht. Sie erfüllte gerne ihre Rolle als Mutter, Hausfrau und Ehefrau. Seit sie Jeff kannte, fühlte sie sich leichter, ja sogar begehrenswerter. Tim machte ihr selten ein Kompliment, noch sagte er ihr, dass er sie liebte. Er konnte oder wollte seine Gefühle nicht richtig preisgeben. Auch so ein Defizit aus seiner Kindheit, in welcher er kaum Wertschätzung erfuhr.

Der Tag des Ausfluges nach Nürnberg war gekommen. Die Autobahn war nicht sehr voll, so dass die drei zügig in Patrizias Auto vorankamen. Leon blickte neugierig aus seinem Kindersitz auf, als Patrizia an dem großen Hotel langsam vorbeifuhr. Sie wollten erst einmal schauen wo es sie heute hin verschlagen hatte. Hier sollte also abends das Konzert sein. Ein imposantes Vier-Sterne-Hotel glänzte in prächtiger Weihnachtsbeleuchtung. Es fing leicht an zu schneien. Patrizia lenkte den Wagen um die Kurve und schließlich fuhren sie in Richtung Parkplatz. Sie jubelte innerlich vor Freude, denn bestimmt konnte sie Jeff schon vor seinem Auftritt treffen. Es war erst früher Nachmittag. Patrizia parkte ihr Golf Cabriolet zwischen großen Limousinen. Als sie alle aus dem Auto gestiegen waren, bot Patrizia Leon und Eve die mitgebrachten Brote an.
„Sollen wir uns nicht erst einmal stärken, bevor wir uns im Hotel umschauen", fragte sie.
Eve war dankbar, denn sie hatte kaum etwas zum Frühstück gegessen und auch Leon streckte seine Arme aus, da er etwas trinken wollte. Patrizia war zu aufgeregt, um einen Bissen hinunter zu bekommen, stattdessen steckte sie sich erst einmal eine Zigarette an. Kurz danach zog sie einen Kaugummi aus der Tasche um den

Atem wieder zu erfrischen. Nach dem kleinen Picknick am Auto marschierten die drei Musikfans zum Hoteleingang. Leon, der an der Hand seiner Mama lief, staunte nicht schlecht. Alles war so groß für ihn. Das Hotel, die Eingangshalle und auch die Weihnachtsbeleuchtung, die in mächtigem Glanz erstrahlte. Sie blickten sich um und entschlossen erst einmal in der Lobby Platz zu nehmen, um eine Tasse Kaffee zu trinken. Doch dazu kam es nicht mehr, denn einige Meter von Ihnen entfernt sahen sie Jeff und Curtis auf sie zu kommen. Die beiden Musiker waren von dem frühen Erscheinen der drei Besucher angenehm überrascht und sie freuten sich Patrizia, Eve und nun auch Leon zu sehen. Patrizia stellte Leon Jeff vor. Fast ehrfürchtig blickte Leon an Jeff hoch. Jeff begrüßte sanft lächelnd den wahrscheinlich jüngsten Besucher des Konzertes an diesem Abend. Leon fasste schnell Vertrauen. Er spürte sofort, wenn es jemand gut mit ihm meinte. Beide verstanden sich ohne Worte, denn Jeff sprach kein Deutsch und Leon noch kein Englisch. Die Begrüßung der Anderen verlief auch sehr herzlich. Genauso einen Empfang hatte sich Patrizia vorgestellt. Sie hätte es nicht besser planen können. Jeff erklärte, dass sie gerade auf dem Weg zum Soundcheck waren, sie luden Patrizia, Eve und Leon ein, mitzukommen. Gerne willigten die drei ein.

Der große Festsaal schloss sich praktischerweise direkt durch einen langen Gang an das Hotel an, so dass man auch bei schlechtem

Wetter trockenen Fußes dorthin gelangte. Patrizia war ein wenig aufgeregt. Schließlich probte hier der „Godfather des Gospel". Mancher hätte sie um diese Möglichkeit beneidet. Edward Hoskins stand bereits auf der Bühne und gab Musikern und Sängern letzte Anweisungen. Er war ein Perfektionist und Vollblutmusiker gleichermaßen. Das spürte man in jedem Ton und in jeder Bewegung. Gebannt ließen sich Patrizia, Eve und Leon auf den Stühlen der ersten Reihe nieder, während Jeff und Curtis schnell auf die Bühne eilten. Das Schlagzeug von Jeff war bereits vollständig aufgebaut, ebenso der Flügel für Curtis. Sogleich begannen die Proben. Jeder Song, der am Abend auf dem Programm stand wurde nur kurz angespielt bzw. angesungen, um die Wiedergabe der Töne zu hören, die aus dem Lautsprecher kamen. Das Repertoire hatten alle gut in Griff, so dass hier keine weiteren Proben notwendig waren. Edward war zufrieden. Nach einer halben Stunde war der Soundcheck beendet. Alles war gut vorbereitet für das heutige Konzert, welches das größte, in Bezug auf die Anzahl des Publikums, der ganzen Tournee war.

Leon blickte voller Erwartung auf das Schlagzeug und als Jeff ihn hochhob leuchteten seine Augen vor Freude. Er wird doch wohl nicht spielen dürfen? Doch, Jeff setzte sich an sein Instrument, nahm Leon auf den Schoß und gab ihm die Sticks in seine kleinen Hände. Leon, erst etwas zögerlich, blickte sich noch einmal zu Jeff um und dann legte er los. Leon liebte Musik. Er wuchs sozusagen damit auf. Als Patrizia schwanger war, kam er täglich mit Musik von Elvis in Berührung und sie selber spielte ein wenig Klavier. Leon konnte das sicher schon in ihrem Bauch hören und ein Gefühl dafür bekommen. Der Kleine hatte sichtlich Spaß. Jeff machte es ebenso Freude. Patrizia griff sogleich zum Fotoapparat, um diese Momente festzuhalten. Alles fühlte sich gut und richtig an. So schnell kann man ein Kinderlächeln zaubern. Leon war voll in seinem Element und man hörte ihn laut auf die Trommeln schlagen. Patrizia genoss diesen innigen Augenblick. Jeff hatte offensichtlich ein gutes Händchen für Kinder. Leons Vater fehlte da manchmal die Fantasie.

Bis zum Konzert am Abend blieb noch etwas Zeit und die Musiker zogen sich zurück. Eve, Patrizia und Leon begleiteten Jeff auf sein Zimmer. Leon packte seine kleinen Autos aus und machte es sich auf dem Boden gemütlich. Jeff setzte sich sogleich daneben und spielte mit ihm. Die beiden unterhielten sich angeregt, jeder in seiner Sprache. Und obwohl keiner die Sprache des anderen sprechen konnte, verstanden sie sich prächtig. Patrizia war begeistert. Jeff hatte ihr einmal erzählt, dass er selber sehr gerne Kinder hätte. Sie fühlte sich mehr und mehr zu Jeff hingezogen und wünschte der Tag würde nie zu Ende gehen.

„Komm Leon", begann Patrizia „Jeff muss sich noch ein wenig auf heute Abend vorbereiten.

Wir gehen jetzt auf den Weihnachtsmarkt und essen was Feines". Patrizia packte die kleinen Autos zusammen und sie verließen mit einem „bis später", das Zimmer.

Es hatte aufgehört zu schneien. Die Sonne kam wieder hervor und ein kleiner Spaziergang sollte nach der Autofahrt guttun. Der Weihnachtsmarkt war nicht weit weg und so konnten sie ihn zu Fuß gut erreichen. Ein riesengroßer Weihnachtsbaum empfing die drei am Anfang der Straße. Leon konnte seinen Kopf gar nicht so weit nach hinten beugen um bis an die Spitze zusehen, als sie direkt davorstanden. Er kam aus dem Staunen nicht mehr heraus.
„Na Eve" witzelte Patrizia, „freust du dich schon auf die Zeit nach dem Konzert?"
Eve musste lachen. Mit einem Zwinkern sagte sie: „Ja, auf jeden Fall. Schön, dass wir über Nacht bleiben, dann wird es etwas gemütlicher."

Der Bummel über den Weihnachtsmarkt war stressiger als erwartet, da es dort voll von Menschen war. Ein Durchkommen war nur sehr schwer möglich. Patrizia hielt Leon fest an der Hand. Nach etwa einer dreiviertel Stunde führte sie der Weg wieder zurück zum Hotel. Patrizia und Eve wollten sich noch ein wenig frisch machen, bevor es zum vierten Mal zum Konzert von Edward Hoskins ging. Gegen halb acht machten sich auch die Musiker wieder auf zur Konzerthalle. Der Saal war bereits geöffnet und die Stuhlreihen füllten sich. Pünktlich um acht

Uhr saßen auch Patrizia und Eve, dieses Mal mit Leon, in der ersten Reihe auf den für sie reservierten Plätzen. Das Konzert begann. Patrizia war glücklich wie sie es selten genug war in der letzten Zeit. Sie hatte ein unglaubliches Gefühl von Geborgenheit und Wärme um ihr Herz. Jeff lächelte ihr kurz zu, um sich dann wieder hochkonzentriert seiner Arbeit zu widmen. Er war ein gefragter Musiker in den Staaten und Disziplin war sein oberstes Motto. Eins, zwei, drei war das Kommando von Jeff für die Band. Jeff eröffnete wie immer die Musik, in dem er seine Sticks aneinander klopfte. Die Musiker gaben wieder alles und das Publikum reagierte darauf mit lautem Klatschen. Trotz des tosenden Applauses konnte Leon seine kleinen Augen nicht mehr offenhalten und schlief, nach etwa der Hälfte des Konzertes, auf Patrizias Schoß ein. Wenn Kinder müde sind, können sie überall schlafen. Patrizia hielt ihren Sohn fest im Arm und war an diesem Abend einfach nur glücklich. Das Konzert war fast zu Ende und das Publikum war mittlerweile aufgestanden um zu applaudieren. Nach einigen Zugaben war dann endgültig Schluss. Die Stühle leerten sich, doch Patrizia saß noch immer mit Leon auf dem Arm, in der ersten Reihe, als das Licht wieder angeschaltet wurde. Jeff verließ die Bühne und lief auf sie zu. Er musste schmunzeln, als er Leon schlafen sah. „Da waren wir wohl etwas zu leise gewesen", witzelte er.
Patrizia lächelte dankbar, als Jeff ihr seine Sticks gab, die er noch in den Händen hatte, um

Leon auf seinen Arm zu heben und ihn hoch aufs Zimmer zu tragen. Eve und Curtis wollten zuerst die Hotelbar ansteuern. Patrizia winkte Eve lächelnd zu, als sich ihre Wege in der Hotelhalle trennten. Im fünften Stock angekommen, öffnete Leon kurz die Augen und blickte verwundert in den Raum, als Jeff ihn in das fremde Bett legte. Es war Jeffs Bett. Er war aber zu müde um etwas zu sagen und schlief sogleich wieder ein.

Patrizia und Eve hatten noch keine Gelegenheit gehabt, ein Zimmer zu beziehen, denn das Hotel war ausgebucht und sie standen auf der Warteliste. Wahrscheinlich würden sie in ein anderes Hotel gehen müssen, wenn nicht noch ein Zimmer frei werden würde. In Jeffs Zimmer standen zwei große Betten, so wie es in amerikanischen Hotels üblich war. Patrizia setzte sich auf das andere Bett im Zimmer und Jeff kam zu ihr. Die beiden unterhielten sich leise über tausend Dinge. Es war eine ungewohnte Situation. Patrizia saß mit einem Mann, den sie erst dreimal gesehen hatte, flüsternd auf einem Bett und keinen Meter entfernt schlief ihr kleiner Sohn. Doch so ungewöhnlich die Situation auch war, sie fühlte sich wohl und entspannt. Jeffs Nähe tat ihr gut. Er war liebevoll im Umgang mit Leon, er war einfach ein freundlicher Mensch, in dessen Nähe man sich wohl fühlen musste. Und dann war da noch sein umwerfendes Lächeln und obwohl er nicht sehr groß war, wirkte er stark und sehr männlich. Sein gut geformter muskulöser Ober-

körper zeichnete sich auf seinem eng sitzenden schwarzen Shirt ab. Dazu trug er eine cremefarbene Jeans mit hellbraunen Sneakers. Patrizia konnte kaum die Augen von ihm lassen. Seine überaus sympathische Art zu reden hatte es ihr angetan. Beide hatten denselben Humor und man könnte meinen, dass sie sich schon lange kannten, so vertraut war ihr die Situation gewesen. In Patrizias Kopf kreisten tausend Gedanken, als sie Jeff zuhörte. Sie redeten die halbe Nacht über dieses und jenes. Patrizia merkte sehr bald, dass sie und Jeff sich in vielen Themen einig waren und dass sie sich überhaupt gut mit ihm unterhalten konnte. Tim hingegen war kein Mann der großen Worte, aber auch nicht der großen Taten.
Nach langem Sitzen spürte Patrizia ihren Rücken. Ohne jegliche Hintergedanken legte sie sich auf das Bett, um etwas zu entspannen. Nach wenigen Augenblicken beugte Jeff sich über sie und blickte ihr tief in die Augen. Patrizia war zuerst erstaunt über seine Annäherung und wartete ab, was passieren würde. Zart berührten seine Lippen die ihren, doch Patrizia zögerte erneut. Ich bin verheiratet, schoss es ihr in den Kopf. Wenn jetzt Eve an die Tür klopfen würde, dann wäre dies ein Zeichen gewesen, das Zimmer zu verlassen. Aber Eve klopfte nicht. Sie hörte den ganzen Abend nichts mehr von ihrer Freundin. Jeff blieb noch gebeugt und machte einen zweiten Anlauf sie zu küssen. Seine weichen Lippen streichelten sanft über ihren Mund und sie verspürte große Lust, dem nachzuge-

ben. Die Versuchung war da und sie machte einfach ihre Augen zu. Nach einigen Momenten erwiderte sie seinen Kuss leidenschaftlich. Ein wohliges Gefühl durchströmte ihren Körper und sie wollte mehr. Trotz ihres schlechten Gewissens Tim gegenüber, ließ sie es dann doch geschehen. Jeff küsste sie innig. Niemand zuvor hatte sie je so geküsst. Die Zeit schien still zu stehen. Sie vergaß alles um sich herum. Auch Tim. Es war der Zauber einer Nacht, der alles in ihrem Leben verändern sollte. Nichts war mehr wie es einmal war. Ihr Herz schlug wild. Doch in diesem Moment nicht vor Angst oder Ärger, sondern vor Verlangen. Patrizia tauchte kurzzeitig in eine andere Welt ein. Leon schlief tief und fest. Er bekam von all dem nichts mit.

Jeff legte sich neben Patrizia ins Bett und nahm sie in den Arm. Starke Arme, die ihr ein Gefühl von Sicherheit gaben. Patrizia wollte ihren Mann nicht betrügen, aber ihre Gefühle für Jeff waren nicht mehr zu bändigen. Noch nie zuvor hatte ein Mann sie so gehalten. Was war das, fragte sie sich. Tim schwirrte dennoch immer wieder in ihrem Kopf herum, aber Jeff zu widerstehen gelang ihr nicht. Sie hatte sich verliebt. Sie hatte sich tatsächlich in einen Mann verliebt, der zudem noch ein perfekter Vater für Leon hätte sein können. Unglaublich.

Patrizia schlief die ganze Nacht in den Armen von Jeff. Er übersäte sie mit seinen Küssen und für sie wurde es die schönste Nacht ihres Lebens. Ihr Herz schlug immer noch schnell. Dieses starke Gefühl der Geborgenheit und Leidenschaft zugleich, würde sie nie wieder vergessen. Sie fragte sich selber, wann sie überhaupt in den Armen eines Mannes so glücklich war.

Als Leon am Morgen erwachte, war er etwas verwundert, Jeff an seinem Bett sitzen zu sehen. Patrizia war im Bad und machte sich zurecht. Jeff war schon vor ihr aufgestanden und bereits geduscht und angezogen, als er sie wach küsste. Sein frischer Atem war das erste was sie an diesem Tag vernahm.
„Good morning Buddy", was so viel heißt wie „Guten Morgen Kumpel", sagte Jeff zu Leon und er antwortete mit einem schelmischen Lächeln, als ob er alles verstanden hätte. Jeff erzählte ihm, dass seine Mama im Bad war.
Leon verstand. Da war ein Mann, der mit ihm lachte, spielte, scherzte und sich um ihn kümmerte. Mehr könnten Worte in seiner Sprache auch nicht sagen. Leon krabbelte aus dem Bett und huschte ins Bad. Patrizia kümmerte sich um ihn, während Jeff im Zimmer seinen Koffer packte. Abschied lag in der Luft. Die Tournee musste ja weitergehen und Patrizia sollte zurück nach Hause. Würde sie Jeff je wiedersehen? Wo sollte sie mit ihren Gefühlen hin? Was wollte ihr Herz? Was sagte der Verstand? Tausend Fragen kamen auf und wurden auch gleich wieder verdrängt, denn sie hatte keine Antworten. Nicht jetzt, nicht heute und nicht morgen. Sie wollte Jeff auf jeden Fall wiedersehen. Wo und wann

stand noch nicht fest, denn die Tournee führte ihn nun nach Frankreich. Das lag leider außerhalb ihrer Reichweite. Dafür hatte sie weder Zeit noch Geld.

Nach dem gemeinsamen Frühstück hieß es „good bye" zu sagen. Jeff sprach zuerst zu Leon und dann zu Eve ein paar Worte zum Abschied, bevor er Patrizia umarmte und sie ganz fest an sich drückte. Dann löste er sich leicht von ihr. Beide schauten sich noch einmal tief in die Augen, als ob es das letzte Mal in diesem Leben sein sollte. Patrizia fühlte einen leichten Stich in ihrem Herzen, denn sie hatte jetzt bereits große Sehnsucht nach ihm. Sie versprachen sich gegenseitig in Verbindung zu bleiben und sich schnellst möglichst wieder zu treffen. Ein Kuss, eine letzte Umarmung, ein zärtliches Streicheln über ihre Wange, das war alles was Patrizia geblieben war, als Jeff sich vollends aus der Umarmung löste.

Der Bus hupte ungeduldig und Jeff gab ihr den allerletzten Kuss, schnappte seine Tasche und weg war er.
Patrizia schaute ihm nach und auch in seinen Blick war Sehnsucht zu entdecken. Winkend standen die drei auf dem Parkplatz, als der Bus sich in Bewegung setzte. Eve sah traurig aus, denn auch sie wollte so schnell wie möglich wieder zu einem weiteren Konzert unterwegs sein..

„Tja", sagte Patrizia, während eine kleine Träne über ihr Gesicht lief, „dann fahren wir auch mal heim. Ich bin ziemlich müde und freu mich auf ein Mittagsschläfchen". Sie nahm Leon an der Hand und alle drei liefen zum Auto. In knapp drei Stunden würden sie wieder in ihrem täglichen Allerlei sein.

Patrizia überlegte, wie es weitergehen sollte und eine heiße Diskussion mit Eve folgte auf der Heimfahrt. Leon saß in seinem Kindersitz auf der Rückbank des Wagens und schlief während der Fahrt ein. Die vielen Eindrücke über das Erlebte hatten ihn wohl müde gemacht. Er war noch zu klein, um sich über irgendetwas Gedanken zu machen. Für ihn war es ein abwechslungsreicher Ausflug, auf welchem er nette Menschen kennengelernt hatte. Sicher würde Jeff auch ihm in guter Erinnerung bleiben, denn er war von Jeff beeindruckt.

Die Autobahn war besser zu befahren als am Vortag und so kamen sie noch zügiger voran. Zu Hause angekommen, brachte Patrizia Leon sogleich in den Kindergarten. Er war wieder topfit und wollte spielen gehen. Patrizia nutzte die Zeit für ihren Mittagsschlaf. Kaum hatte sie sich hingelegt, klingelte das Telefon. Sie hatte keine Lust noch einmal aufzustehen und den Hörer abzuheben. Sie schloss ihre Augen und dachte an Jeff, den Mann ihrer Träume. Erschöpft nickte sie ein.

Jeff und Curtis saßen gähnend in ihrem Tour Bus, der auf dem Weg nach Frankreich zum nächsten Konzert war. Sie wussten nie genau, wo sie am Abend auftreten mussten. Manchmal spielten sie in einer Kirche und ein anderes Mal in einem Konzertsaal. Während der Fahrt ließen die beiden Männer den vergangenen Abend und die vergangene Nacht Revue passieren. Sie sprachen leise, denn die anderen mussten ja nicht alles mitbekommen. Curtis' schelmisches Lächeln, welches er beim Erzählen immer wieder aufsetzte, sagte alles und Jeff verlangte keine weiteren Details. Er war kein Frauenheld, der immer versuchte, neue „Beute" zu machen. Jeff war nur an einer echten Beziehung und Partnerschaft interessiert. Er suchte sozusagen, die Frau fürs Leben. Patrizia ging ihm nicht mehr aus dem Sinn. Er hatte sich verliebt und er war sich sicher, in ihr die passende Frau gefunden zu haben. Und wenn dies fern der Heimat hatte geschehen sollen, dann sollte es eben so sein. Das Herz macht was es will und geht seinen eigenen Weg. Aber ebenso war er sich der Umstände bewusst, die so eine Beziehung mit sich bringen würde, wenn es überhaupt eine Chance gäbe. Er erinnerte sich auch daran, dass Patrizia erzählte, dass sie verheiratet war. Doch die Ehe schien unglücklich zu sein. Patrizia entsprach genau seiner Vorstellung. Eine große, hübsche, dunkelhaarige Frau mit viel Humor. Ihre blauen Augen stachen aus dem Gesicht hervor und ihr Lächeln machte sie für ihn unwiderstehlich. Aber nicht nur ihr Aussehen begeis-

terte Jeff. Ihre Ansichten entsprachen den seinen und irgendwie hatte er das Gefühl, sie schon ewig zu kennen. Ihre Gespräche miteinander waren ebenso interessant wie unterhaltsam. Zwischen den Konzerten hatten beide des Öfteren miteinander telefoniert und viele Themen besprochen. Sie hatte einen entzückenden Sohn, Leon, für den er gerne da sein würde, wenn sie es zuließ. Jeff schwärmte doch Curtis bremste kopfschüttelnd seine Euphorie aus. „Du weißt doch gar nicht, wie sie das sieht. Außerdem ist sie verheiratet, wie du schon sagtest. Deiner Familie wird das kaum gefallen. Und meinst du wirklich, sie trennt sich so einfach von ihrem Ehemann? Was ist mit der großen Entfernung? Ihr beiden lebt auf zwei verschiedenen Kontinenten."
Jeff sah seinen Freund mit ernstem Gesicht an und winkte ab. „Ich weiß, es wird nicht einfach, aber vielleicht ist es unser Schicksal" konterte er. „Ich habe ein so gutes Gefühl, sie ist mir nicht fremd. Dieses besondere Gefühl hatte ich noch nie bei einer Frau. Es muss einen Grund dafür geben, warum sich unsere Wege gekreuzt haben. Ich will mal sehen ob die Telefonnummer auch funktioniert, die sie mir gegeben hat. Der Zeit nach, sollte sie bereits zu Hause angekommen sein."

Er wählte die Nummer die Patrizia ihm gab, obwohl sie diejenige sein wollte, die ihn anrief, aber auf sein Klingeln hob niemand ab. Enttäuscht packte er sein Mobiltelefon in die Tasche und legte seinen Kopf zurück um zu schlafen. Curtis sagte nichts mehr dazu. Er merkte, dass Jeff sich gerade viele Gedanken machte. Auch er versuchte zu schlafen, denn sie hatten noch eine weite Strecke mit dem Bus vor sich. Als Jeff die Augen schloss sah er Patrizia, wie sie ihn anlächelte mit ihren wunderschönen Augen. Ihr langes, dunkles, gelocktes Haar bot einen wunderschönen Kontrast dazu. Diesen Anblick würde er nie mehr vergessen können.

Der Bus fuhr zügig über die Autobahn und die Musiker kamen nach langer mehrstündiger Fahrt endlich in Paris an. „Die Stadt der Liebe", dachte Jeff bei sich und seine Gedanken waren erneut bei Patrizia. Sie würde ihn heute Abend im Hotel anrufen. Er hatte ihr den Tourneeplan gegeben, so dass sie immer wusste, wo er gerade war. Er freute sich jetzt schon darauf, mit ihr zu reden. „Jeff", rief Curtis ungeduldig, „aussteigen, wir sind da". Jeff streckte sich, nahm seine Tasche und stieg aus dem Bus. Zum Glück hatte er ein wenig schlafen können, denn das nächste Konzert war bereits in zwei Stunden.

Die Stadt erstrahlte in vielen bunten Lichtern in diesen Tagen, doch es war kalt und nass um diese Jahreszeit. Es lag kaum Schnee.
Die Edward Hoskins Singers würden dieses Jahr Weihnachten nicht zu Hause sein und mehrere Konzerte in Frankreich geben. Jeff wollte unbedingt noch seine Mutter anrufen, um ihr ein gesegnetes Weihnachtsfest zu wünschen, wel-

ches kurz bevor stand und er musste ihr unbedingt von Patrizia erzählen. Ihre Meinung war ihm sehr wichtig. Der Vater hatte die Familie verlassen, als er und seine vier Geschwister noch klein waren, daher hatten alle eine enge Bindung zur Mutter. Sein Stiefvater, welchen die Mutter Jahre später heiratete, wurde neben seinen beiden Onkeln Edward und Wesley, sein musikalisches Vorbild. Aber die Nestwärme bekamen die Kinder von der Mutter. Alle wohnten zusammen in einem großen Haus. Es war ein imposantes Anwesen mit mehreren Wohneinheiten, welches der Familie gehörte. Ein abgeschlossenes Grundstück, das von einem hohen Zaun umgeben war, bot allen Schutz und Sicherheit. Familiensinn wurde bei der Hoskins Familie schon immer großgeschrieben, so dass sich jeder hier geborgen fühlen konnte. Jeff lebte näher an der Stadt, weil er unabhängig sein wollte. Eines Tages würde er vielleicht wieder in das Anwesen ziehen.

Ein paar Tage später, an Heiligabend, traten die Edward Hoskins Singers in einer besonders schönen Kirche nahe Paris auf. Kerzen brannten, die Menschen strahlten eine gelassene Stimmung aus und draußen fielen leise ein paar Schneeflocken.
Weihnachten! Die Welt zeigte sich in einer friedvollen Atmosphäre. Da war sie wieder, die Sehnsucht nach Wärme und Geborgenheit, nach einer eigenen Familie, mit allem was dazu gehört. Jeff träumte diesen Traum schon eine

ganze Weile. Es war an der Zeit seine eigene Familie zu haben.

Gegen halb zwölf saßen Jeff und Curtis wieder im Hotelzimmer und genossen ein Glas Rotwein aus der Zimmerbar. Curtis kaute noch ein paar Erdnüsse dazu und schaltete den Fernseher ein. Jeff fixierte das Telefon. Es musste jeden Augenblick klingeln. Er hatte ja mit Patrizia vereinbart, dass sie ihn abends anrufen würde, denn schließlich konnte er nie sicher sein, wer bei ihr zu Hause am Telefon war. Sie betonte ausdrücklich, abends nicht anzurufen, weil eventuell Tim ans Telefon gehen könnte. Er wollte sie nicht in Schwierigkeiten bringen. „Mach den Ton nicht so laut" ermahnte Jeff seinen Zimmergenossen, „sonst verstehe ich nichts am Telefon". Curtis lachte. Sein Kumpel hatte sich verknallt. Normalerweise blieb Jeff von den ganzen Groupies unbeeindruckt, aber diese Patrizia schien es ihm wirklich angetan zu haben. Viele weibliche Fans hatten ihnen schon Avancen gemacht und während Curtis das eine oder andere Mal gern „naschte", blieb Jeff immer standhaft. Er war kein Mann für eine Nacht. Musiker haben ja gerne hier und da mal ein Abenteuer, aber Jeff war anders. Endlich klingelte das Telefon. Patrizia war bei Eve, denn zu Hause saß Tim im Wohnzimmer, unweit vom Telefonapparat entfernt. Wie sollte sie ihm erklären, dass sie um Mitternacht noch jemanden anrufen wollte. Es war schon schwer genug einen Grund zu finden, so spät noch zu Eve zu gehen.

Patrizia erzählte Jeff von Heiligabend bei ihren Eltern. Die ganze Familie war beisammen. Ihre Schwestern, Nichten und Neffen sowie Ihre beiden Schwager. Die Eltern luden immer alle ein, sodass es ein großes Weihnachtsfest wurde. Die Mutter tischte Gänsebraten mit Klößen und Rotkraut auf, der Vater schenkte roten Wein dazu ein. Als alle ihre Geschenke bekamen, hatte Patrizia Tränen in den Augen. Sie wollte nur ein Geschenk, sie wünschte sich Jeff wieder zu sehen. Keiner verstand warum sie weinte, ihr Schwager Theo tröstete sie und Tim stand wie immer ratlos daneben. Ohne Zweifel, auch ihre Ehe war ein Teil der Tränen. Sie war unglücklich, aber Tim bemerkte das nicht einmal. Sein Weihnachtsgeschenk bewies ebenso, dass er seine Frau nicht kannte. Diese neuen Ohrringe hätten besser zu einer älteren Dame gepasst, als zu Patrizia. War das nun Desinteresse, oder wusste Tim nach fast fünfzehn Jahren, die beide zusammen waren, immer noch nicht, was seiner Frau gefiel. Der Umtausch war beschlossen. Jeff war beeindruckt von Patrizias Worten und antwortete: „Glaub mir Baby, ich vermisse Dich noch mehr als du mich. Wir werden bald wieder zusammen sein. Halte durch".

Patrizia legte den Hörer auf. Eve hatte alles mitangehört und befürchtete ihre Freundin zu verlieren. Jeff konnte nicht aus San Francisco weg. Und Patrizia? Sollte sie in die USA umsiedeln? Unvorstellbar.

Es war spät geworden und Patrizia machte sich auf den Heimweg, der Gott sei Dank sehr kurz war, denn sie wohnte ja gleich um die Ecke. Eve verabschiedete sie mit einer Umarmung und wünschte ihr eine gute Nacht. Im Haus nebenan waren schon die Lichter aus. Patrizia schloss leise die Haustüre auf und schlich sich in das Zimmer, in welchen alle drei immer noch am Boden auf Matratzen schlafen mussten, weil das Obergeschoss immer noch nicht fertig ausgebaut war. Gemütlich und bequem war das nicht und jeden Morgen tat ihr der Rücken weh. Aber das war eben eine Situation, welche auch dazu beitrug, dass sie unglücklich war. Im Prinzip hatte ihnen das Haus das Genick gebrochen. Tim war damit überfordert und traute sich nicht, seinem Vater die Wahrheit zu sagen.

Das Jahr neigte sich dem Ende zu und der Silvesterabend stand vor der Tür. Patrizia hatte keine Lust zu feiern und auch Tim schien sich auf einen ruhigen Abend einzustellen. Jeder war nur mit sich allein beschäftigt.

Die letzten Konzerte der Edward Hoskins Sänger wurden gespielt und Patrizia war in Gedanken bei Jeff, der bald wieder in die Staaten zurückfliegen würde. Wie sollte das alles weitergehen. Sie führte ein bescheidenes Leben in einer unglücklichen Ehe und die neue Liebe war elf Flugstunden weit entfernt. Leon, ihr Sonnenschein, wurde zu ihrem einzigen Lichtblick in dieser Zeit. Sie konzentrierte sich ganz auf seine

Erziehung und träumte davon eines Tages mit ihm weg zu gehen. Doch dafür fehlte ihr der Mut und letztendlich auch das Geld. Konnte sie sich mit einem Dreijährigen auf solch ein Abenteuer einlassen? Einfach die Koffer packen, zwei Flüge buchen und sehen was wird. Doch sie hatte nicht einmal das Geld für die Flüge und würde auf keinen Fall Jeff darum bitten. Aber wer war dieser Jeff? Welches Umfeld hatte er? Würde er zu Hause immer noch an sie denken? Konnte er Leon ein Vater sein, nur weil er einmal mit ihm im Hotelzimmer gespielt hatte? Wovon würde sie leben? „Nein", dachte Patrizia, so einfach wandert man nicht aus.

Das neue Jahr startete mit einigen Herausforderungen für Patrizia. Während Tim seiner Arbeit nachging und Leon im Kindergarten war, musste sie wieder die Schulbank drücken. Um nach der Elternzeit wieder durchstarten zu können, bedurfte es einer Fortbildung. Der Tag war durchgeplant und Patrizia hatte kaum Zeit für etwas anderes. Aber da war doch noch Jeff. Er hatte sich nicht mehr bei ihr gemeldet und wenn sie ihn anrief, war er sehr unverbindlich. Also doch: „Aus den Augen aus dem Sinn".

Eines Tages, als sie ihn wieder einmal erreichen wollte, nahm sein Mitbewohner den Hörer ab, weil Jeff nicht zu Hause war: "Hello" tönte es mit einer sehr tiefen Bassstimme aus dem Hörer. Patrizia stellte sich vor, doch Sly, so hieß er, wusste bereits über sie Bescheid. Sie war also

Thema bei seinen Freunden. Warum? Warum nur verhielt er sich dann so reserviert? Patrizia führte mit Sly ein längeres Gespräch und beide verstanden sich prima. So erfuhr sie etwas mehr von Jeff und seiner Familie, die in Amerika ein hohes Ansehen genoss. Sly war stolz darauf, dass er bei der Hoskins Familie schon bei vielen Musikprojekten dabei sein durfte. Selbst einen Grammy hatten sie schon bekommen. Sly erzählte Patrizia, dass die Hoskins Familie auch schon einen Auftritt im Weißen Haus in Washington, beim damaligen Präsidenten der Vereinigten Staaten hatte. Patrizia war beeindruckt. Jeff tourte mit der Familie seit er sechzehn Jahre alt war. Er beherrschte mehrere Musikinstrumente in Perfektion. Wie sich herausstellte, war er echt ein netter Kerl. Kein typischer Musiker, der nach jedem Konzert eine andere Frau mit auf sein Zimmer nahm. Patrizia hatte ein gutes Gefühl, als sie das Gespräch mit Jeffs Kumpel und Mitbewohner beendete. Jetzt erst merkte sie so langsam, in wen sie sich da verliebt hatte. Diese Familie führte ein komplett anderes Leben als sie selbst. Doch was war der Grund für seinen Rückzug? War sie nicht gut genug oder hatte es gar andere Gründe, nämlich weil sie weiß war. Passte sie womöglich nicht in die Familie? Sie konnte sich keinen Reim darauf machen.

Die Wochen und Monate plätscherten so dahin. Patrizia arbeitete mittlerweile wieder, doch so richtig konnte sie sich von Jeff nicht ablenken.

Sie führte viele Gespräche mit Eve zu diesem Thema, denn auch sie hatte den Kontakt zu Curtis verloren. Es veränderte sich alles, weil man sich nicht mehr sehen konnte. Vom Telefonieren allein kann man keine ernsthafte Beziehung aufbauen. Alles würde nur ein schöner Traum bleiben, den man nach Feierabend und an den Wochenenden träumte. Ein Wunsch, der sich nie erfüllen würde, wenn keiner aus seiner gewohnten Umgebung ausbrechen würde und am bisherigen Leben festhielt. Die Realität hatte sie eingeholt.

Patrizia war traurig. Sie versuchte derweil an ihrer Ehe mit Tim zu arbeiten. Aber hatte er wirklich noch eine Chance? War nicht ständig der Vergleich mit Jeff da. Sie ermahnte sich selber: „Tim ist Realität, Jeff ein schöner Traum".

Patrizia wollte mehr auf ihren Verstand, als auf ihr Herz hören. Ihr Leben fand nicht irgendwo in der Welt statt. Sie hatte Verantwortung für ihren kleinen Sohn zu tragen und nicht irgendwelchen Schwärmereien nachzujagen. Sie probierte weniger an Jeff zu denken. Doch wem wollte sie etwas vormachen? Sich selber? Man kann andere Menschen belügen, aber nicht sich selber. Das wurde ihr mehr und mehr bewusst. Bald zeigten sich vermehrt körperliche Symptome ihrer Vernunft. Zuerst ließ sich alles nicht einordnen. Patrizia war oft nervös und bekam gesundheitliche Probleme. Dies machte sich bemerkbar, ohne dass sie wusste, was die Ursache war. Immer öfters bekam sie nun Herzrhythmusstörungen in Form von Herzrasen und Herzstolpern. Zahlreiche Arztbesuche und Untersuchungen brachten kein Ergebnis. Sie nahm Betablocker und auch pflanzliche Medikamente, doch nichts half. Sie hörte das Rauchen auf, versuchte es mit Entspannung, gesunder Ernährung und Sport. Sie spürte ihr Herz in jeder Minute, ob es nun regelmäßig oder unregelmäßig schlug, es pochte heftig gegen die Brust. Sie konnte sich kaum auf etwas anderes konzentrieren, als auf ihren Herzschlag. Half hier nur der Weg zum Psychotherapeuten? Sie hatte keine Erklärung. Oder doch? Jeff fehlte ihr. Immer wieder erinnerte sie sich an die schönen Momente mit ihm. Doch wann würde sie ihn endlich wiedersehen? Das stand wohl in den Sternen.

San Francisco 1998

Als Jeffs Flugzeug in San Francisco landete, wurde er mit Sonnenschein empfangen. Nach vier Monaten Tournee war es schön wieder nach Hause zu kommen. Das graue Winterwetter aus Paris war schnell vergessen, nicht aber seine Erlebnisse der letzten Wochen. Böiger Wind blies in sein Gesicht, als er aus der Maschine stieg. In San Francisco gab es immer viel Wind und oft auch Nebel. Heute aber schien die Sonne. Er kannte dieses Wetter Zeit seines Lebens und war daran gewöhnt. Er spürte seinen Rücken ein wenig, doch Dank einer Schlaftablette konnte er auf dem fast zwölf Stunden langen Flug gut schlafen und er fühlte sich fit. Zügig passierten er und ein Teil seiner Familie, aus welcher die meisten der Musiker des Ensembles bestand, die Passkontrolle. Als Gäste der First-Class konnten sie als erste das Flugzeug verlassen und standen somit in der ersten Reihe am Schalter der Zollbeamten. Mit seinem Onkel Edward zu reisen war schon etwas Besonderes. Er bekam überall einen bevorzugten Service.

Jeffs Wagen stand im Parkhaus. Edward wurde von seinem Fahrer mit der Limousine abgeholt und die anderen verteilten sich in verschiedene Richtungen. Jeder wollte nun baldmöglichst an sein Ziel kommen. Die Straßen von San Francisco waren wie immer gut befahren und man brauchte schon ein wenig Geduld. Rote Touristenbusse und Taxis trugen einen erheblichen

Teil dazu bei, dass zeitweise nichts mehr vorwärts ging. Aber hier in San Francisco nahm man es gelassen. Jeder bewegte sich in seinem eigenen Tempo. Wenn man andere Städte mit San Francisco verglich, zum Beispiel New York, dann ging es hier in der Tat gemütlicher zu. In der Stadt der Hippies war die Welt zu Gast. Man traf Menschen aller Herren Länder und jeder war so wie er war, genau richtig. Leben und leben lassen lautete die Devise. Ein nackter Mann auf einem Fahrrad gehörte ebenso zum Stadtbild wie die Diva, die einen mächtigen Pelzmantel zu ihren offenen Sandalen trug. Es gab unzählige Straßenkünstler, die mit ihrer Musik oder ihrer Kunst ein paar Dollar verdienen wollten. Touristen kamen in die Stadt, um die legendäre Golden Gate Bridge, eine rote imposante Hängebrücke am Eingang der Bucht von San Francisco, zu bestaunen oder um einmal mit dem berühmten Cable Car zu fahren. Die Gefängnisinsel Alcatraz, die in der Bucht von San Francisco lag, übte einen besonderen Reiz aus. Hier saßen Amerikas schlimmste Verbrecher, wie Al Capone und Robert Strout, einst ein. Anfang der sechziger Jahre wurde es dann geschlossen, da es tatsächlich einigen Gefangenen gelungen war, auszubrechen. Die meisten aber, die einen Fluchtversuch durch das kalte Wasser hinüber zum Festland unternahmen, ertranken kraftlos oder wurden sogar von einem Hai gefressen. Doch es gab noch so viel mehr in der Stadt San Francisco zu entdecken. Das bunte Treiben an der Fisherman's Wharf, ein Hafenviertel der

Stadt war einer der wichtigsten Touristenziele. Hier tummelten sich die Seelöwen am Pier 39, welcher eine ehemalige Bootsanlegestelle war. Zahlreiche Souvenirläden rahmten das bunte Bild ab. Die viktorianischen Häuser am Alamo Square erinnerten an vergangene Zeiten.

Jeffs erster Weg führte ihn zu Sady, seiner Mutter. Sie freute sich sehr ihren Ältesten wieder gesund im Lande zu wissen. Jeff, der sonst ein eher ruhiges und zurückhaltendes Wesen hatte, konnte es kaum erwarten seine Erlebnisse zu berichten und die Meinung seiner Mutter zu hören. Er hatte schon am Telefon einige Andeutungen Patrizia betreffend gemacht. Sady hatte Kaffee und Schinken-Käse-Sandwiches vorbereitet, schön angerichtet auf einem kleinen Beistelltisch. Mutter und Sohn setzten sich auf die cognacfarbene Couch im großen Wohnzimmer. Jeff trank zuerst einen Kaffee und biss dann herzhaft in eines der köstlichen Brote. Sady schaute ihren Sohn an. Er sah verändert aus, strahlte von innen heraus und seine Augen glänzten.

Nach einem kurzen Moment richtete er sich auf und drehte den Kopf seiner Mutter zu. Er holte tief Luft, lehnte sich dann aber wieder entspannt zurück und erzählte zuerst von der Tournee und den vielen ausverkauften Konzerten, von Europa und dann betonte er besonders ein kleines Land. Deutschland. Das Hauptthema war hier natürlich Patrizia. In jedem seiner Worte schwang Begeisterung und Euphorie mit. Sady erkannte ihren Sohn kaum wieder.

Nachdem sie ihm ungefähr eine halbe Stunde zugehört hatte, seufzte sie leise. „Jeff", begann sie behutsam, „es freut mich wirklich sehr, dass du so glücklich bist und ich will dir deine Freude auch nicht nehmen, aber denke an das neunte Gebot; und deine Patrizia sollte das sechste nicht außer Acht lassen. Zeit deines Lebens hast du nach Gottes Gesetzen gelebt. Und nun? Willst du wirklich Schuld daran haben, dass eine Ehe, ja sogar eine Familie zerbricht? Willst du dem kleinen Leon den leiblichen Vater nehmen? Weißt du, ob sie überhaupt zu dir und deinem Leben passen würde? Ob sie hier leben könnte? Du bist viel unterwegs, wie soll das gehen? Bitte mach keinen Fehler, den du hinterher bereuen könntest. Lass ein wenig Zeit vergehen und dann siehst du, wie deine und ihre Gefühle sich entwickeln."
Mit besorgtem Blick sah sie zu Jeff hinüber, der seinerseits sein Lächeln in eine ernste Miene getauscht hatte. Die Familie war sehr religiös und lebte streng nach den Geboten Gottes. Sein anderer Onkel, Wesley, welcher ihm sehr nahestand, war ein bekannter Pastor in San Francisco. Jeff verstummte. Sadys Worte holten ihn auf den Boden der Tatsachen zurück. Seine Mutter brachte schonungslos die Fakten auf den Tisch. Nicht um ihrem Sohn die Laune zu verderben, sondern weil sie sich große Sorgen um sein zukünftiges Wohlergehen machte. Bei Jeff kam es

zu einem Konflikt, dem wohl jeder Mensch in seinem Leben einmal ausgesetzt sein würde. Der Kopf sagt nein, aber das Herz schreit ja. Er hatte keinen Hunger mehr und legte sein halbes Sandwich zurück auf den Teller.
„Gut Mom, ich werde jetzt erst einmal nach Hause fahren, auspacken und mich hinlegen um über alles nachzudenken, dann sehe ich vielleicht klarer", sagte Jeff und erhob sich von der Couch. Er umarmte seine Mutter und drückte ihr sanft einen Kuss auf ihre Stirn. Er wusste, was immer er auch tat, sie würde zu ihm halten. Doch er wollte auch keine Schande über die Familie bringen. Seine Stimmung war nicht mehr so unbeschwert, als er das Familienanwesen verließ.

Jeff lebte derzeit nicht bei seiner Familie, sondern in einem großen Haus mit seinem Kumpel Sly, der ebenso Musiker war. Die beiden hatten sehr viel Platz und so konnte jeder in seinem eigenen Reich sein. Im Keller befand sich ein riesiges Tonstudio, welches beide zum Arbeiten nutzen konnten. Sly und er kannten sich aus Kindertagen. Während Jeff noch auf die große Liebe wartete, hatte Sly sie schon dreimal gefunden. Und auch wieder verloren. Er war ein gutmütiger Kerl und manche Frauen wussten dies leider auch auszunutzen. Da hatte er bisher eher Pech, als Glück gehabt.
„Hey Jeff", begrüßte er ihn. „Na wie war die Europatournee?"

„Oh Mann Sly, diesmal gibt es echt viel zu erzählen, diese Tournee war die beste, die ich je gemacht habe".
„Wirklich" forschte Sly, „was ist passiert? Du hast doch wohl nicht die Liebe deines Lebens gefunden?"
Jeff strahlte erneut über das ganze Gesicht, obwohl er von dem Gespräch mit seiner Mutter etwas entmutigt war. Er sagte zuerst nichts mehr und Sly mutmaßte weiter.
„Was, du hast dich wirklich verliebt", rief Sly erstaunt als er Jeff anblickte.
„Das darf doch wohl nicht wahr sein. Da musst du erst zwölf Stunden im Flieger sitzen, um die Frau zu finden, die dich fasziniert. Wow, du musst mir alles erzählen."
Jeff, der sonst nicht so mitteilungsbedürftig vieles ausplauderte, erzählte Sly während des Auspackens, wie begeistert er von Patrizia war.
„Sie wird sich hoffentlich bald bei mir melden und hier anrufen, dann verbindest du mich unbedingt, auch wenn ich noch schlafen sollte", sagte er zu Sly, „mit der Zeitverschiebung wird das vielleicht zu ungewöhnlichen Zeiten passieren".
Sly, der schon immer ein Frühaufsteher war, zog verwundert die Augenbrauen hoch und antwortete mit einem süffisanten Lächeln im Gesicht:
„Obwohl dir das Ausschlafen immer heilig war, darf ich dich wecken?"
„Ja", antwortete Jeff, „der Zeitunterschied macht es nicht einfacher. Wir sind neun Stunden hinter Patrizias Zeitzone".

Sly staunte über seinen Kumpel. So hatte er ihn noch nie erlebt. Euphorisch und gesprächig wie selten, fegte er durch das Haus. Wer war bloß diese Deutsche, die ihm so den Kopf verdreht hatte. Sie musste eine ganz wunderbare Person sein.

Plötzlich aber bekam Jeff eine bittere Miene. „Ich habe meiner Mom davon erzählt, sie reagierte verhalten, ja sogar besorgt, denn Patrizia ist die Frau eines anderen Mannes. Auch Edward war nicht sehr hoffnungsvoll, das hatte er mir schon während der Tournee gesagt. Er meinte, ich dürfte keine Familie zerstören. Und da musste ich ihm leider beipflichten. Aber Patrizia erklärte mir, dass diese Ehe bereits zerrüttet ist, sonst hätte sie sich nie in einen anderen Mann verlieben können. Sie ist unglücklich, viel allein mit ihrem Sohn und ihr Mann kümmerte sich nur noch um den Hausbau, der sich aber leider ewig hinzuziehen schien. Es gab so viele unzufriedene Themen in ihrem Leben. Sie schien mir teilweise sehr verzweifelt".
„Oh mein Gott", kommentierte Sly mit finsterem Gesicht, „das ist sicher keine einfache Situation, aber wo die Liebe hinfällt kann man sich nicht aussuchen. Da habt ihr mehr Schwierigkeiten als erwartet. Erst die große Entfernung und dann ist die Frau nicht frei. Überlege dir gut, was ihr da auf euch nehmen wollt. Lebt sie denn schon von ihrem Mann getrennt? Das wäre ein deutliches Zeichen für das Ende ihrer Ehe."

Jeff wurde nachdenklich und verneinte die Frage seines Freundes. Vielleicht sollte er doch auf die Familie hören, sein Onkel Wesley, der Pastor würde ihm sicher nicht zustimmen, auch wenn sein Neffe, ihm noch so nah war, wie sein eigener Sohn. In Sünde leben, dass konnte er nicht befürworten. Jeff brauchte Zeit zum Nachdenken und zog sich in seinen Flügel des Hauses zurück. Er würde warten, ob Patrizia sich wirklich bei ihm meldet und die Dinge auf sich zukommen lassen. Auf keinen Fall wollte er schuld am Zerbrechen ihrer Ehe sein und Leon den Vater nehmen. Obgleich er sich nichts mehr wünschte, als endlich Vater zu sein und er würde dies auch gerne für Leon sein wollen.

Zwei Tage später rief Patrizia, wie vereinbart an. Einerseits war Jeff hocherfreut, denn er hatte sehnlichst auf ihren Anruf gewartet, andererseits packte ihn das schlechte Gewissen und die mahnenden Worte seiner Mutter machten ihn verhalten. Patrizia merkte das und zeigte ihm ihre Zuneigung in rührenden Worten. Jeff war durcheinander und wusste mit seinen Gefühlschaos nicht wohin. Doch nach einer Weile war sie wieder da, die Leichtigkeit, die beide aneinander, so liebten. Trotz der kurzen Zeit, die die beiden sich kannten, hatte Jeff vollstes Vertrauen zu Patrizia. Sie erzählten sich aus ihrem täglichen Leben und Patrizia ließ auch die Schwierigkeiten mit Tim nicht außen vor, der in seinen Wutausbrüchen offenbar kaum zu bremsen war. Jeff wurde auf einmal klar, dass er sie und Leon da rausholen musste, aber hatte er das Recht dazu? Dürfte er sich einmischen? Sollte Patrizia nicht besser klar Farbe bekennen und ihren Mann verlassen? Liebte sie ihn womöglich noch? Tausend Fragen kamen ihm in den Sinn. Er wollte aber auch nicht, dass Patrizia und ihr Sohn Leon unglücklich waren oder gar körperliche Verletzungen erleiden könnten. Leon hatte sicherlich schon seelischen Schaden genommen, da er ständig den Streitereien seiner Eltern ausgesetzt war. Patrizia wirkte stark und souverän, doch im Grunde war sie wohl zu schwach und unentschlossen, ihren Ehemann zu verlassen. Oder meinte sie es am Ende gar nicht ernst, wenn sie ihm sagte, dass sie ihn vermissen würde? Schließlich hatte ihr Ehemann ja auch seine guten Seiten, wie sie erzählte, wenngleich diese mit den Jahren immer weniger sichtbar wurden. Sie erklärte Jeff, dass sie auch finanzielle Sicherheit für sich und Leon brauchte. Tim versorgte seine Familie finanziell gut. Patrizia kannte die Vor- und Nachteile genau, die die eine oder andere Entscheidung mit sich brachte. Sie hoffte, mit der Zeit Klarheit über ihre Gefühle und Wünsche zu bekommen.

Zeit des Leidens und der Hoffnung

Obwohl sie am Telefon viel lachten, nahmen die Gespräche ernstere Züge an. Mit Jeff konnte Patrizia über alles reden. Sie hatten in vielen Punkten dieselben Ansichten und ihre Liebe wuchs trotz aller Unklarheiten und Widrigkeiten. Das Herz stand aber immer noch im Konflikt mit dem Kopf. Es sagte immer deutlicher ja, doch der Kopf blieb bei einem nein. Leider hatte sich bisher auch noch keine Möglichkeit zum Wiedersehen ergeben. Edward plante drei Jahre lang keine Konzerte in Deutschland und Patrizia konnte nicht so einfach in eine Maschine steigen, um zu Jeff zu fliegen. Die Zeit verging. Sie hörte weiterhin auf ihren Kopf, auch wenn es ihr sehr schwerfiel. Die körperlichen Symptome zeigten sich mehr und mehr. Ihr Herz schlug fast gar nicht mehr im ruhigen und gleichmäßigen Rhythmus. Nächtelang konnte sie nicht schlafen, weil der Puls zu hoch war oder das Herz in ihrer Brust heftig flatterte. Der Rücken tat ihr weh und zu allem Übel bekam sie noch allergisches Asthma, welches im Frühjahr durch die Blütenpollen ausgelöst wurde. Sie fühlte sich zunehmend unwohl in ihrem Körper. Tim hatte für keine ihrer Leiden Verständnis. Er war komplett überfordert. Sie stritten sich jetzt noch öfter als früher, doch keiner von beiden hatte den Mut, den anderen zu verlassen. Patrizias jüngste Schwester Bibi riet ihr, Tim zu verlassen, wenn die ständige Streiterei grenzenlos wurde. Sie machte sich vor allem Sorgen um Leon. Es kam vor, dass Patrizia und Tim wochenlang nicht miteinander sprachen. Leon wurde von seinem Vater gleichermaßen mit Ablehnung behandelt, so wie Patrizia. Tim sah seinen Sohn und seine Frau als ein und dieselbe Person an. Er machte da keinen Unterschied. Leon begann seinen Vater mehr als großen Bruder, denn als Vater zu betrachten. Tim verhielt sich dementsprechend. Das Vertrauen in der Familie war nicht mehr da.

An einem Samstag, als Tim seiner Frau wie bei fast jedem Streit, einmal mehr wieder androhte, er würde sie aus dem Haus werfen, welches ja schließlich seinem Vater und somit später ihm gehörte, eskalierte das Ganze. Tim schreckte auch vor körperlicher Gewalt gegenüber Patrizia nicht zurück und trat ihr mit dem Fuß gegen den Unterleib. Mit schmerzverzerrtem Gesicht und einer riesen Wut im Bauch, schrie Patrizia Tim an und sagte ihm, dass sie ihn ohnehin nicht mehr lieben würde. Sie erzählte ihm schließlich von ihrer Nacht mit Jeff. Sie hatte endgültig die Nase voll von ihrem Mann, ihr waren die Konsequenzen nun einerlei. Doch Tim schien dies kalt zu lassen und reagierte so als wäre ihm das völlig egal. Er verließ das Wohnzimmer und ging wie so oft in den Keller, um sich im Internet auf einschlägigen Portalen, abzureagieren. Nun war wieder Funkstille unter den Eheleuten und Leon bekam dies natürlich auch wieder voll zu spüren. Der sensible Junge litt sehr darunter. Patrizia wartete ab. Nach ein paar Tagen suchte Tim das Gespräch mit seiner Frau, denn er realisierte, dass sie ihn vielleicht doch eines Tages verlassen könnte. Das wollte er aber auf keinen Fall. Tim wollte und konnte nicht alleine leben. Er hatte lieber eine schlechte Beziehung, als gar keine und sicher liebte er Patrizia auch. Sie wusste um diesen Aspekt. Irgendwie tat er ihr sogar leid. Er hatte zwei Seiten wie kein anderer. Wenn er auch seinem Sohn keine Gefühle zeigen konnte, so wusste sie doch, dass sie da waren. Er erklärte ihr immer wieder, wie ungeliebt er sich in seiner Kindheit gefühlt hatte. Das machte auch ihn zum Opfer. Ein Teufelskreis.

An einem Sonntagabend erklärte Tim, dass er gar nicht wissen wollte, was genau in dieser Nacht mit diesem Musiker passiert war. Er bat sie aber innig darum, sie möchte die Familie nicht verlassen und bei ihm bleiben. Er würde ihr alles verzeihen, sofern es sich nur um das eine Mal handelte. Patrizia blickte fragend zu Tim. War das nun eine versteckte Liebeserklärung seinerseits an sie oder hatte er gar selbst etwas zu beichten, weil er die Sache so locker nahm? Patrizia war verwirrt. Wenn doch nur die Gefühle für Jeff nicht so stark wären.

Die Eheleute ließen die Sache erst einmal auf sich beruhen, ohne dass Patrizia irgendwelche Versprechen gab oder Konsequenzen aus dem Streit gezogen hatte. Das Vertrauen der Eheleute wurde jedoch nicht wiederhergestellt.

Patrizia hatte nur einen Vertrauten. Leon. Ihr Sohn merkte sehr bald, was Jeff für eine Rolle in ihrem Leben spielte. Seine feinen Antennen empfingen alles, was von seiner geliebten Mutter ausging. Oft lag sie auf seinem Bett und war traurig, während er auf dem Boden davor, mit seinen Autos spielte. Sie suchten alle beide die gegenseitige Nähe. Tim konnte nicht viel Nähe ertragen und lebte somit fast autark in der kleinen Familie. Seine Welt wurde das Internet. Er verbrachte am Wochenende bis zu achtzehn Stunden vor seinem Computer. Ohne Essen und Trinken. Er saß da, lud Programme herunter, spielte Computerspiele und zu Patrizias großem Bedauern vergnügte er sich virtuell mit vollbusigen Damen aus dem Netz, wie sie selber einmal gesehen hatte, als sie unerwartet in den Keller kam. Die Situation wurde immer aussichtsloser. Wohin sollte das nur führen?

Ihre Liebe zu Jeff wurde von Tag zu Tag größer und sie überlegte ständig, wie sie mit ihm glücklich werden könnte. Allein der Mut fehlte ihr alles aufzugeben und in eine für sie damals unsichere Zukunft zu gehen. Sie durfte ihre Gefühle nicht vor die Verantwortung gegenüber Leon stellen. Sie litt unter der ganzen Situation mehr als sie geglaubt hatte. Warum konnte sie sich nicht einfach wieder entlieben, wie sie sich verliebte? Alles könnte so einfach sein. Welche Lektion wollte ihr das Leben erteilen? War es bereits die Strafe für diese eine Nacht, in der es nicht einmal zum äußersten kam? Doch wo fängt fremd gehen an? Was soll man tun, wenn man sich einfach verliebt. War es die Strafe für die Gefühle, die sie für einen anderen Mann hatte? Was kann das Herz dafür, wenn es fühlt wie es fühlt? Sollte man nicht immer auf sein Herz hören? Wo war der Ausweg? Sie dachte viel darüber nach. Spätestens, wenn Leon aus dem Gröbsten heraus war, wollte sie sich wieder mehr um sich selber kümmern. Hoffentlich war es dann nicht schon zu spät. Patrizia suchte vergebens nach Ablenkung, aber obwohl Jeff mehr als neuntausend Kilometer von ihr entfernt wohnte, fühlte sie sich ihm so nah, wie keinem anderen Mann zuvor. Er war ihr erster Gedanke am Morgen und ihr letzter Gedanke am Abend. In unzähligen Träumen stellte sie sich ihre nächste Begegnung vor. Wie er sie in den Arm nahm, küsste und eines Tages liebte. Hörte sie Musik im Radio, wo Jeff einer der Musiker war, hielt sie inne und schickte ihm tausende rote Herzen in ihren Gedanken. Spürte er es nicht? Warum spürte er es nicht und kam einfach ohne Konzertverpflichtung nach Deutschland zu ihr zurück? Sie hätte ihn bei Freunden unterbringen können. Es gab doch so viele Möglichkeiten. Weiß der Teufel, warum nichts passierte und keiner den nächsten Schritt wagte. Waren sie beide zu feige, zu ihrer Liebe zu stehen und das Leben zu ändern? Siegt die Gewohnheit des Alltäglichen über die Sehnsucht? Triumphiert der Verstand, weil er das Herz bezwungen hatte? War es nicht besser, etwas zu wagen als aufzugeben?

Die Jahre vergehen

Jeff und Curtis trafen sich in dieser Zeit täglich im Studio, um eine neue CD zu produzieren. Sie hatten immer lukrative Aufträge und einen Tag ohne Arbeit, den gab es einfach nicht. Wenn ein Musiker sich erlaubte Urlaub zu machen, konnte es passieren, dass vielleicht ein anderer für das Projekt gebucht wurde. Jeff musste sich dennoch keine allzu großen Sorgen machen, denn er war ein begehrter Bassist, der seine Arbeit sehr ernstnahm. Jeff arbeitete aus Leidenschaft, aber immer mit viel Disziplin. Es war eigentlich gar keine Arbeit für ihn, sondern das reinste Vergnügen, seinen Bass oder sein Schlagzeug zu spielen.

In den wenigen Pausen, die die beiden im Studio machten, sprachen Jeff und Curtis auch über Germany und ihre Tournee und natürlich über Patrizia. Jeff dachte jeden Tag an sie. Sie war in seinem Herzen, aber gleichzeitig schwand ein wenig seine Hoffnung auf eine gemeinsame Zukunft. Manchmal hatte er einen besorgten und melancholischen Gesichtsausdruck, der seinen Freunden und Kollegen nicht verborgen blieb. So kannte man den strahlend lächelnden Freund nicht. Curtis, ein Abenteurer, besonders was Frauen betraf, versuchte seinen Kumpel Jeff zu trösten, der sich ständig überlegte, wie er Patrizia wiedersehen konnte.

„Es gibt noch mehr Mütter mit hübschen Töchtern", sagte er mit einem Augenzwinkern, „und die wohnen sogar ganz in deiner Nähe".
Jeff lächelte bitter und lies sich nicht aufmuntern. Er wünschte sich so sehr eine eigene Familie, Frau und Kind. Mit Ende dreißig fühlte er sich absolut dafür bereit. Von vielen verschiedenen Liebschaften, wie Curtis, der bereits drei Kinder mit zwei Frauen gleichzeitig hatte, hielt er rein gar nichts. Jeff musste aus dem Herzen heraus lieben, um auch körperlich lieben zu können. Beim nächsten Telefonat würde er dies Patrizia noch einmal deutlich klarmachen. Curtis riet davon ab, bei Patrizia seine Wünsche anzusprechen. „Du weißt, was deine Familie davon hält, wenn du dich mit einer verheirateten Frau einlässt. Außerdem wie wollt ihr die Entfernung überwinden? Muss es denn so kompliziert sein?", ermahnte Curtis ihn. „Eines Tages werde ich dir eine Traumfrau aus unserer Gegend vorstellen. Mit ihr kannst du dann deine Zukunft planen." Jeff trank einen großen Schluck aus seiner Kaffeetasse, die er schon eine Weile in der Hand hielt und seufzte. Er hatte nicht das Gefühl, dass sein Freund begriffen hatte, um was es ihm ging. Curtis nahm die Sache locker und verstand die Gefühlsduselei seines Kumpels in der Tat nicht. Für ihn gab es überall Frauen, mit denen er ein Stück Glückseligkeit erleben konnte. Er war seit kurzer Zeit wieder geschieden und er suchte seinen Spaß. Jeff winkte ab. „Lass uns weitermachen, damit die Aufnahmen endlich fertig werden".

Er nahm seinen Bass und hielt ihn fast zärtlich in seinen Händen. Für Jeff war Musik alles. Er konnte Stunden damit verbringen, neue Techniken zu entwickeln und war auch daher ein sehr gefragter Musiker in den Staaten. Nebenher unterrichtete er an der Musikhochschule. Viele seiner Studenten nahmen ihn als Vorbild, was ihren Ehrgeiz antrieb. Jeder wollte so mit seinem Instrument umgehen können, wie Jeff. Zahlreiche Musikmagazine berichteten gerne über ihn und sein Gott gegebenes Talent. Nie hatte er nur eine Unterrichtsstunde gehabt oder das Notenlesen gelernt. Er brachte sich im Laufe seines Lebens alles selber bei und lernte so von den Größen der Musik seiner Zeit.

In den folgenden Tagen stürzte sich Jeff noch tiefer in die Arbeit, um einen klaren Kopf zu bekommen und versuchte sich damit, ein wenig von Patrizia abzulenken. Sein Verstand riet ihm ab, weiterhin auf Patrizia zu hoffen, sein Herz sehnte sich nach ihr. Keiner seiner Freunde verstand worum es ihm ging. Einzig Sly, sein Mitbewohner, der auch das Herz am rechten Fleck hatte, hörte ihm geduldig zu und schenkte ihm trostvolle Worte. Die Monate vergingen, ohne dass sich in Jeffs Leben etwas geändert hätte. Sieben Tage die Woche arbeitete er, um nicht auf trübe Gedanken zu kommen. Doch er fühlte sich nicht mehr so vital wie früher. Ein Stück Unbeschwertheit war verloren gegangen. Man sah ihn nun des Öfteren bei seinem Onkel in der Kirche. Dort suchte er nach Antworten für sein zukünftiges Leben. Zum Glück fand er wenigstens Erfüllung in seiner Arbeit, auch in der Gemeinde, wo er immer wieder sonntags die Band des Gospelchores unterstützte.

Es vergingen weitere Monate und viele berühmte Künstler wie Al Jarreau oder die Band Grateful Dead buchten ihn als Musiker für ihre Aufnahmen und Konzerte. Jeff verdiente gut, seine Musik machte ihn glücklich. Einzig der Wunsch nach einer Familie war unerfüllt und wurde immer stärker. Die Telefonate mit Patrizia, die immer noch regelmäßig stattfanden, konnten auf Dauer nicht alles sein. Beim letzten Anruf hatte er ihr dann doch von seinen Träumen erzählt, endlich eigene Kinder zu haben. Patrizia hörte aufmerksam zu und wusste gleichzeitig, dass sie noch nicht bereit war, diese Frau für ihn zu sein. Ihr fehlte der Mut aufzubrechen in unbekannte Gefilde und sie brauchte die Sicherheit eines geregelten Lebens in vertrauter Umgebung für Leon. Sie war nun mehr oder weniger alleinerziehend, obwohl sie und Tim noch verheiratet waren. Auf dem Papier zumindest, denn das Eheleben fand nicht mehr statt. Tim war mit den täglichen Pflichten überfordert und das Projekt Hausbau zog sich bereits über Jahre hin. Während Teile des Hauses noch nicht komplett ausgebaut waren, fingen an der einen oder anderen Stelle schon wieder die Reparaturen an. Es war einfach kein Ende in Sicht. Das Haus kostete die Familie die letzten

Nerven. Was gut gemeint war, war dennoch nicht gut gemacht.

Patrizia wurde zunehmend unglücklicher und wünschte sich einen Mann an ihre Seite. Sie fühlte sich einsam und freute sich immer auf den Sonntagabend. Das war die Zeit, in welcher sie in Ruhe im Schlafzimmer mit Jeff telefonieren konnte. Leon war vor dem Fernseher und schaute sein Kinderprogramm, während Tim dösend daneben saß. Wie sehr wünschte sie sich doch, dass er sich mehr um seinen Sohn kümmerte. Tim hatte kein Interesse am Familienleben. Er wollte nach Feierabend seine Ruhe. Er meinte, wenn er das Geld nach Hause brachte, würde das reichen. Er merkte auch nicht, wenn Patrizia das mobile Telefon nahm und wie immer nach oben ins Schlafzimmer verschwand, um in Ruhe zu telefonieren. Wenn es ihm dann doch aufgefallen war, dass seine Frau nicht mit im Wohnzimmer saß, war Tim sogar froh darüber, mit Leon, der sich auf das Programm konzentrierte, alleine zu sein. So musste er wenigstens nichts reden.

Patrizia setzte sich gemütlich aufs Bett und wählte die Nummer. Nach kurzen Klingeln hob Sly ab. „Oh guten Morgen, wie geht es dir" antwortet er freundlich. „Warte ich muss Jeff erst kurz wecken, denn er schläft noch".
Verschlafen erklang seine Stimme am Hörer: „Hey Pat, freut mich, dass du anrufst. Wie läuft es so bei dir?"

Die beiden erzählten sich wie immer eine ganze Menge aus ihrem täglichen Leben und hatten viel Spaß in der Unterhaltung. Mit ihm konnte sie Lachen und diese Gespräche taten ihr wirklich gut. Doch mit einem Mal wurde Jeff ernst: „Pat, ich muss dir sagen, dass ich gerne eine Frau an meiner Seite hätte, um eine Familie zu gründen und Kinder zu haben."
„Jeff, ich weiß, aber ich kann das momentan nicht sein. Leon ist noch zu klein, um einfach weg zu gehen. Ich habe nicht den Mut hier alles stehen und liegen zu lassen", antwortete Patrizia traurig.
Jeffs Stimme klang leiser und Patrizia merkte, dass es ihm ernst war. Sie befand sich in einem Dilemma. Hier hatte sie finanzielle Sicherheit, einen Job und die Hoffnung, dass Tim sich doch noch änderte und Interesse an seiner Familie zeigte. Dort war Jeff, den sie liebte, von dem sie aber nicht viel wusste. Wo würden sie leben, was würde sie arbeiten, wie würde Leon reagieren, was würde seine Familie sagen? Und sie wäre weit weg von ihren Eltern, ihren Patenkindern und ihren Geschwistern. Patrizia fehlte einfach die Kraft zu diesem Schritt.

In den folgenden Wochen wurden die Gespräche irgendwie anders als sonst. Die Leichtigkeit fehlte und sie spürte Jeffs langsamen Rückzug. Eines Tages als das Telefon in San Francisco klingelte kam die Meldung: „Kein Anschluss unter dieser Nummer". Patrizia erstarrte wie vom Blitz getroffen. Was war los? So konnte er sich doch nicht aus dem „Staub" machen. Jeff musste seine Nummer gewechselt haben, ohne es ihr mitzuteilen. Ihr Herz wurde schwer. Sie genoss doch so sehr die Gespräche mit ihm. Was war passiert? Zog er sich nun feige zurück? Hatte er eine neue Telefonnummer und ihr absichtlich nichts gesagt? War das Schicksal gegen sie? Warum so plötzlich? Hätte sie aus seinem Unterton erkennen müssen, dass er es mit der Gründung einer Familie tatsächlich ernst meinte und das jetzt tun will. Passte sie nicht mehr in sein Leben? Diesen Charakterzug hätte sie Jeff nicht zugetraut. Sie hatten doch immer über alles offen gesprochen. Hatte er sich durch die lange Zeit und der Entfernung von ihr distanziert? Voller Verzweiflung überlegte sie, was sie tun könnte. Falls es bei Jeff eine Änderung gab, konnte er sie nicht informieren, denn Jeff hatte ihre neue Telefonnummer nicht. Sie hatten das damals so vereinbart, als Tim aus Kostengründen den Telefonanbieter gewechselt hatte. Eine Konfrontation der beiden Männer wollte Patrizia unbedingt vermeiden. Doch nun wünschte sie sich, dass er anrief. Ob nun Tim am Telefon war oder nicht. Es war ihr egal. „Jeff, wo bist du?", rief sie laut. Leon, der inzwischen vom Wohnzimmer hoch in die erste Etage, den Schlafbereich des Hauses kam, blickte sie fragend an. Tim hatte zum Glück nichts gehört, da der Fernseher ziemlich laut gestellt war. Dicke Tränen liefen über Patrizias Gesicht. „So kann es doch nicht enden", sagte sie zu sich selber. „Feige die Nummer wechseln, nein das war nicht Jeff.

Nein, so war er nicht." Sie überlegte was sie tun könnte. Im Internet war unter seinen Namen nichts Konkretes zu finden, da es zu viele Einträge unter diesem Namen gab. Sie hatte auch keine Ahnung, wie sie einen seiner Kumpels erreichen konnte.

Tage der Hoffnung und Verzweiflung folgten. Patrizia war sehr traurig und weinte sich fast jeden Abend in den Schlaf. Sie hoffte auf ein Wunder. Der Kontakt zu Jeff war nicht mehr möglich. Dann hatte Patrizia eine Idee: Sie versuchte noch einmal Slys Nummer ausfindig zu machen und ihn zu erreichen. Sie wählte, wie schon ein paar Mal zuvor, die Nummer der Auslandsauskunft. Glücklicherweise wurde heute die Dame am anderen Ende der Leitung, in Bezug auf ihn fündig. Es gab allerdings auch hier drei Einträge unter diesem Namen. Sie konnte es kaum fassen. Hoffentlich war der richtige Sly dabei. Sie wählte die erste Nummer:
„Hello", kam eine dunkle Stimme, die zu Sly passte. Patrizia redete vorsichtig weiter, ohne sich ganz sicher zu sein, einen Treffer gelandet zu haben.
„Sly, hier ist Patrizia".
„Hey Patrizia, wie geht es dir?", kam freundlich seine Frage.
Sly freute sich tatsächlich sehr von ihr zu hören, wie er betonte.
„Sly", begann sie, „was ist mit Jeff? Wo ist er? Warum funktioniert eure bisherige Telefonnummer nicht mehr?" Sly hielt kurz inne, doch dann

erzählte er ihr, dass Jeff ausgezogen sei. So richtig wollte er nicht mit der ganzen Wahrheit rausrücken und gab ihr auch nicht seine neue Telefonnummer. Sly fühlte sich seinem Freund verpflichtet und wusste nicht, was er jetzt sagen sollte, denn Patrizia war ihm sehr sympathisch. Er erklärte ihr, dass er bisher Jeffs neue Nummer selber noch nicht hätte. Gleichzeitig schämte er sich für diese Notlüge. Nach einer Weile wollte Patrizia das Gespräch wieder beenden und verabschiedete sich. Sly bat sie, weiterhin mit ihm in Kontakt zu bleiben. Patrizia war damit einverstanden und hoffte gleichzeitig, dadurch mehr von Jeff zu erfahren. Sly gab ihr noch einen wertvollen Tipp. „Edward plant wieder in Europa zu touren" fuhr er fort, „vielleicht ergibt sich da was für euch."

Patrizia legte auf und begann sogleich im Internet nach Details über die bevorstehenden Konzerte zu forschen. Sie recherchierte bei Konzertagenturen und Veranstaltern, wo Edward Hoskins auf Tournee sein könnte. Alle Konzerte mit der Band waren jedoch in den Staaten oder in Japan. Sie fand keinen Eintrag für Konzerte in Europa. Ja um Himmels Willen, wie sollte sie da hinkommen? Sie betete, dass Gott ihr ein Zeichen gab. Leon tröstete seine Mutter mit seinem Lächeln. Was gab es Schöneres, als in die strahlend blauen Augen ihres Sohnes zu schauen, die er von ihr und seiner Oma geerbt hatte. Hatte dieser prachtvolle Junge nicht eine liebevolle und intakte Familie verdient? Einen Ort der

Geborgenheit, ein Nest in welchem er Wärme und Schutz bekam? Patrizia hatte ein schlechtes Gewissen ihrem Sohn gegenüber, weil er immer noch das Familienchaos ertragen musste. Man hätte meinen können, dass nun, nachdem Jeff für Patrizia unerreichbar war, sie es wieder näher zu Tim gezogen hatte, aber dem war nicht so. Und auch Tim zeigte weder Interesse an seiner Frau, noch am Ausbau des Hauses. Zwar hatten alle jetzt ein Bett und Leon sein eigenes Zimmer, aber es gab noch sehr viel zu tun. Tims Tagesablauf war immer derselbe. Montag bis Freitag ging er seiner Arbeit nach und das komplette Wochenende verbrachte er im Keller. Seine Mahlzeiten nahm er ein, so wie es ihm gerade passte. Selten war dies gemeinsam mit seinem Sohn oder seiner Frau der Fall. Ab und zu, wenn Patrizia mit Eve auf ein Konzert gehen wollte, erfüllte sie ihre Ehepflichten, um Leon gut versorgt zu wissen. Dann erst konnte sie den Abend unter Freunden genießen.

Eines Tages, Patrizia war gerade in der Küche und bereitete das Essen zu, traute sie ihren Ohren kaum. Das Radio lief und sie bekam plötzlich einen Wink des Schicksals. Der Sender kündigte ein Gospelkonzert ganz in ihrer Nähe an. Sie erfuhr, dass Edward Hoskins eine kleine Reihe an Konzerten in Deutschland plante, diesmal aber ohne Band, nur in Begleitung eines Keyboarders. Das Besondere aber war, dass er zusammen mit örtlichen Chören auftreten wollte. Patrizia sprang fast bis an die Decke vor Freude. Ihr Herz begann wild zu schlagen. Sie konnte es nicht glauben. Edward war auf dem Weg nach Deutschland. Er musste wissen was mit Jeff los war. Er würde den Kontakt zu Jeff wiederherstellen können. Seit ihrem letzten gemeinsamen Telefonat war fast ein Jahr vergangen.

In Patrizias Leben tauchte ein Sonnenstrahl auf. Überglücklich machte sie sich schlau, in welchen Orten die Konzerte stattfinden sollten und es dauerte nicht lange bis sie auch den dazugehörigen Chor fand, der für dieses Projekt eingeplant war. Das war ihre Chance.

Kurzerhand rief sie auf dem Pfarramt der Gemeinde an und erkundigte sich nach dem Chorleiter. Die Dame im Sekretariat gab ihr alle gewünschten Informationen, zumal Patrizia betonte, dass sie die Hoskins Familie bereits kannte. Sogleich kontaktierte sie den Chorleiter um ihn zu fragen, ob auch sie mit einer Hand voll guter Sängerinnen und Sänger aller Tonarten dabei sein durfte. Sie erzählte ihm, dass auch sie seit Jahren in einem Chor singe und sogar dessen Sprecherin sei. Ihr Angebot fand Zustimmung am anderen Ende der Leitung.
„Gerne" antwortete Herr Hirte, er war seit langem der Chorleiter der Kirchengemeinde, in welcher das Konzert stattfinden sollte und fand das kommende Konzertereignis höchst spannend. „Wir brauchen gute Stimmen und wenn

Edward Hoskins kommt, müssen wir top aufgestellt sein".

„Super, da wäre ich sehr gerne dabei und ich kann Ihnen, wie bereits erwähnt, auch noch ein paar Leute mitbringen", antwortete Patrizia euphorisch. Schnell war die Sache zwischen den beiden abgemacht. Peter Hirte freute sich, Unterstützung von einem anderen Chor zu erhalten. Nachdem sie gegenseitig ihre Adressen und Telefonnummern ausgetauscht hatten, rief Patrizia sogleich ganz aufgeregt ihre Freundin Susan an. Sie erzählte ihr von Edwards geplanten Konzerten und ihrem Telefonat mit Chorleiter Hirte.

„Wow, was für Nachrichten", entgegnete sie, „das ist ja eine super Gelegenheit, mit dieser Gospelgröße einmal auf einer Bühne zu stehen". Ganz klar, dass sie auch mit dabei sein wollte.

Patrizia begegnete den Tagen wieder mit Leichtigkeit. Die Proben würden schon in Kürze beginnen und es galt Texte zu lernen, sobald die Lieder bekannt waren. Edward Hoskins stand nicht mit Notenständern auf der Bühne, so wie es hier in Deutschland teilweise üblich war. Es war eine echte Herausforderung für Patrizia, Susan und die anderen Chormitglieder.

Sie freuten sich alle sehr auf die Proben mit dem Chor und das bevorstehende Konzertereignis. Insgeheim hoffte Patrizia natürlich, dass Jeff auch dabei sein würde. Es war wieder November geworden und Erinnerungen wurden wach an die Zeit vor drei Jahren. Der nahende

Konzerttermin mit Edward Hoskins war ein Anlass zur Freude und eine sehr willkommene Abwechslung in Patrizias Alltag. Schließlich würde sie nicht mit irgendjemand auf der Bühne stehen, sondern mit einem Künstler der weltberühmt war für seine Musik und schon viele Preise gewonnen hatte. Und er war Jeffs Onkel. Bei diesem Gedanken wurde ihr warm uns Herz.

Als der Kartenvorverkauf begann, beschloss sie auch eine Karte an Mike, anlässlich seines Geburtstages, zu verschenken. Ihn kannten sie und Eve ja seit dem zweiten Konzertbesuch und alle drei waren mittlerweile sehr gute Freunde geworden. Er gehörte einfach mit dazu. Eve, die nicht im Chor sang, sollte selbstverständlich im Publikum mit dabei sein. Auch sie erinnerte sich gerne an die Konzerte und persönlichen Begegnungen.

Die Proben, welche aus Zeitgründen nur am Wochenende stattfinden konnten, machten großen Spaß. Allerdings musste auch viel Zeit investiert werden. Für Patrizia und ihre Sangeskolleginnen und Kollegen kam noch zusätzlich die zweistündige An- und Abfahrt dazu. Aber der Aufwand wurde gerne betrieben, denn jeder der Sängerinnen und Sänger war auf den großen Künstler gespannt, mit welchem es nur eine kurze Probe vor dem Konzert geben sollte. Das bedeutete, der Chor musste perfekt vorbereitet sein, so dass Edward zufrieden sein würde.

Der Termin rückte näher. Patrizia hatte seitdem nichts mehr von Jeff gehört. Die Spannung stieg ins Unerträgliche. Würde er mitkommen? Würde sie wieder in seinem Armen liegen? Wäre sie dieses Mal bereit mit ihm mitzugehen? Sie erinnerte sich an die glücklichen Momente mit ihm und wünschte sich so sehr, Jeff wieder nah zu sein. Die lange Zeit, in welcher sie keinen Kontakt hatten, nutzte sie unter anderem auch, um intensiv über ihr Leben und das von Leon nachzudenken. Immer mehr kam der Wunsch auf, Deutschland nun doch verlassen zu wollen, auf ihr Herz zu hören und ihre Liebe leben zu wollen. Gott hatte sie doch nicht einst umsonst zusammengeführt. Oder war es der Teufel, der sie auf die Probe stellte? Ihre mütterliche Freundin aus New York, Dolores, eine gute Christin, warnte sie vor dem Schritt. Sie sagte ihr immer wieder, wenn sie sie um ihren Rat fragte, dass der Teufel hier mit im Spiel sei. „Pass auf meine liebe Pat, pass gut auf und lass' dich nicht in Versuchung führen", waren ihre letzten Worte, als Patrizia sich nach einem Besuch bei ihr in New York, verabschiedete. Patrizia legte großen Wert auf Delores' Meinung. Sie lebte in Harlem und hatte schon viel gesehen. Vor ihrem Ruhestand war sie als Maskenbildnerin am Broadway beschäftigt. Sie kannte einige der Stars aus der Film- und Musikbranche. Sie wusste, dass viele ihrem Ruhm nutzten, um beim anderen Geschlecht zu punkten und das Thema Treue war nicht so wichtig. Delores wollte Patrizia vor einer Enttäuschung bewahren und schenkte den Worten Jeffs keinen Glauben. Patrizia aber blieb bei ihrer Meinung über ihn. Jeff war keine teuflische Verlockung, sondern ein Gottesgeschenk. So oder so.

Neue Begegnungen

„Hey Jeff", rief Curtis als er gerade durch die Tür des Fitnessclubs hereinkam und direkt auf seinen Kumpel zulief, „ich brauche dich morgen im Studio. Die Thompson Singers machen eine neue CD und sie zahlen gut. Ein kleiner Chor wird auch dabei sein. Das ist ein größeres Projekt. Kann ich auf dich zählen?"
Jeff, der gerade sportlich aktiv war um in Form zu bleiben, wischte sich mit dem Handtuch über die Stirn und beendete sein Training auf dem Laufband. Er war sehr körperbewusst, machte wenn die Zeit es zuließ, soviel Sport wie möglich und ernährte sich immer gesund. Kaum Fleisch und wenn dann mageres, zwei bis dreimal die Woche Fisch, viel Gemüse, Salate und Obst, wenig Alkohol und er rauchte nicht.
„Ja, klar bin ich dabei. Um elf Uhr, wie immer?" fragte er nach. Curtis nickte zufrieden. „Um elf. Gut. Sehr gut. Das wird eine super Geschichte."

Curtis hatte noch einen Plan im Hinterkopf, um endlich seinem Kumpel zu helfen. „Gelegenheit macht Liebe", so dachte er. Das wird schon klappen. Jeff hatte nach wie vor nichts anderes im Kopf als seine Musik. Sie war sein Leben. Die Erfüllung seines langehegten Wunsches nach einer Partnerin, ließ sich nun mal nicht erzwingen. Also lief sein Leben ohne große Veränderungen einfach so weiter. Die Telefonate, die er mit Patrizia führte, waren zwar eine willkommene Abwechslung, aber traurig musste er einsehen, dass sie nicht bereit war, den von ihm gewünschten Weg gemeinsam zu gehen. Er vermisste sie so sehr, doch gleichzeitig wollte er ihr das nicht sagen, um sie nicht ständig unter Druck zu setzen. Was gibt es Schlimmeres als eine unerfüllte Liebe?

Mittlerweile war er aus dem großen Haus, welches er mit seinem Kumpel Sly bewohnte, ausgezogen, denn Sly hatte erneut geheiratet. Jeff beneidete ihn darum. Für Sly war das zwar schon Ehefrau Nummer vier, aber er hatte einen Sohn und damit das erreicht, auf was er selber noch hinarbeitete: Eine eigene Familie.

In seinem neuen Apartment fühlte er sich soweit ganz wohl, doch das Alleinsein tat ihm auf Dauer nicht gut. Könnte nur Patrizia hier sein. Diesen Gedanken hatte er sehr oft. Ich wäre für Leon ein guter Vater, wenn sie es nur zulassen würde. Jeff verspürte den Drang nach Veränderung in seinem Leben. Wenn er nicht gerade Musik machte, dann trieb er viel Sport um sich fit zu halten. Doch war das alles? Manchmal überkam ihn eine melancholische Stimmung. Dann fühlte er sich schlapp und lustlos. Ja, es fehlte etwas in seinem Leben. Die Liebe einer Frau und die Liebe und Fürsorge, die er für ein Kind haben dürfte.

Am nächsten Morgen um elf Uhr, betrat Jeff pünktlich, wie verabredet, das neue Studio von Curtis für die geplanten Aufnahmen. Andere

Musiker waren bereits versammelt und warteten schon gespannt auf den begehrten Bassisten. Neben den aufgebauten Instrumenten der Band, saßen auf drei honigfarbenen Lederhockern, die Sängerinnen, die für den Background zuständig waren. Die Thompson Singers begrüßten Jeff mit einem herzlichen Handschlag. „Schön, dass du für uns Zeit hast", sagte Jonathan Thompson freundlich lächelnd. Lasst uns also anfangen.

Während sich die Sängerinnen stimmlich vorbereiteten, merkte Jeff, wie Anna, eine der Altstimmen ihn immer wieder anlächelte. Sie hatten schon mehrmals zusammen im Studio gearbeitet, aber heute schien sie besonders aufmerksam zu sein. Anna hatte immer schon ein Auge auf Jeff geworfen, doch bisher keinen Erfolg bei ihm gehabt. Jeff war nicht nur ein begehrter Musiker in der Gegend, er war auch einer der begehrtesten Junggesellen. Anna erfuhr über Curtis von Jeffs Plänen, eine Familie zu gründen. Curtis Idee war, Jeff von dieser Patrizia abzubringen und weihte Anna in sein Vorhaben ein. Da sie nun frisch geschieden war, passte das auch ganz gut in ihre Pläne. „Sicher wäre er ein guter Vater für ihre beiden Kinder", dachte sie so bei sich, als die Gruppe mit dem Einsingen begann. Sie zwinkerte Curtis verstohlen zu und schaute dann wieder zu Jeff hinüber. Sein Lächeln mit den weiß blitzenden Zähnen war unschlagbar. Viele Frauen himmelten ihn an, aber man sah ihn nie mit einer zusammen. Er war keiner dieser Typen, die sich schnell mal für eine Nacht eine Frau mit ins Bett nahmen. Nein, Jeff war irgendwie anders. Kein Draufgänger, sondern eher zurückhaltend, ja fast schüchtern im Umgang mit Frauen. Anna hingegen war eine Frau, die genau wusste was sie wollte. Sie hatte keine Scheu, sich das zu nehmen, was sie begehrte. Beruflich, wie Privat. Und nun hatte sie ein Ziel. Das Schicksal, welches in diesem Fall Curtis hieß, hatte sie erneut zu Jeff geführt, als er sie fragte, ob sie die Altstimme im Chor übernehmen könnte. Anna nahm ihre Chance wahr. Sie wollte diesen Mann für sich haben und würde alles dafür tun. Ihre berufliche Zukunft betreffend, konnte ihr eine Heirat in die Hoskins Familie nur zu gut weiterhelfen. Ja, Anna war sehr ehrgeizig und Ziele, die sie sich setzte, mussten erreicht werden.

Die Aufnahmen liefen bestens und das ganze Team war zufrieden. Nach acht Stunden Arbeit beschlossen die Thompson Singers, dass es für heute reichen würde. Es war Abend geworden. Jetzt hatten allesamt einen mächtigen Hunger. Curtis schlug vor, zum Italiener nebenan zu gehen, um eine leckere Pasta zu essen. Die Band nickte zustimmend. Ein paar Schritte von seinem Studio entfernt, lag das *Ristorante da Pino*, welches berühmt war für seine Pasta mit Lachs. Gemeinsam liefen sie los. Ein paar Schritte an der frischen Luft, nachdem sie den ganzen Tag im abgedunkelten Studio verbracht hatten, würden allen sicher nicht schaden. Das Restaurant war gut besucht. Ein Kellner kam herbei und

nach einer kurzen Unterhaltung mit Curtis, führte er die Musiker in einen Nebenraum, in welchem ein größerer Tisch, eingedeckt mit weißen Stoffservietten, noch frei war. Anna stellte es geschickt an, einen Platz neben Jeff zu ergattern. Sie fing sofort mit der Umsetzung ihres Vorhabens an. Kaum, dass sie auf dem Stuhl gesessen hatte, begann sie eine Unterhaltung mit Jeff. Sie drehte ihren Kopf in seine Richtung und setzte ein verführerisches Lächeln auf.
„Du bist ein großartiger Bassist", himmelte sie ihn an. „Deswegen wollen auch die ganz Großen in unserem Geschäft mit dir arbeiten. Dein Talent ist einzigartig und ein Geschenk Gottes. Ich bewundere dich sehr." Jeff lächelte bescheiden. Er mochte es schon ganz gern bewundert zu werden. Ihm genügte es aber auch, einfach gute Arbeit zu leisten, die er nicht des Ruhmes wegen tat.

Curtis bestellte mehrere Flaschen Rotwein, stilles Wasser und Pasta für alle. Der Kellner nahm die Essenswünsche auf und bis die leckeren Nudeln schließlich auf den Tisch kamen, wurde in der Runde viel geredet und gelacht. Curtis bemerkte laut und charmant wie immer, wie zauberhaft die Damen heute wieder aussahen und der eine oder andere nickte zustimmend. „Jeff" begann Anna erneut, „bist du eigentlich immer noch alleine". Sie zupfte unschuldig den Kragen ihrer weißen Bluse zurecht und blickte Jeff, mit leicht gesenktem Kopf, tief in die Augen.

„Ich glaube, die Frau fürs Leben hat mich noch nicht gefunden", flüsterte er und nahm einen Schluck aus seinem Glas. Der Rotwein machte ihn wieder etwas melancholisch. Wie sehr wünschte er sich doch jemanden an seine Seite. Kurz musste er an Patrizia denken, an die Worte, die sie ihm beim letzten Mal sagte. Sie konnte nicht mit ihm leben, weil sie noch nicht dazu bereit war. Jeff suchte Trost. Anna schenkte ihm ihre Aufmerksamkeit. Das tat ihm in diesem Moment gut. Er hatte sich eigentlich noch nie für sie interessiert, aber heute genoss er ihre Gegenwart und Zuwendung. Gute Gespräche mit Freunden waren ihm sehr wichtig.

Anna wandte einen uralten Trick bei ihm an. Sie tat so, als hätte er eine Wimper über seiner Wange verloren, nahm diese auf und sagte zu Jeff. „Oh, eine Wimper von dir. Jetzt darfst du dir was wünschen". Jeff lächelte und sendete seinen Wunsch ans Universum. Er wünschte sich ein Leben mit Patrizia und ihrem Sohn an seiner Seite. Natürlich nur in seinen Gedanken. Gesagt hatte er nichts. Vielleicht würde sein Wunsch ja eines Tages in Erfüllung gehen. Schnell pustete Anna zwischen ihre Finger und die Wimper war weg. Dass da gar keine war, hatte niemand bemerkt. Annas Hingabe an diesem Abend blieb bei Jeff nicht wirkungslos. So kam es dazu, dass beide sogar miteinander flirteten und Curtis sah wohlwollend zu. „Wäre doch gelacht, wenn wir das nicht hinbekommen würden", sagte er süffisant lächeln zu Sly, der mittlerweile in seine

Pläne eingeweiht war, Jeff zu verkuppeln. Sly hatte aber kein gutes Gefühl bei der Sache. Er mochte Anna nicht besonders. Sie war eine der Frauen, die immer versuchten, ihren Vorteil aus allem zu ziehen. Die Verbindung mit Jeff würde ihr sicher auch auf die eine oder andere Art weiterhelfen. Nun hatte sie Jeff im Visier, dank Curtis.

Jeff zeigte sich an diesem Abend verändert. Der sonst so zurückhaltende Mann schien sich mit Anna trösten zu wollen und warf ihr sehnsüchtige Blicke zu. War es der Wein? Da er selten, und wenn dann nur sehr wenig Alkohol trank, reichten schon zwei Gläser, um ihn, wie man so schön sagt, „aufzutauen". Sly kannte Patrizia nur von Fotos aber Anna und sie waren von der äußeren Erscheinung her wie Tag und Nacht. Anna bemerkte Jeffs Blicke und schlug vor noch irgendwo alleine hinzugehen. Jeff überlegte kurz und willigte ein. Warum eigentlich nicht, fragte er sich. Sollte er jahrelang warten, bis Patrizia endlich bereit war ihr Leben mit ihm zu verbringen? Er liebte sie, aber seine Träume konnte oder wollte sie nicht erfüllen. Sein größter Traum war nun mal, ein eigenes Kind zu haben.

Die beiden trennten sich von der Truppe und suchten einen gemütlichen Jazzclub auf. Anna fuhr mit ihrem Wagen, sie hatte sich bewusst mit dem Wein zurückgehalten. Im Club war Jeff wohl bekannt, da er hier auch oft auftrat. Der Besitzer, welcher auf den Namen George hörte, begrüßte ihn sogleich und wies den beiden einen ruhigen Tisch in der Ecke zu. Leise klang sanfter „Smooth Jazz" aus den Lautsprechern. Das Licht war gedämpft. Ein Paar saß eng umschlungen auf einer samtbezogenen weinroten Couch, ein anderes küsste sich innig auf den dunkelbraunen lederbezogenen Barhockern sitzend und alle lauschten entspannt der Musik. Eine herrlich romantische Stimmung lag in der Luft und Anna führte ihren Eroberungsversuch bei Jeff fort. Sie lief mit schwungvollem Gang voran und ihre eng sitzende Jeans, ließ ihre üppigen Rundungen deutlich zur Geltung kommen. Jeff folgte ihr nach. Sie setzten sich an den kleinen Tisch in der Ecke. Der Kellner brachte eine Karaffe mit kalifornischem Rotwein und dazu eine Flasche Wasser. „Grüße vom Boss", sagte er und lächelte freundlich. Jeff winkte dankend zu George hinüber, der gerade lasziv an der Theke neben dem Eingang lehnte und ihm zuzwinkerte. Jeff, schenkte den Wein in die Gläser und fragte Anna, ob sie auch etwas Wasser dazu trinken wollte. „Danke", antwortete sie, „aber ich trinke nur das Wasser. Einer von uns beiden muss ja fahren. So kann ich dich nach Hause bringen." Jeff nickte zufrieden. Beide nahmen, sich zugewandt, entspannte Sitzpositionen ein. Anna hatte in Jeff einen geduldigen Zuhörer gefunden und erzählte ihm ihre Geschichte. Sie trug ein wenig dick auf, um Jeffs Fürsorge anzusprechen. Sie erzählte viel über ihren drogenabhängigen Ehemann, von welchem sie jetzt glücklicherweise seit kurzem geschieden war und von ihren beiden minderjährigen Kindern, um welche sich der Vater aber nicht kümmerte. Jeff lauschte mit großer Anteilnahme. Er hatte das Bedürfnis ihr beizustehen, sie zu beschützen und für sie und auch ihre Kinder da zu sein. Im Grunde waren Sie beide gestrandet und als Single unglücklich. Der berufliche Erfolg bei Jeff war nicht alles und konnte ihm eine eigene Familie nicht ersetzen. Die arme Anna saß nun da mit zwei Kindern und musste sehen wie sie zurechtkam. Glücklicherweise hatte sie eine ganz passable Stimme, so dass sie öfters als Backgroundsängerin gebucht wurde und so ganz gut über die Runden kam. Sie wäre gerne Pastorin geworden, um in der Kirche zu predigen, doch für das Studium fehlten ihr die Mittel. Eine lukrative Heirat würde natürlich vieles leichter machen. Anna war schon länger auf Jeff aufmerksam geworden, doch nie hatte sie die Gelegenheit in vertrauter Zweisamkeit mit ihm zu sein. Immer waren entweder Bandkollegen oder Chormitglieder um ihn herum. Die Gunst der Stunde musste nun genutzt werden. Anna lehnte sich an Jeffs Schulter und er spürte die Wärme ihres Kopfes. Es fühlte sich gut an, doch sogleich schweiften seine Gedanken zu Patrizia. Er erinnerte sich einen Moment lang, an den Duft ihrer Haare nach Rosenblättern, an ihre Sanftheit und ihre Zärtlichkeit. Aber sie war nicht da. Zwölf Flugstunden von ihm entfernt, ohne jede Hoffnung, dass sich schnell etwas ändern sollte. War es vorbestimmt auf Anna zu treffen? Er blickte zu ihr und überlegte. Würde sie nicht auch zu ihm passen? Sie war ganz nett. Zudem war sie nicht mehr verheiratet und daher frei, hatte bereits zwei Kinder und wünschte sich noch ein weiteres. Sie war da, hier in seiner Nähe. Die Liebe würde mit der Zeit wachsen und die zu Patrizia würde verblassen. Kurz nach ein Uhr verließen sie den Club in dieser Nacht. Anna fuhr Jeff, wie besprochen nach Hause. Sein Wagen blieb an Curtis Studio stehen. Morgen würde er ihn abholen. Es herrschte immer noch reger Verkehr auf den Straßen der Stadt und Anna hatte Mühe, sich darauf zu konzentrieren. Der Tag war lang und sie war müde. Anna stellte den Motor ab, als sie an seiner Wohnung angekommen waren. Beide redeten noch eine kurze Weile bis Jeff endlich die Wagentür öffnete und ausstieg. Anna winkte ihm mit einem kurzen Augenzwinkern nach und fuhr davon. Als Jeff im Bett lag konnte er nicht schlafen. Seine Gedanken schweiften zu Patrizia. Wie sollte er ihr nur sagen, dass er eine andere Frau getroffen hatte, die ihm vielleicht seine Wünsche erfüllen könnte. Würde sie es überhaupt interessieren? Bestimmt hatte sie sich mit ihrem Ehemann versöhnt und die beiden lebten wieder glücklich zusammen. Es hatte keinen Sinn mehr an die Zukunft mit Patrizia zu glauben. Wenn sie ihn lieben würde, wäre sie längst zu ihm nach San Francisco gekommen. Er versuchte an Anna zu denken. Doch vor seinen Augen hatte er die blauen Augen von Patrizia. Dann schlief er ein.

Am anderen Morgen hämmerte ihm der Kopf. Da war es wohl ein Glas Rotwein zu viel gestern Abend. Er erinnerte sich an Anna. Seit er in seinem neuen Apartment wohnte, fehlte ihm die Gesellschaft eines anderen Menschen. War er es doch gewohnt einen Mitbewohner um sich zu haben. Sein Kumpel Sly, der geheiratet hatte wohnte nun mit seiner Frau im Haus, deswegen war er ja ausgezogen. Vor zwei Tagen noch hatte Jeff überlegt, wie er Patrizia seine neue Telefonnummer zukommen lassen könnte. War das nun überhaupt noch nötig? Als Jeff auszog und sich umgemeldet hatte, wurde ihm, sowie auch Sly eine neue Nummer zugeteilt. Warum dies so bürokratisch hatte sein müssen, wusste er auch nicht. Seine größte Sorge war eben, wie Patrizia ihn nun erreichen konnte. So baute sich eine Schwierigkeit nach der anderen auf. Das Schicksal schien gegen eine Verbindung mit Patrizia zu sein. Auf jeden Fall wollte er eine öffentliche Eintragung der Nummer machen lassen, vielleicht würde Patrizia sie herausfinden können. Wenn nicht, dann sollte es wohl so sein. Nach drei Jahren war Jeff bereit zu akzeptieren, dass er Patrizia zwar liebte, mit ihr aber wohl keine Zukunft haben dürfte. Wenn es sein soll, dann wird das Leben uns eines Tages wieder zusammenführen, dessen war er sich sicher. Momentan sah es nicht danach aus.

Bevor er sich aufmachte, sein Auto abzuholen, benötigte er den Rat seines Freundes. Jeff lief zum Telefon um Sly anzurufen. Er wählte seine

Nummer und Slys Frau war am anderen Ende. „Hey Jeff, einen Moment, ich reiche dich an Sly weiter", sagte sie. „Hey Buddy", hörte er Slys Stimme, „wie war der Abend noch bei euch"? Jeff erzählte seinem früheren Mitbewohner von dem weiteren Verlauf des Abends mit Anna. Sly war skeptisch, denn er wusste was Curtis da eingefädelt hatte und versuchte Jeff zu warnen. „Hör zu Jeff, Anna ist nicht so lieb und nett, wie du vielleicht denkst. Ihr Ex-Mann hatte einiges mitgemacht, wie man so hört. Umsonst flüchtete er sich nicht in die Sucht."
„Ach, was man so hört", entgegnete Jeff, „die Leute haben immer etwas zu reden, wenn sie danach suchen. Zu mir war sie freundlich und einfühlsam. Ich habe mich in ihrer Nähe sehr wohl gefühlt."
„Wie du meinst Kumpel, antwortete Sly, „lerne sie besser kennen und dann siehst du weiter. Was soll ich Patrizia sagen, wenn sie statt deiner, zufällig meine Telefonnummer findet?"
Jeff überlegte. „Ich denke, Patrizia hat sich gegen mich entschieden, sonst wäre sie längst da," sagte Jeff traurig. „Sag ihr, Du kennst meine neue Nummer nicht. Und wenn das Schicksal es will, dass sie meine Nummer von der Auskunft bekommt, dann muss ich handeln. Ich kenne da einen Plattenproduzenten in London. Dann muss ich meine Zukunft ganz neu überdenken. Aber ich habe das Gefühl, Patrizia ist es nicht wichtig genug, mit mir zusammen zu sein und endlich einen Schlussstrich unter ihre Ehe zu ziehen. Ich werde sie zu nichts drängen. Sie

kennt meine Wünsche und Pläne, mehr kann ich nicht tun. Es gibt für alles eine Zeit im Leben. Jetzt ist es für mich an der Zeit eine Familie zu gründen." Sly seufzte. Ihm war die ganze Sache mit Anna wirklich nicht geheuer. Sein Freund Jeff schien bereits aufzugeben, was Patrizia anging. Hoffentlich musste er ihr nicht eines Tages erklären, was los war. Er mochte Patrizia, obwohl er sie nicht persönlich kannte. Das eine oder andere Gespräch mit ihr, war sehr offen und warmherzig gewesen.

Derweil forcierte Anna die Begegnungen mit Jeff. Sie fragte ihren Sohn Kendal, ob er nicht Lust hätte, das Gitarre spielen zu erlernen. Sie kenne da einen vorzüglichen Lehrer. Kendal war begeistert von der Idee. Lange schon war es sein Wunsch, Teil der Schülerband zu werden. „Wer ist das denn," hakte der Kleine nach. „Er heißt Jeff und er ist ein sehr guter Freund von mir" sagte Anna, „warte, ich rufe ihn gleich mal an."
Anna wählte die Nummer von Curtis, da sie die von Jeff nicht hatte. Noch nicht, dachte sie sich, noch nicht. Curtis gab ihr bereitwillig Auskunft darüber. Er erkundigte sich nach ihren weiteren Aktionen und war von den Ideen, die sie hatte, ganz angetan. „Ja", sagte er, „dranbleiben ist alles. Verwöhne ihn ein wenig, wenn ihr euch seht. Hör ihm zu, schenke ihm dein Vertrauen, dann bekommst du seines. Irgendwann wird er sich in dich verlieben und diese Deutsche endlich vergessen."

Jeff war verwundert als Anna ihn anrief. Woher hatte sie seine Telefonnummer? Doch irgendwie freute er sich auch. Ihm gefiel, wie sehr sich diese Anna um ihn bemühte. Jeff fühlte sich ernst genommen. Anna erzählte ihm, dass ihr Sohn Kendal gerne Gitarrenunterricht bei ihm hätte. Normalerweise waren Jeffs Schüler keine Anfänger, aber bei Annas Sohn wollte er eine Ausnahme machen und sagte ja. Zufrieden beendete Anna das Gespräch. Jeff hatte ihr versprochen, bald mit dem Unterricht beginnen zu wollen.

Mittlerweile hatte Jeff wieder volles Programm. Er war täglich im Studio und gönnte sich kaum Zeit für andere Dinge. Soweit es sein Terminplan zuließ, unterrichtete er Kendal auf der Gitarre. Der Junge war ein gelehriger und begeisterter Schüler. Anna nahm dies zum Anlass, mit dabei zu sein und zuzuhören. Sie brachte selbstgebackenen Kuchen und Kekse mit, denn sie wusste, Männer naschen gerne mal etwas Süßes. Jeff liebte es verwöhnt zu werden. Sie dehnten die Unterrichtsstunden aus, indem sie mehr Zeit zusammen verbrachten. Nach dem Musizieren wurde gemeinsam gekocht und gegessen. Das alles fühlte sich sehr gut an. Jeff kümmerte sich auch gerne um Annas Sohn. Er war ein lebhafter Junge. Jeffs Wunsch nach einem eigenen Kind, wurde durch ihn immer wieder noch mehr bestärkt.

Anna freute sich, dass Jeff nun größeres Interesse an ihr zeigte und drückte ihm eines Tages, als sie ihn wegen eines neuen Musikprojektes alleine besuchte, einfach einen Kuss auf seine Lippen. Jeff, in sanfter Berauschung des Moments ließ es zu und schloss die Augen. Er spürte ihre Zuneigung und es tat ihm einfach nur gut. Er war nicht abgeneigt, dass Anna den ersten Schritt machte. Er fühlte sich aber immer noch unsicher, wegen seiner Gefühle zu Patrizia. Doch es half nichts, Patrizia war weit weg. Jeff legte seine Arme um Annas Taille und blickte sanft lächelnd in ihre Augen. Sie nahm sein Gesicht in ihre Hände und küsste ihn erneut. Plötzlich klingelte das Telefon. Jeff löste sich aus der Umarmung und nahm den Hörer ab. Mit ein paar kurzen Worten erklärte er seinem Anrufer, dass er im Moment keine Zeit hätte und sich später zurückmelden würde. Dann drehte er den Kopf zu Anna, nahm ihre Hand und zog sie zur Couch, die im Wohnzimmer stand. Beide küssten sich wieder. Jeff hatte Sehnsucht nach Zärtlichkeit und da war Anna, die bereit war ihm alles zu geben.

Am nächsten Tag erzählte Anna Curtis von ihren Fortschritten bei Jeff, als die beiden sich zufällig im Supermarkt trafen. Curtis lachte, während er eine große Tüte Chips in seinen bereits gut gefüllten Einkaufswagen legte. Er hatte im Prinzip nichts davon, dass Anna mit Jeff zarte Bande knüpfte, aber er meinte es eben nur gut mit seinem Kumpel. Warum sollte man da nicht ein wenig nachhelfen dürfen. Curtis liebte die Frauen und die Frauen liebten seine Art, sie zu verführen. Für ihn war die Liebe kein großes Wort, sondern vielmehr der Spaß am Erobern.

Anna und Jeff trafen sich nun immer häufiger. Sie saß im Publikum bei seinen Auftritten und half ihm bei den Abrechnungen seiner Gagen. Indes war Anna bestens über seine Einkünfte im Bilde. Jeff hingegen freute sich über ihre Gegenwart. Er dachte immer noch oft an Patrizia, aber es änderte sich wohl bei ihr nichts. Anna machte bereits Pläne für die Zukunft. Eines Abends wurde es sehr spät und Jeff bot Anna an, in seinem Apartment zu übernachten. Sogleich telefonierte sie mit ihrer großen Tochter, dass sie heute Nacht nicht nach Hause käme. Sie bat Trish, so der Name ihrer Tochter, sich um Kendal zu kümmern. „Kein Problem Mom" sagte sie. „Ich bin ja da".
Anna nutzte die Gunst der Stunde. Jeff machte ihr das Nachtlager auf der Couch zurecht, doch Anna hatte nicht im Geringsten daran gedacht, dort auch zu schlafen. Immer wenn sie zu Jeff ging, zog sie sich besonders reizvolle Wäsche an. Man konnte ja nie wissen wofür, sagte sie sich und schließlich ist Jeff ja auch nur ein Mann. Heute würde sie ihn verführen.
Als beide nacheinander im Badezimmer fertig waren, hauchte Jeff ihr einen Kuss auf den Mund und wünschte ihr eine gute Nacht. Anna lief barfuß ins Wohnzimmer in Richtung Couch, während Jeff in sein Schlafzimmer ging. Die Tür

zum Wohnzimmer blieb ebenso offen, wie die zum Schlafzimmer. Ein kleiner Flur trennte die Zimmer. Beide lagen wach und konnten nicht schlafen.

„Jeff", begann Anna, „ich kann nicht schlafen."
„Ich auch nicht", gab Jeff zurück.
Anna schlug ihre Wolldecke zurück und erhob sich. Dann schlich sie barfuß auf Zehenspitzen zu Jeff in sein Schlafzimmer. Nur bekleidet mit einem schwarzen Slip und einem Spitzenhemdchen legte sie sich einfach neben ihn in sein Bett. Jeff ließ es geschehen. Er hob den Arm, damit sie sich neben ihn kuscheln konnte. Dieser Moment erinnerte ihn an den Abend mit Patrizia. Schnell verwischte er den Gedanken und gab sich dem Moment hin. Anna knöpfte langsam sein Pyjamaoberteil auf und streichelte sanft seine Brust, die von formschönen Muskeln gezeichnet war. Er küsste ihren Nacken während sie mit ihrer Hand weiter nach unten glitt, seinen Bauchnabel berührte, seine Hüften streichelte und weiche Kreise an den Innenseiten seiner Oberschenkel mit den Fingern zeichnete. Jeff konnte sein Verlangen nicht mehr zurückhalten. Er hielt sie fest im Arm, küsste sie weiter, während ihre Leidenschaft wuchs. Anna hatte vorsorglich seit zwei Wochen die Pille weggelassen. Sie war bereit für ein drittes Kind und der Vater ward gefunden.

Am anderen Morgen erwachten beide mit gemischten Gefühlen, sich noch in den Armen haltend. Anna war glücklich und siegessicher zu-

gleich, während Jeff zweifelte, das Richtige getan zu haben. Kurz nach dem gemeinsamen Frühstück klingelte das Telefon. Es war Sly, er hatte Neuigkeiten für Jeff.
„Hey Buddy", fing er an zu reden, vor zehn Minuten hat Patrizia angerufen. Sie vermisst dich sehr und hat mich nach deiner Telefonnummer gefragt. Ich wusste nicht was ich sagen sollte und habe sie ihr nicht gegeben." Jeff schluckte. Da war es wieder das schlechte Gewissen. Liebte sie ihn also doch noch? Er war verwirrt. Einerseits gefiel ihm die letzte Nacht mit Anna, andererseits war Patrizia in seinem Herzen. Was für ein Durcheinander der Gefühle. Er konnte Sly jetzt am Telefon nicht viel erzählen, da Anna in der Nähe am Tisch saß. Er bat ihn um ein Treffen. Jeff benötigte dringend wieder den Rat seines Freundes.

Am Nachmittag fuhr Jeff in sein altes Zuhause um mit Sly zu reden. Er wollte alles wissen, was Patrizia erzählt hatte. Dann berichtete er ihm von der Nacht mit Anna. Sly blickte ernst und warnte Jeff noch einmal vor dieser Frau. „Ich kenne zwar deine Patrizia nicht so genau, aber diese Anna ist nicht gut für dich. Glaube mir Bruder. Ich würde dir empfehlen, dass du auch mit deinem Onkel Wesley sprichst. Er ist der Pastor und ein weiser Mann."
Die beiden Männer verabschiedeten sich und Jeff bat Sly, Patrizia seine Nummer zu geben, wenn sie das nächste Mal anrief. Er schöpfte Hoffnung und beschloss die Geschichte mit An-

na bei diesem einen Mal zu belassen. Er liebte sie einfach nicht.

Am darauf folgenden Sonntag nach dem Gottesdienst in der Kirche, blieb Jeff noch da, bis alle anderen weg waren. Nur der Pastor und er saßen noch auf der Bank in der ersten Reihe.
 „Jeff", fragte Onkel Wesley, „was ist mit dir" Willst du heute bei mir bleiben?"
Jeff blickte ihn ernst an. „Ich muss mit dir reden, ich brauche deinen Rat."
Wesley hakte nach: „Als dein Onkel oder als dein Pastor?"
„Beides" kam die Antwort von Jeff.
„Na dann, lass uns reden", entgegnete Wesley „und erzähl mir was dir auf der Seele brennt."

Wesley hatte von seiner Schwester, Jeffs Mutter Sady, bereits von Patrizia gehört. Er hielt sich aber bisher zurück, etwas dazu zu sagen. Er würde helfen, wenn Hilfe nötig wäre, sonst würde er sich nicht in die Liebesangelegenheiten seines Neffen einmischen wollen.

Jeff erzählte von Patrizia, von seinen Gefühlen für sie, von seinen Wünschen, von seinen Hoffnungen, von seinen Zukunftsträumen und schließlich auch noch von Anna. Wesley schaute seinen Neffen nachdenklich an. „Mein lieber Jeff", begann er, „als Onkel würde ich dir sagen, höre auf dein Herz. Die Liebe hat immer Recht. Als Pastor sage ich dir, lass die Finger von einer verheirateten Frau. Du darfst die Gebote unse-

res Herrn nicht so einfach brechen. Menschen zu finden, die mit uns fühlen und empfinden, das ist wohl das schönste Geschenk und größte Glück auf dieser Erde. Vielleicht wird Patrizia eines Tages erkennen, dass ihre Ehe am Ende ist und sich von ihrem Ehemann trennen. Ob der Herr sie für dich als Frau bestimmt hat, wissen wir beide nicht. Aber solange sie gebunden ist, darfst du sie nicht begehren. Manchmal braucht die Liebe einfach Zeit. Langsam kommendes Glück pflegt auch am längsten zu weilen, wie einst ein iranischer Dichter im dreizehnten Jahrhundert schon sagte."
Sanft legte er seine Hand auf Jeffs Schulter.
„Und was diese Anna betrifft, ich bin ihr schon ein paar Mal begegnet," fuhr Wesley fort. „Sie ist keine warmherzige Person. Sie strahlt Härte und Kälte aus. Ehrlich gesagt, ich traue ihr nicht und ich habe kein sehr gutes Gefühl. Wahrscheinlich suchst du nur Trost bei ihr und verwechselst das mit Zuneigung. Sie hat auch den Ruf, berechnend zu sein. Das sage ich dir als Onkel. Doch es geht mich auch nichts an, wenn du dein Herz an sie verschenken willst. Nur bitte, pass auf dich auf und schau genau hin. Siehst du in ihr Herz, so wie bei Patrizia?"

Jeff wirkte bedrückt. Er hatte auch wieder diese leichten Rückenschmerzen, die er seit ein paar Tagen bemerkte. Er dankte seinem Onkel für das Gespräch und machte sich auf den Weg nach Hause. Unterwegs kam er am Studio seines Freundes vorbei. Da dieser auch am Sonntag gerne mal arbeitete, klingelte Jeff an seiner Tür. Curtis öffnete und begrüßte Jeff mit den Worten: „Na mein Kumpel, wie geht es dir? Ich wollte mich heute bei dir sowieso noch melden. Die „Christians" gehen übermorgen für drei Wochen in Kalifornien auf Tournee und ihr Drummer ist wegen eines Bandscheibenleidens ausgefallen. Hast du kurzfristig Zeit den Job zu übernehmen?" Jeff überlegte. Er hatte zahlreiche Verpflichtungen, denen er in den folgenden Tagen nachkommen sollte, doch eine mehrwöchige Auszeit von den Liebesgeschichten, die sich gerade in seinem Leben abspielten, kam ihm mehr als recht. Schnell entschlossen sagte er die Tournee zu. Curtis zeigte sich erfreut. „Gut, dann können wir ja unterwegs weiterreden. Ich muss morgen noch einiges erledigen um in zwei Tagen dabei zu sein", sagte Jeff und verabschiedete sich wieder. Zuhause angekommen erledigte er ein paar Telefonate. Zuletzt rief er Anna an, um ihr mitzuteilen, dass er die nächsten drei Wochen Kendal keinen Unterricht geben könnte. Anna zeigte sich verständnisvoll und wünschte ihm eine gute Reise. Jeff legte erleichtert auf. Er war froh, dass sie ihren Beziehungsstatus nicht angesprochen hatte. Nach der Konzertreise würde er mit ihr reden wollen, um Klarheit zu schaffen.

Das Konzert

Die Plätze in der Kirche waren seit Wochen ausverkauft. Viele Konzertbegeisterte standen nun auch noch vor der Tür, um wenigstens mithören zu können. Für die kleine Gemeinde war es eine große Sensation, diesen hervorragenden Künstler für einen Abend bei sich zu haben. Alle waren sehr aufgeregt, das Publikum in der Kirche und die Sängerinnen und Sänger hinter der Bühne im sich daran angrenzenden Gemeindehaus. Die Spannung stieg. Patrizia brachte die Locken ihrer Haare wieder in Form, welche sich in den dünnen Fransen ihres Schals verfangen hatten. Sie war sehr nervös. Sie wusste nicht, ob Jeff mitgekommen war oder nicht. Kurz vor Beginn bat der Chorleiter Patrizia ein Gebet für alle zu sprechen. Dieser Bitte kam sie mit fester Stimme gerne nach. Dann liefen sie zum Gemeindesaal für eine letzte kurze Probe, diesmal mit Edward Hoskins zusammen. Er war noch nicht da. Das Ganze sollte gerade mal fünfzehn Minuten dauern, so der Chorleiter, dem Edward zuvor bereits den Ablauf mitgeteilt hatte. Zuerst sollte der Chor drei Lieder alleine zum Besten geben, um die Kirchenbesucher einzustimmen, dann würde er dazukommen. Patrizia hatte nur noch einen Gedanken: Wer kam da jetzt wohl durch die Tür um mit Ihnen ein, zwei Takte vor dem Konzert anzustimmen. Edward hielt es nicht für notwendig bei der Probe die ganzen Lieder zu singen. Er wollte nur kurz die verschiedenen Stimmen hören. Wie klang der

Alt, wie klang der Tenor, die Bässe und so weiter. So hatte Patrizia das Proben mit einem Chor noch nicht erlebt. Doch, sie war voller Vorfreude auf das bevorstehende Konzert.

Schließlich ging die Tür auf. Patrizias Herz schlug wild. Sie hielt den Atem an, ihre Hände und Beine zitterten. Sie stupste Susan an die Seite, die neben ihr stand. Beide schauten gespannt zur Tür. Sie sahen Edward hereinkommen, zusammen mit seinem Keyboarder Lionel. Jeff war nicht dabei. Patrizia hatte Tränen der Enttäuschung in den Augen. Schnell wischte sie sie weg und versuchte sich auf Edward zu konzentrieren. Vielleicht saß Jeff ja schon in der Kirche am Schlagzeug oder an seiner Bassgitarre. Ein Funken Zuversicht blieb. Zum Einsingen waren ja nicht alle Instrumente notwendig. Sie schöpfte noch einen kurzen Augenblick Hoffnung, während sie noch ein letztes Mal probten.

Als sie dann schließlich die Kirche betraten, wurde sie mit der Tatsache konfrontiert, dass Jeff nicht dabei war. Er wollte sie nicht mehr sehen, folgerte sie, geschweige denn, dass er noch in sie verliebt wäre. Sie sackte kurz in sich zusammen. Traurig begrub sie ihre Hoffnung auf ein Wiedersehen mit ihm. Susan bemerkte die Stimmung ihrer Freundin und blickte sie mitleidend an, während sie ihr über den Arm strich. Patrizia fand ihre Fassung wieder, denn sie wollte bei diesem Konzert mit Edward unbedingt mitsingen. Vielleicht würde sie nachher schlauer sein, wenn Edward ihr erzählte, warum Jeff nicht mitgekommen war. Patrizia war schon immer eine Optimistin und erwartete das Gute.

Die Kirche war nun bis auf den letzten Stehplatz gefüllt. Eve und Mike saßen in der zweiten Reihe mit gutem Blick auf die Bühne. Der Pfarrer erläuterte in einer kurzen Ansprache, dem teilweise unwissenden Publikum, wer da heute Abend mit ihrem Chor auf der Bühne stand und sagte: „Zahlreiche Auszeichnungen und Preise pflastern den Weg des Edward Hoskins. Er ist der König des Gospels. Vor vielen Jahren verlieh er einem alten Kirchenlied neuen Glanz und wurde damit weltberühmt. In den siebziger Jahren folgte dann sein erster Grammy, der höchste Preis im Musikgeschäft, weitere folgten." Die Gemeinde lauschte wie immer, gebannt den Worten des Pfarrers. Er betonte nochmal besonders, dass sie es geschafft hätten, einen der ganz Großen in die kleine Dorfkirche zu bringen. Tosender Begrüßungsapplaus aus den Kirchenbänken ließen ihn mit stolzem Blick, seine Begrüßungsansprache beenden.

Die ersten Töne aus dem Keyboard erfüllten die Kirche. Der Chor eröffnete das Programm wie vorgesehen alleine, ohne Edward. Patrizia sang aus voller Kraft. Sie verstand, dass ein anderer Traum wahr geworden war. Es war ihr eine Ehre und ein Vergnügen mit Edward Hoskins auf einer Bühne zu stehen. Diese Chance bekäme ein Chorsänger ja auch nicht alle Tage. Einer der Kirchenräte ließ die Kamera mitlaufen. Dieser

Abend sollte unvergesslich bleiben. Nachdem der Chor sein Repertoire beendet hatte, betrat Edward unter großen Applaus die Kirche. Er platzierte sich genau vor Patrizia, leicht seitlich, so dass sie ihm näher, hätte nicht sein können. Irgendwie fühlte sie sich dadurch auch Jeff nah. Die Gedanken an ihn ließen sich nicht so einfach vertreiben. Auch Susan, die neben Patrizia in der Reihe stand, hatte ihre Freude am Singen mit Edward. Allerdings kämpfte sie ab und zu mit dem Notenständer, den der Chorleiter zur Sicherheit mit aufstellen ließ, welcher sich immer wieder mal selbstständig machte und umkippte. Susan hatte Mühe, ihn sicher zu platzieren. Alles sollte doch glattlaufen. Eigentlich wollte Edward gar keine Notenständer sehen, aber schon erst recht keine, die auf der Bühne umfielen.

Edwards Nähe strahlte Professionalität aus und der ganze Chor kam in Hochform. Jeder fühlte sich wie ein kleiner „Star". Wenn Edward sich umdrehte und dem Chor zuwandte, lächelte er Patrizia an. Sicher erkannte er sie wieder. Patrizia schöpfte neue Zuversicht. Vielleicht gab es eine gute Erklärung, dass Jeff heute nicht dabei war. Nach dem Konzert würde sie sicher mehr erfahren.

Mike und Eve applaudierten vergnügt aus der zweiten Reihe. Edward bezog das Publikum gerne mit ein und so kam es, dass Mike das Mikrophon vor der Nase hatte. Singen mit

Edward, das war auch für Ihn eine große Freude. Eben etwas ganz Besonderes.

Nach zwei Stunden war das Konzert offiziell zu Ende, aber Edward gab den Rufen des begeisterten Publikums nach und sang für eine halbe Stunde noch die Zugaben. Ein traumhaft schöner Abend, der zum Glück für Patrizia noch nicht zu Ende war.

Nach dem Konzert gab es ein Abendessen für Edward und seinen Musiker im Kreis der Veranstalter. Wie immer Mike es auch geschafft hatte, er saß mit am Tisch. Mike wusste sehr wohl seine Kontakte zu knüpfen und letztendlich konnte Patrizia davon auch profitieren. Sie zog Susan am Ärmel und sagte: „Los wir setzen uns jetzt auch dazu."
Misstrauisch folgte Susan ihrer Freundin, die sie geradewegs an den Tisch von Edward und dem Pfarrer delegierte. Edward erkannte Patrizia sofort wieder und bot ihr einen Platz am Tisch an. Nach kurzem Smalltalk erkundigte sie sich sogleich nach Jeff. Edward zögerte, musste ihr dann aber doch die Schreckensnachricht überbringen, dass er im Begriff war zu heiraten. Patrizia dachte sie würde sofort in Ohnmacht fallen. Sie ließ sich in diesem Moment nichts anmerken, doch für Patrizia brach eine Welt zusammen. Wie konnte Jeff sie nur so schnell vergessen. Sah er wirklich keine Chance für ihre Liebe? Nach kurzer Zeit verabschiedete sie sich von Edward und verließ den Tisch. Der Abend

hätte schlimmer nicht enden können. Sie wollte nur noch schnell nach Hause. Eve und Susan versuchten sie zu trösten, aber es gab keinen Trost mehr, jetzt nicht mehr. Ihr Herz stolperte die ganze Nacht, an Schlaf war nicht zu denken. Wie sollte es jetzt weitergehen? Zum Glück half ihr Leon immer wieder über ihre Tiefpunkte im Leben hinweg. Doch so sehr sie sich um die Ehe mit Tim bemühte, er war keine Option mehr für sie. Alles hatte sich verändert.

Wenn Träume wahr werden

Während Jeff Geld verdiente, machte Anna Pläne. Sie hatte sich einen Termin beim Gynäkologen geben lassen, denn sie wollte wissen ob sie schwanger geworden war oder ob es doch nicht geklappt hätte. Dr. Smith war ein begehrter Arzt und der Termin wäre erst in knapp drei Wochen wieder möglich gewesen. Anna überlegte sich, in der Apotheke einen Schwangerschaftstest zu holen. Der Apotheker beriet sie dahingehend, in dem er ihr erklärte, dass es vermutlich noch zu früh sei, eine Schwangerschaft bestimmen zu können. Anna musste also noch warten. Dann reichte es ja wohl auch in drei Wochen, wenn der Termin mit Dr. Smith anstand.

Die Wochen vergingen wie im Fluge und schnell war Jeff wieder zurück in San Francisco. Er hatte sich dazu entschlossen, Anna zu erklären, dass er mit ihr nicht weiter in Richtung Beziehung gehen wollte. Er würde ihr sagen wollen, dass er ihr gerne als Freund zur Verfügung stehen könnte und auch den Gitarrenunterricht mit Kendal weiterführen möchte. Mehr dürfte sie allerdings nicht von ihm erwarten. Patrizia war noch immer in seinem Herzen und er hoffte, dass sie sich bald bei ihm melden würde.

Vier Tage nach seiner Rückkehr rief er bei Anna an und schlug ihr ein Abendessen vor. Anna war hocherfreut. Sie sagte der Einladung zu mit der Einschränkung, dass es eventuell eine halbe

Stunde später werden würde, da sie zuvor noch einen Arzttermin hatte. „Oh, hoffentlich nichts Schlimmes" fragte Jeff fürsorglich. „Nein, nein", rief Anna fast etwas zu laut in den Hörer, „es ist nichts und wenn überhaupt etwas ist, dann sicher nichts Schlimmes."

Jeff war beruhigt. Er machte sich an die Vorbereitungen für das Abendessen. Zuvor hatte er frischen Lachs gekauft. Jetzt musste er noch den Reis kochen und die Sahnesoße kreieren. Frischen Dill hatte er noch im Kühlschrank, ebenso die Flasche Weißwein. Jeff kochte gerne, wenn er die Zeit dazu hatte. Er legte großen Wert auf frische Zutaten und gute Qualität. Heute war ihm allerdings etwas mulmig zumute. Er wusste nicht, wie Anna seine Aussprache mit ihr aufnehmen würde. Sicher würde sie enttäuscht darüber sein. Während der dreiwöchigen Tournee schickte sie täglich Nachrichten auf sein Mobiltelefon, welche er allerdings nur spärlich beantwortet hatte. Tagelang meldete er sich gar nicht zurück. War das nicht eindeutig genug?

Gegen halb acht klingelte es an seiner Wohnungstür. Das musste Anna sein. Jeff öffnete. Anna strahlte siegessicher bis über beide Ohren. Jeff konnte ihre Euphorie kaum bremsen und umarmte sie freundschaftlich. Anna küsste ihn auf den Mund, Jeff wehrte sich nicht, erwiderte den Kuss aber auch nicht. Er nahm ihre Jacke und hängte sie an die kleine Garderobe im Flur. Sein Apartment war groß und modern,

aber für eine Garderobe war fast kein Platz vorgesehen. Anna hatte ein kleines Geschenk dabei, welches sie neben Jeffs Teller platzierte. Derweil holte Jeff den Wein aus dem Kühlschrank und öffnete die Flasche. Anna setzte sich. Jeff brachte das Essen auf den Tisch und erblickte das kleine Päckchen neben seinem Besteck. „Für mich?" fragte er. „Nein" sagte Anna, nicht direkt. Jeff verstand nicht. Er schenkte den Wein ein. „Mach es auf" drängte Anna. Jeff wollte Anna gerade zum Essen auffordern, als sie ihm mit ihrer Bitte zuvorkam. „Nun gut" sagte Jeff, „dann mach ich es kurz auf, nicht dass unser Essen noch kalt wird".
Jeff nahm das Geschenk und wickelte es auf. Anna blickte ihn gespannt an. Jeff dachte er würde sofort vom Stuhl fallen, als er plötzlich zwei kleine weiß gestrickte Babyschuhe in den Händen hielt. Anna stand auf, stellte sich hinter seinen Stuhl, schlang die Arme um seinen Hals und flüsterte ihm ins Ohr: „Jeff, du wirst Vater." Sie konnte nicht sehen, dass er Tränen in den Augen hatte. Diesen Satz wollte er schon seit vielen Jahren, von der Frau, die er liebte hören. Und nun trug Anna sein Kind unter ihrem Herzen. Verstohlen wischte er sich die Augen und nahm Anna in den Arm. Das was er ihr eigentlich sagen wollte, brachte er nun nicht mehr über die Lippen. Anna tanzte vor Freude, denn sie wusste, Jeff würde sich wie ein Ehrenmann benehmen, sich seiner Verantwortung stellen und um ihre Hand bitten.

Jeff brachte keinen Bissen mehr hinunter. Anna ließ es sich aber schmecken. Den Wein trank sie nicht.

Jeffs Welt hatte sich von jetzt auf nachher verändert. Nun wurden Pläne für die Zukunft gemacht und er und Anna beschlossen in eine gemeinsame Wohnung zu ziehen. Jeff hatte zum ersten Mal das Gefühl angekommen zu sein, wenn gleich Anna nicht seine große Liebe war. Aber er wünschte sich sehnlichst das Kind und mit Anfang vierzig war es für ihn auch höchste Zeit. An Patrizia dachte er in diesen Monaten mal mehr mal weniger, weil er wusste, dass er diese Liebe wohl nie leben konnte. Seine Familie bestärkte ihn weiterhin, die Finger von einer verheirateten Frau zu lassen.

Es war Ostersonntag und alle machten sich auf zur Kirche. Sein Onkel Wesley würde predigen und da durfte keiner fehlen. Anna und ihre beiden Kinder saßen in der ersten Reihe. Jeffs Mutter und sein Onkel Edward standen auf der Bühne im Chor. Jeff selber war am Schlagzeug der Band. Die Familie feierte den Gottesdienst mit Verwandten und Freunden, draußen schien die Frühlingssonne und alle waren bester Stimmung. Jeff war ein wenig aufgeregt, denn er hatte Neuigkeiten, die er später der Familie erzählen wollte.

Beim Mittagessen an der großen Tafel ergriff Anna das Wort. Jeff war leicht irritiert, ließ sie aber reden. Sie erzählte der Familie, dass sie und Jeff sich entschlossen hätten zu heiraten und auch dass sie schwanger war. Die Familie blickte auf. Jeffs Mutter war begeistert. „Endlich hatte er sich diese Deutsche aus dem Kopf geschlagen" dachte sie so bei sich und umarmte begeistert ihren Sohn. „Ich gratuliere euch ganz herzlich zu diesem Entschluss und wünsche euch nur das Beste" sagte sie laut. Jeff lächelte milde. Der Rest der Familie schloss sich den Glückwünschen an, einzig Wesley blieb verhalten. Sicherlich freute er sich, dass Jeff nun auf der Zielgeraden seiner Wünsche war, nämlich zu heiraten und selber Kinder zu haben, aber ob Anna ihn wirklich glücklich machen konnte, wusste er nicht. Als Pastor lernte er viele Menschen kennen und war in der Lage sie auch gut einzuschätzen. Er war ein Mann mit Erfahrung und irgendetwas in ihm sträubte sich gegen Jeffs zukünftige Frau.

Nachdem einige Tage vergangen waren suchte Wesley das Gespräch mit Jeff.
„Jeff" begann Wesley leise. „Ich freue mich, dass du heiraten möchtest. Es wird mir eine ganz besondere Ehre sein, dich zu trauen. Aber bitte sei mir nicht böse, wenn ich Zweifel an deiner Braut hege. Bist du dir mit Anna wirklich sicher?"
Jeff blickte verwundert hoch, aber er wusste ja bereits was sein Onkel von ihr hielt.
Jeff, der den Rat seines Onkels wie immer sehr schätzte erwiderte: „Wie kommst du darauf?

Warum sollte ich mir nicht sicher sein mit Anna?"

„Es ist nur so eine Ahnung" sagte Wesley, „nur so ein komisches Gefühl. Aber vielleicht täusche ich mich auch. Ich wünsche dir auf jeden Fall alles Gute und hoffe, dass all deine Träume wahr werden und du mit dieser Frau glücklich wirst und bleibst."

Jeff wurde nachdenklicher. Liebte er Anna so sehr wie er einst Patrizia liebte? War sie wirklich die richtige Frau an seiner Seite? Hatte er sich zu schnell entschieden? Was waren ihre Zukunftspläne? Machte er alles nur wegen seines Sohnes? Fragen über Fragen strömten nun auf ihn ein, aber diese wollte er sich nun nicht mehr stellen. Er hatte sich für Anna entschieden und in drei Monaten würde er sie heiraten. An Patrizia dachte er kaum noch hoffnungsvoll, war sie doch immer noch so weit von ihm entfernt. Er musste sie endgültig vergessen. Ja, es stimmte, Anna war manchmal etwas zu kämpferisch im Durchsetzen ihrer Wünsche. Sie war eben eine starke Frau, die wusste was sie wollte und auch wie sie es bekommen konnte. Jeff hielt diese Eigenschaft nicht für schlecht, zumal er eher der ruhigere Typ war.

Anna zeigte sich weiterhin als verlässliche Partnerin an Jeffs Seite. Sie nahm ihm alle lästigen Pflichten ab. Sie organisierte seine Konzerte, die er zu spielen hatte, verhandelte Gagen und neue Engagements. Sie kümmerte sich um den

Haushalt und um die Kinder. Nebenbei studierte sie Theologie, denn jetzt hatte sie die Mittel dazu. Genau genommen blieb nicht einmal mehr viel Zeit für Zweisamkeit, denn auch Jeff war viel unterwegs. Anna hielt zu Hause das Feuer am Brennen, wie man so schön sagt, was wollte er mehr?

Als er von der Konzertreise seines Onkels Edward nach Deutschland hörte, kamen ihm Zweifel. Er durfte Patrizia auf keinen Fall wiedersehen, sonst wären seine Zukunftspläne mit Anna zunichte. Sein Onkel wusste um seine Gefühle und akzeptierte die Absage seines Neffen, den er doch gerne auch dabeigehabt hätte.

Jeff richtete seinen Blick auf die bevorstehende Hochzeit und sein Verstand sagte ihm immer wieder, dass das so richtig ist. Endlich würde er seine eigene Familie haben und Anna war bereits mit seinem Kind schwanger.
Obwohl Anna schon einmal verheiratet war, legte sie Wert auf ein großes Fest mit allen Verwandten, Freunden und Bekannten. Es sollte an nichts fehlen. Sie hatte großen Spaß daran, sich noch einmal in ihrem Leben einen Traum in weiß auszusuchen. Alles musste perfekt sein. Schließlich heiratete sie in eine der angesehensten Familien des Landes ein. Ihre beiden Kinder aus erster Ehe waren von Jeff ebenso begeistert, wie der Rest der Familie. Jeff war ein Familienmensch, der gerne wieder von einer Tournee nach Hause kam. Er war bodenständig und oh-

ne Starallüren, die ein Musiker seiner Klasse hätte haben können. Er fühlte sich im Kreise seiner Lieben am wohlsten. Wenngleich sein Herz sich doch in eine andere verliebt hatte, so wusste er aber auch, dass er diese Liebe nie leben könnte. Er wischte die Gedanken an Patrizia so schnell wieder weg, so schnell sie auch gekommen waren. Als religiöser Mensch war eine verheiratete Frau keine Option.

Für den Hochzeitstag hatte Petrus schönes Wetter bestellt und einem rauschenden Fest mit allen Familienmitgliedern, Freunden, Verwandten und Musikerkollegen stand nichts im Wege. Wesley wartete mit Jeff vorne am Altar in der Kirche als Anna von ihrem Vater hereingeführt wurde. Sie sah gut aus und Jeff fühlte sich in seinem Tun erneut bestätigt. „Das ist die Frau, mit welcher er alt werden würde", so dachte er. Der Chor stimmte ein Lied an und die Zeremonie begann. Anna strahlte. Wesley blickte sie an und entdeckte ein Siegerlächeln in ihrem Gesicht. Seine Zweifel konnte er nicht begraben, dennoch traute er sie und seinen Neffen, in der Hoffnung im Unrecht zu sein. Er wünschte Jeff nur das Allerbeste für sein zukünftiges Leben.

Nach der Kirche begab sich die Festgesellschaft in den großen Gemeindesaal, der für die Hochzeit schön hergerichtet wurde. Der Cateringservice hatte bereits gute Arbeit geleistet und einer ausgelassenen Feier stand nichts mehr im Wege. Viele Glück- und Segenswünsche erreichten die frischgebackenen Eheleute. Was sollte da schon schiefgehen? Jeff hatte eigens für die Hochzeit ein Lied komponiert, welches er für Anna sang. Ihre Mutter hatte Tränen in den Augen und selbst Jeff hatte zu kämpfen. Anna blieb gelassen und setzte weiterhin ein strahlendes Lächeln auf. Wesley stand an der Seite und beobachte ihre Reaktion. „War sie wenigstens ein bisschen in Jeff verliebt?", fragte er sich. „Ja" sagte er zu sich selber, „Ja, und nun Schluss mit den Zweifeln, es war Jeffs großer Tag und sein Wunsch eine Familie zu haben ging heute in Erfüllung".

Jeff hatte nun sogar eine große Familie, denn Anna brachte ja auch noch zwei Kinder aus erster Ehe mit. Er würde ihnen ein guter Ersatzvater und Freund sein. Und bald würde sein eigenes Kind geboren werden. Ein Sohn, wie er mittlerweile erfahren hatte. Sein Sohn, Jeff jr. sollte sein Name sein.

Jeff stürzte sich wie immer in die Arbeit. Die Monate bis zur Geburt vergingen wie im Fluge. Er widmete sich ganz seiner neuen Familie und der Musik. Eines Morgens erreichte ihn ein Anruf von Anna als er gerade bei Aufnahmen im Studio war. Sie hatte gute Nachrichten: „Jeff, es geht los. Ich fahre mit der Ambulanz ins Krankenhaus, bitte komm' gleich nach", begann sie aufgeregt. „Wir werden bald zu fünft sein."
Jeff legte seine Bassgitarre zur Seite und erzählte kurz und knapp den Kollegen im Studio, dass

er für heute abbrechen musste. „Wow, alles Gute", rief Curtis. „Wir sehen dich später"

Als er schließlich im Krankenhaus ankam, der Verkehr in San Francisco hatte ihn aufgehalten, war sein Sohn bereits geboren. „Anna", flüsterte er verzückt, „du hast mich zum glücklichsten Menschen auf der Welt gemacht. Ich danke dir für dieses Geschenk."
Jeff schaute seinen Sohn an. Er war wunderschön. In seinen niedlichen Kulleraugen waren noch kleine Tränchen zu sehen, die er von seinem ersten Weinen nach der Geburt hatte. Gottes Gnade erschien ihm unermesslich. Er dankte dem Herrn für dieses Wunder der Schöpfung. Egal was passiert, er würde immer für seinen Sohn da sein, solange er lebte. Und wenn er eines Tages diese Welt verlassen müsste, würde sein Sohn für ihn weiterleben. Jeff verspürte einen tiefen Frieden in sich.
„Jeff", sagte Anna, „ich bin sehr froh über unseren gemeinsamen Sohn, zumal meine Älteste schon bald das Haus verlassen wird um nach New York zu gehen. Du weißt doch Jeff, sie will eine Tanzausbildung machen. Und wenn unser Jeff jr. ein Jahr alt sein wird, werde ich mich auch wieder meiner Karriere widmen."

Jeff verstand. Anna hatte schon Pläne für ihre Zukunft gemacht. So war sie eben. Während er sich kaum Gedanken machte, was der morgige Tag bringen würde, hatte Anna schon alles vorgeplant. Es kamen ihm immer wieder Zweifel, ob

Anna ihn tatsächlich liebte. Gesagt hatte sie es ihm noch nie. Aber er wollte nicht mit seinem Glück hadern. Sein größter Wunsch im Leben hatte sich erfüllt. Jeff hatte endlich eine komplette Familie.

In den folgenden Monaten ging Jeff wie immer seiner Arbeit nach und nahm Engagements an, soviel er nur konnte, denn zukünftig kam einiges auf ihn zu. Die Ausbildung in New York sollte er mitfinanzieren. Er machte sich wie immer gerne an die Arbeit, um seine Familie ausreichend versorgen zu können. Es hätte keinen stolzeren und liebevolleren Vater auf der Welt geben können. Alle anderen Sorgen und Probleme rückten in den Hintergrund.

Das Leben nimmt seinen Lauf

Die Jahre vergingen. Jeff und Patrizia lebten ihr Leben so weiter wie bisher, ohne jedoch den anderen aus dem Herzen verbannt zu haben. Die Erinnerungen an Jeff blieben und wenngleich sie manchmal schmerzhaft waren, wollte Patrizia sie nicht missen. Sie legte ihr Augenmerk wieder mehr auf das berufliche Weiterkommen und machte eine betriebswirtschaftliche Fortbildung, um auf dem Laufenden zu bleiben. Sie war nun doch schon einige Jahre nicht mehr in einer Firma tätig, weil sie sich ausgiebig der Erziehung von Leon gewidmet hatte. Um wieder in ihren alten Beruf einsteigen zu können, musste sie sich weiterbilden. Mittlerweile hielten überall in den Büros Computer Einzug, wo bisher ein Telefon und eine Schreibmaschine genügten. Es galt die Programme zu erlernen und deren Anwendung zu praktizieren. Natürlich wurde die Fortbildung für sie zu einer zusätzlichen Belastung, was den Tagesablauf anging, denn Leon war ja nicht den ganzen Tag in der Schule. Er ging mittlerweile in die erste Klasse. Da Patrizia keine Verwandten in der Nähe hatte, musste sie das organisatorisch alleine stemmen. Tim konzentrierte sich wie immer nur auf sich und auf seinen Job. Mehr wollte er vom täglichen Ablauf nicht wissen. Wenigstens versorgte er die Familie finanziell gut. Doch auch bei diesem Thema gab es zeitweise Endlosdiskussionen. Aber die Betreuung von Leon war einfach nicht seine Aufgabe. Kinder und Haushalt waren

Frauensache. Wie und wann sein Sohn in die Schule kam, interessierte ihn nicht. Zum Glück gab es eine gute Seele in der Nachbarschaft, die die Kinder wenigstens bis zwölf Uhr mittags, nach dem Unterricht, in der Schule noch betreute, wenn schon um elf Uhr oder gar früher Unterrichtsschluss war. Jeder Tag war durchgeplant und verfloss ohne große Ereignisse. Es gab viele Momente, in denen Patrizias Gedanken nach San Francisco schweiften. Sie fragte sich immer wieder, ob Jeff sie wohl vergessen hatte. Würde sie ihn je wiedersehen? War sie auch noch in seinem Herzen, sowie er in ihrem? Sie liebte ihn immer noch mit derselben Leidenschaft wie früher, doch mehr mit Leiden als mit Freude.

In Patrizias und Tims Ehe gab es mittlerweile mehr schlechte als gute Zeiten. Der Ausbau des Hauses stagnierte und es gab immer noch die eine oder andere Baustelle, die nicht fertig wurde. Tim kam bereits schlecht gelaunt von der Arbeit heim. Patrizia durfte ihn kaum ansprechen, denn er wollte nichts wissen und hörte ihr nicht zu. Er brauchte mindestens zwei Stunden, bis sie mit ihm sprechen konnte. Streitereien und falsche Erwartungen waren die Folge. Das Haus interessierte ihn kaum noch. Tim war sehr bescheiden und stellte keine großen Ansprüche. Für ihn war alles so, wie es eben war, gut genug.

Um dem Alltag zu entfliehen, gönnte sich die Familie zweimal im Jahr einen Urlaub am Meer.

Aber dort war es besonders schlimm. Jeder hatte seine eigene Vorstellung, wie die Tage sein sollten. Tim hatte nur Interesse daran, bequem am Strand zu liegen und zwischendurch gut zu essen. Patrizia hingegen war eher unternehmungslustig. Sie erhoffte sich auch mehr Aufmerksamkeit von ihm für Leon. Während andere Väter mit ihren Söhnen Spaß hatten im Meer zu baden oder am Strand etwas zu unternehmen, saß Tim nur schweigend im Liegestuhl und blickte ins Leere. Warum nur hatte er nicht das Bedürfnis während des Urlaubes mehr bei seinem Sohn zu sein, wenn er doch schon das Jahr über seine Ruhe suchte? Diese und andere Fragen stellte Patrizia sich immer wieder. Sie stellte sie aber auch Tim. Er hatte keine Antworten für sie. Patrizia fühlte sich verantwortlich, dass Tim so wenig Interesse an seiner Familie zeigte. Hätte sie mehr für Tim tun sollen? Würde sich das je ändern? Wie wird das Verhältnis von Leon zu seinem Vater sein, wenn er älter wird? Tim erkannte ja nicht einmal, dass er als Vater im Prinzip gar nicht zur Verfügung stand. Die beiden lebten wie zwei Brüder, wobei der große immer eifersüchtig auf den kleinen war.

Patrizia sehnte sich mehr und mehr nach einem aufmerksamen Partner an ihrer Seite und nach einem Vater für Leon. Tim war beides nicht. Er versorgte sie zwar finanziell ganz gut, wenn sie lange genug darum bat, aber emotional konnte er seiner Familie nicht viel geben. Wenn Patrizia ihn darauf ansprach, meinte er nur, dass er Gefühle hätte, diese aber nicht zum Ausdruck bringen konnte. Patrizia glaubte ihm, dass er sie liebte, dennoch war sie ausgehungert nach Zuwendung und Aufmerksamkeit. Leon hingegen wusste nicht, was es heißt einen Vater, oder ein männliches Vorbild zu haben. Er wuchs neben Tim auf, der für ihn mal mehr und immer öfter weniger, Interesse zeigte. Worte wie Verantwortung und Fürsorge waren für Tim Fremdwörter, genauso wie Selbstwertgefühl. Tim selber hatte wenige Ansprüche an das Leben, was Patrizia immer wieder auf seine eigene Kindheit und Jugend zurückführte. Er fühlte sich oft nicht verstanden und er konnte nicht auf die Menschen zugehen. Sein Vater hatte sich auch kaum um ihn gekümmert und so gab er es weiter. Patrizia hatte Mitleid, denn Tim konnte auch anders sein. Nur zeigte er es nicht. Und wie lange konnte sie die Beziehung auf dieser Grundlage noch aufrechterhalten? Dadurch blieb sie gefühlsmäßig auf der Strecke. Denn, wenn alles in Ordnung gewesen wäre, hätte sie sich nicht so einfach in einen anderen Mann verlieben können. Und genau das war geschehen. Sie liebte Jeff wie keinen anderen, ohne ihm körperlich nah zu sein.

Geplatzte Träume

Patrizia telefonierte einmal im Monat mit Sly, Jeffs Freund und früherem Mitbewohner. Er berichtete ihr das Neueste rund um die Hoskins Familie und hielt sie in Bezug auf Jeff immer auf dem Laufenden. Jeff wusste darüber Bescheid und so kam es, dass Sly zum Vermittler zwischen den beiden wurde. Sly mochte Patrizia, obwohl er sie noch nie gesehen hatte. Er konnte Anna nicht besonders gut leiden. Patrizia hörte von Sly, dass Jeff Vater geworden war. Sie freute sich von Herzen mit ihm, denn für sie war ihr Sohn Leon der wichtigste Mensch in ihrem Leben. Nun hatte Jeff auch jemanden, den er bedingungslos lieben konnte. Sein größter Wunsch war in Erfüllung gegangen. Patrizia gönnte ihm sein Glück, doch sie vermisste Jeff nach wie vor sehr. Daher entschloss sie sich, irgendwie Kontakt mit ihm aufzunehmen, obwohl nun eine Ehefrau an seiner Seite war. Sie dachte: „Entweder er weist mich ab oder er würde froh sein, dass ich den Mut hatte, den Kontakt trotz aller Widerstände aufrecht zu erhalten." Mit Mühe konnte sie Sly überzeugen, ihr Jeffs Nummer zu geben. Eigentlich gab Sly keine Telefonnummern weiter, die er von anderen hatte, doch er sah, wie Patrizia und Jeff zueinander standen. Patrizia wollte den Anruf eines Tages unbedingt wagen. Was hatte sie schon groß zu verlieren.

Sonntagmorgen, das ganze Haus schlief noch tief und fest, alles war ruhig. Patrizia stand sehr früh auf, um noch eine Weile ungestört zu sein. Sie lief zum Telefon und nahm den Hörer ab. In San Francisco war es gerade mal neun Uhr abends und sie hoffte, dass dies auch die richtige Nummer war, die sie nun zögerlich wählte. Ihr Herz fing heftig an zu pochen. „Wie würde seine Stimme klingen nach so langer Zeit", fragte sie sich. „Würde er gleich wieder auflegen?" Tausend Fragen kreisten in ihrem Kopf umher bis endlich das Freizeichen zu hören war. Es klingelte mehrmals bis sie seine tiefe männliche Stimme, die ihr noch so vertraut war, ein „Hello" sagen hörte. Patrizia stockte kurz und war im Begriff gleich wieder aufzulegen. Aber sie nahm all ihren Mut zusammen und antwortete: „Hello Jeff, hier spricht Patrizia, erinnerst du dich an mich?" Jeff stieß ein lautes Lachen aus und sagte: „Patrizia, sicher erinnere ich mich an dich, wie könnte ich dich je vergessen." Vermutlich war er gerade ungestört, denn er wollte nicht gleich wieder auflegen. Seine Stimme klang fest und selbstsicher, aber ihm war mulmig in der Magengegend. Seine große Liebe war am Telefon und er war zu Hause bei seinen Kindern und musste sich recht unverbindlich geben, denn sein Stiefsohn Kendal war zu Hause. Sein Herz machte einen Freudensprung. Er war sehr beeindruckt, dass Patrizia wohl immer noch an ihn dachte. Anna war zum Glück nicht da. Er freute sich riesig über den Anruf und schämte sich dennoch, dass er sich so sang-und klanglos von Patrizia zurückgezogen hatte. Nie hätte er gedacht, dass sie sich die Mühe machen würde,

ihn zu finden. Alte Gefühle kamen hoch. Patrizia, verlegen wie ein Backfisch, versuchte eine lockere Konversation zu beginnen, obwohl ihr der Sinn nach ganz anderen Worten stand. Aber was sollte sie ihm eigentlich sagen? Dass er ein Feigling war oder sollte sie ihn fragen, warum er eine andere Frau geheiratet hatte? Doch sie wusste auch, dass sie damals diejenige war, die für eine Veränderung nicht bereit war. Sie konnte ihm keine Vorwürfe machen. Das wollte sie auch nicht, dafür liebte sie ihn zu sehr.
„Ich habe gehört, du bist nun verheiratet und stolzer Vater geworden", begann sie. Ein lautes „Ja" kam sogleich als Antwort von Jeff. „Und wie geht es dir so, Pat? Was macht dein kleiner Leon. Bist Du immer noch verheiratet?" Auch Jeff hatte viele Fragen, doch wusste er, dass sie alles in diesem kurzen Gespräch nicht klären konnten. Die Telefonkosten waren horrend und Patrizia musste ihn darauf aufmerksam machen, dass sie nicht allzu lange telefonieren konnten. Sie bat ihn aber gleichzeitig nochmal, nicht bei ihr zurückzurufen, weil nie klar war, wer letztendlich den Hörer abnahm. Jeff verstand und erklärte ihr, wie sehr er sich freute, dass sie sich gemeldet hatte und als sie sagte, dass sie ihn gerne wiedersehen möchte, antwortete er: „Pat, ich würde dich auch sehr gerne wiedersehen. Vielleicht klappt das sogar sehr bald. Es muss doch einen Grund haben, dass Du mich gerade jetzt angerufen hast. Edward wird in fünf Monaten ein Konzert in Deutschland geben. Ich werde versuchen dabei zu sein. Vielleicht hast du Lust

zu kommen. Aber es wird nicht sein wie früher, vergiss bitte nicht, ich bin ein verheirateter Mann."
Patrizias Herz machte einen großen Luftsprung. Jeff würde wieder nach Deutschland kommen. Fünf Jahre nach ihrem Abschied würde sie ihn wiedersehen. Sie konnte es kaum fassen. Sollte das Schicksal es doch noch gut mit ihnen meinen? Aber ihre Ausgangslage war nicht besser, da beide nun gebunden waren.
„Auch ich war damals verheiratet als wir uns trafen", konterte Patrizia gelassen. „Aber wir werden schon sehen, wie es uns dann ergeht. Ich freue mich."
Patrizia verabschiedete sich von Jeff und sie beschlossen in freudiger Erwartung, den Kontakt zu halten. Patrizias Tag hätte nicht schöner starten können. Sie ging in die Küche und bereitete ein köstliches Frühstück. Es gab frischen Orangensaft und geräucherten Lachs auf Toast. Leon wunderte sich ein wenig, als er den reich gedeckten Tisch sah, doch er war schon von klein auf, ein Genießer gewesen und langte herzhaft zu.

So wurde für Patrizia immer ein Sonntag im Monat zum schönsten Tag des Monats, für Jeff ebenso, wie er immer betonte. Die Liebe war also nicht erloschen. Sie konnte nur nicht gelebt werden. Patrizia dachte Jeff hätte sie vergessen, aber dem war nicht so. Bei ihren Telefonaten erzählte Patrizia natürlich von ihrem Leben mit Tim und Jeff spürte sehr schnell, dass sie nicht glücklich war. Aber er war nun selber verheiratet. Die Dinge lagen anders, als noch vor fünf Jahren.

An einem sonnigen Sonntag im Mai war es wieder mal soweit. Patrizia war bester Laune und wählte Jeffs Nummer. Sie hatte mittlerweile auch einen Telefonanbieter gefunden, der die Telefonate äußerst günstig abrechnete. Weniger als zehn Cents die Minute. Da konnte sie schon eine Weile reden. Jeff wollte das bei ihrem nächsten Treffen wieder gutmachen, so ihre Vereinbarung.

Als er an diesem Sonntag den Hörer abhob klang er seltsam leise und er rückte gleich mit der schlechten Nachricht heraus.
„Edward geht wieder nur mit seinem Keyboarder auf Tournee, leider werde ich nicht nach Deutschland mitkommen können." Er schluckte hörbar.
Patrizia war traurig über die Worte und all ihre Hoffnungen, Jeff jemals wiederzusehen, zerbrachen.
Jeff gegenüber blieb sie ruhig. „Naja, wenn es diesmal nichts wird, dann vielleicht beim nächsten Mal". Sie wollte Jeff nicht das Gefühl geben, hinter ihm her zu sein und sie wollte ihm nicht zeigen, wie wichtig er für ihr Leben geworden war. Es würde für beide nur noch schlimmer sein, die Entfernung und Trennung auszuhalten.

Nachdem sie das Gespräch beendet hatten, wunderte sich Jeff über Patrizias Gleichgültigkeit. Hatte sie ihn nun doch aus ihrem Herzen verbannt? Genügte ihr nur die Freundschaft zu ihm? War dies ein Zeichen von Gott, sich wieder mehr seiner Frau Anna zuzuwenden und sich Patrizia endlich aus dem Kopf zu schlagen? Warum musste alles nur so schwer sein? Anna war nicht so ganz die Ehefrau, die er sich gewünscht hatte. Sie schenkte ihm zwar, den über alles geliebten Sohn, aber sie selber wollte wenig vom Familienleben wissen. Ihre Ausbildung, die Jeff nun finanzierte und ihre Karriere hatten immer Vorrang.

Jeff suchte erneut das Gespräch mit seinen Kumpel Sly. Die beiden führten gerne lange Gespräche. Sly war einer der Menschen, die nicht so oberflächlich waren, wie zum Beispiel Curtis. Sly war sehr religiös und immer darauf besonnen nach Gottes Gesetzen zu leben. Daher war er auch, was die Sache mit Jeff und Patrizia betraf, immer in der Zwickmühle. Er wusste um die Gefühle der beiden, konnte das Verhältnis aber auch nicht gutheißen.
Sly bestärkte Jeff dabei, sich wieder mehr um seine eigene Familie zu kümmern. „Was nützt dir eine verheiratete Frau, die zwölf Flugstunden entfernt wohnt", fragte er. „Das ist doch Quatsch. ich kenne ja deine Patrizia nicht persönlich, sie ist zwar sehr nett und ich unterhalte mich immer gerne mit ihr, wenn sie anruft, aber

du hast doch jetzt eine Frau an deiner Seite und einen wunderbaren Sohn."

Jeff blickte Sly ernst an. Wahrscheinlich hatte er Recht. Sly war ihm immer ein guter Ratgeber, genau wie Wesley, sein Onkel und seine Mutter. Ihr verschwieg er die Anrufe mit Patrizia, denn sie würde ihn gewiss auch nicht unterstützen wollen.

Jeff machte sich wieder auf, in das Studio von Curtis zu gehen, wo es noch einiges zu tun gab. Dort traf er auf Joshua. Joshua bemerkte Jeffs seltsame Stimmung und sprach ihn darauf an. Jeff erzählte ihm von den Telefonaten mit Patrizia und der geplatzten Konzertreise nach Deutschland mit Edward. Joshua blickte Jeff mitfühlend an. Er war der einzige, der ihm seine Träume ließ. Auch er hatte keinen guten Eindruck von Anna und wusste um den Umstand dieser Eheschließung. Er kannte Patrizia nicht persönlich, aber wenn er sah, wie Jeffs Augen leuchteten, wenn er von ihr erzählte, wusste Joshua wieviel sie Jeff bedeutete. Joshua machte ihm Hoffnung „Glaube an die Liebe und bitte Gott um Hilfe. Er wird geschehen lassen was geschehen soll und verhindern was nicht sein darf", riet er Jeff, und dieser nickte dankbar.

Herzschmerzen

So gingen weitere Jahre ins Land und jeder lebte sein Leben in seiner eigenen Welt. Jeff hatte nun für drei Kinder zu sorgen und war daher voll beschäftigt, seinen Engagements und Aufträgen nach zu kommen.

Patrizia beschloss so lange bei Tim zu bleiben, bis Leon mit dem Studium fertig war.
Die Sonntagsgespräche wurden mit der Zeit immer weniger, weil jeder über den anderen dachte, er hätte das Interesse und die Liebe verloren. Es gab keinerlei Aussicht auf ein baldiges Wiedersehen. Derweil versuchte Patrizia wieder an ihre Ehe zu glauben und glücklich zu werden, aber mit Tim klappte das nicht mehr. Er bekam Depressionen, wollte sich aber keine professionelle Hilfe holen. Patrizia war ratlos. Sie konnte ihren Ehemann auch nicht zwingen, zum Arzt zu gehen. Wie sollte das nur weiter gehen. Sie wollte leben und lieben und nicht nur ihre Pflichten als Hausfrau und Mutter erfüllen. Schließlich suchte sie auch Kontakte zu anderen Männern, aber keiner konnte dem Vergleich mit Jeff standhalten.

Um mit Tim im täglichen Leben einigermaßen klarzukommen, erfüllte sie ihre ehelichen Pflichten, aber glücklich war sie nicht. Leon war ihr einziger Lebensinhalt geworden. Er bereitet ihr mit seiner bloßen Anwesenheit Freude, war ein guter Schüler, um den man sich keine Sorgen machen brauchte und sie würde alles tun, damit es ihm immer gut gehe. Er war der Grund warum sie lebte. Ihre unglückliche Liebe machte ihr schwer zu schaffen. Herzprobleme machten sich immer öfters bemerkbar. Die tägliche Einnahme von Betablockern sollte Abhilfe schaffen, doch dann sank ihr Blutdruck derart in die Tiefe, dass sie die Tabletten wieder absetzen musste. Eine ungute Situation, mit der sie täglich kämpfte. Ihr Herz rief nach Jeff. Immer wieder Jeff. Es gab keinen Tag, an dem sie nicht an ihn dachte. Jeff war tief in ihrem Herzen verankert und sie betete jeden Tag zu Gott, dass sie ihn eines Tages wieder in den Armen halten könnte. Aber Gott würde ihr nicht helfen gegen seine eigenen Gebote zu verstoßen, das war ihr auch klar. Sie sah keinen Ausweg aus dieser Situation

Jeff vergrub sich mehr und mehr in seine Musik. Zum Glück hatte er gut bezahlte Tourneen mit großen Künstlern. Doch auch bei ihm machten sich gesundheitliche Probleme bemerkbar. Oft fühlte er sich abgeschlagen und müde. Er freute sich immer wieder nach Hause zu kommen, um bei Jeff jr. zu sein, um zu sehen, wie sein Sohn wächst und gedeiht und um neue Kraft zu tanken. Seit geraumer Zeit hatte das Leben jedoch seine Leichtigkeit verloren. Alles fühlte sich so zäh an. Er konnte es nicht näher beschreiben, doch irgendetwas schien mit ihm nicht in Ordnung zu sein. Anna verfolgte engagiert ihre Ziele und nutzte den einen oder anderen Kontakt durch die Familie, um die Pläne ihrer beruflichen

Zukunft zu verwirklichen. Jeff konnte von seiner Ehefrau nicht allzu viel erwarten. Er war Anna dankbar, dass sie ihm einen so prachtvollen Jungen geschenkt hatte. Er war froh, seine Familie durch die vielen Engagements gut versorgen zu können. Was wollte er mehr? Sicherlich wäre auch ein musikalischer Durchbruch nach Europa für ihn ein interessanter Gedanke gewesen, aber das war momentan für ihn einfach nicht durchführbar. Er war sich seiner Verantwortung der Familie gegenüber stets bewusst und tat alles um die Idylle aufrecht zu erhalten. Er galt in der Branche als bodenständig und gewissenhaft. Eine berufliche Neuerung fernab seines Sohnes, kam für ihn nicht in Frage. Jeff stellte für sich keine großen Ansprüche an das Leben. Bescheidenheit gehörte auch zu seinen Stärken. Er würde Patrizia immer in seinem Herzen tragen, aber mit dem Wissen, dass er diese Liebe nie leben dürfte. Komplizierten Situationen ging er gerne aus dem Weg, wenngleich das für seine Gefühlswelt nicht immer einfach war.

Durch soziale Netzwerke konnte Patrizia Jeffs weiteren Lebensweg mehr oder weniger mitverfolgen. Er war eine Person des öffentlichen Lebens und auch seine Freunde hielten nicht damit zurück, Patrizia immer auf den neuesten Stand zu bringen.

Jeff wiederum wurde auch von seinen Freunden auf dem Laufenden gehalten. Patrizia war noch immer verheiratet. Anscheinend war ihre Ehe doch nicht so schlecht, wie sie immer behauptete, so zumindest war seine Einschätzung. Er beschloss sich wieder ein wenig von ihr zurückzuziehen. Manchmal tauschten sie noch Briefe aus, die von den Kumpels übermittelt wurden, aber davon würde er künftig Abstand nehmen. Er wollte nicht der Grund für eine Trennung sein. Das alles ergab sowieso keinen Sinn. Er lebte sein Leben in den USA und sie lebte ihr Leben in Deutschland.

Joshua und Sly hielten den Kontakt zu Patrizia, während Jeff sich nun wirklich komplett zurückzog. Patrizia aber hatte die Hoffnung nie aufgegeben und sie wusste eines ganz sicher: Sie musste ihn endlich wiedersehen. So viele Fragen waren offen geblieben. Allein die Antwort fehlte. Wie würde er reagieren, wenn sie ihm eines Tages gegenüberstand? Wie würde sie empfinden ihn wieder leibhaftig zu erleben? Die vielen Jahre hatten sicherlich ihre Spuren hinterlassen und vielleicht wäre jetzt ja alles ganz anders. Wenn man jung ist, empfindet man vieles differenzierter und vielleicht wäre er heute gar nicht mehr so sehr ihre große Liebe. Um das herauszufinden, musste endlich wieder ein Treffen stattfinden, das war klar. Aber wo? Sollte sie einfach zu ihm hinfliegen und sagen „hallo, wie geht's"? Nein, das wäre zu plump und sie bekam ein mulmiges Gefühl schon allein mit dem Gedanken daran. Zu viele Jahre waren vergangen, um einfach da wieder anzusetzen, wo sie einst aufgehört hatten. Das hätte sie gerne getan, denn die letzte Berührung mit Jeff war eine herzliche Umarmung und ein wunderbarer Kuss. Wenn das Schicksal es so vorsah, dann wird es noch einmal geschehen, beruhigte sie sich selber.

Die große Reise

Es fanden keinerlei Telefonate oder andere Kontaktaufnahmen mehr zwischen Jeff und Patrizia statt. Es herrschte sozusagen „Funkstille". Patrizia brachte dies in den Telefonaten mit Sly immer wieder traurig zum Ausdruck. Doch was konnte er schon tun, um ihr da zu helfen?

Sly und Joshua hielten sie dennoch informiert, was Jeff und seine Familie betraf. Ein schwacher Trost für Patrizia, doch immerhin waren die Gespräche mit ihnen, für sie jedes Mal eine nette Abwechslung zum Alltag und sie konnte damit auch ihre Englischkenntnisse auf Vordermann bringen und erweitern.

Eines Tages machte Sly ihr einen grandiosen Vorschlag: „Hey Pat, warum kommst Du uns eigentlich nicht einmal besuchen. Chantal würde sich auch sehr freuen, dich einmal näher kennenzulernen. Wir telefonieren doch nun schon so lange miteinander und haben uns noch nie gesehen. Meinst du nicht, dass wir das dringend ändern müssten?", fragte er lachend. „Und so ganz nebenbei läuft dir vielleicht Jeff über den Weg."
Patrizia stockte. Allein der Gedanke ließ ihr Herz höher schlagen. Sie erkundigte sich nochmal bei Sly, ob er sicher war, dass es Chantal nichts ausmachen würde, wenn sie einfach so zu Besuch käme. Chantal war die Ehefrau von Sly. Sie hatten schon ein paarmal zusammen am

Telefon gesprochen, jedoch gesehen hatte Patrizia noch keinen von beiden.

Die Einladung klang verlockend. Auf dieser Strecke flog seit neuestem der A380, so dass schon allein der Flug ein Erlebnis wäre, zumindest für Leon. Bei Patrizia flog immer ein wenig die Angst mit und normalerweise vermied sie es, in ein Flugzeug zu steigen. Sie hatte Flugangst. Angst den Boden unter den Füßen zu verlieren, Angst eingesperrt zu sein und das Flugzeug nicht verlassen zu können, wenn ihr danach war. Diese Ängste hatte sie früher nicht. Das alles hatte sich in den letzten Jahren aufgebaut, warum auch immer. Sie hatte keine Erklärung dafür. Andererseits, so sagte es ihr Verstand, fliegen täglich Millionen von Menschen durch die Welt, warum also nicht?
„Sly, das ist wirklich eine super Idee, aber wie soll ich das hinkriegen?" antwortete sie.
Und was würde Tim dazu sagen, wenn seine Frau einfach mal kurz nach San Francisco fliegen würde. „Und Leon? Also ohne Leon gehe ich nirgendwo hin. Naja und das viele Geld? Zwei Flüge kosten schon eine Menge".
Sly beruhigte sie und meinte, dass sie nur die Flüge und das Hotel aufbringen müsste. Er kenne auch ein günstiges und gutes Hotel in seiner Nähe, wo sie ungestört und sicher übernachten könnten. Den Rest würde er übernehmen, schließlich sei sie dann sein Gast.

Patrizia und Sly redeten noch eine ganze Weile und überlegten, was sie alles unternehmen könnten, wenn sie sich in den Flieger setzte. Ihre Reiselust war wieder so wie früher geweckt und Patrizia dachte ernsthaft darüber nach, die Einladung anzunehmen. Die Verlockung, Jeff dabei wieder zu sehen, ließ alle Angst vor dem Fliegen dagegen verblassen. All ihre Fragen würden sich mit einem Schlag beantworten. Schließlich beendeten sie das Gespräch mit der ernsten Absicht, ihren Plan in die Tat umzusetzen. Irgendwie würde es klappen.

Sogleich begann Patrizia das Internet nach den Flügen zu durchforsten. Wann wäre die beste Reisezeit? Sly würde flexibel sein, welchen Zeitraum sie sich aussuchte. Dann kam ihr eine super gute Idee: Leon schloss im Frühling des kommenden Jahres die Schule ab. Wäre das nicht ein prima Geschenk für das bestandene Abitur? Und der Zeitpunkt hätte genialer nicht sein können, denn Patrizias Geburtstag fiel in denselben Monat. Jetzt war sie Feuer und Flamme, allein schon beim Gedanken an diese Reise. „Jeff, ich bin bald bei dir. Ich liebe dich so sehr", sagte sie laut zu sich selber. Es fühlte sich richtig an.

Als Leon nach Hause kam, berichtete seine Mutter ihm von ihren Reiseplänen. Tim war gerade nicht da. Mit seiner Schichtarbeit sah er die Familie immer weniger, was nach Patrizias Ansicht auch einen großen Teil zum Zerfall der Familie mit beitrug. Sie war die ganzen Jahre so gut wie alleinerziehend gewesen, Tim interessierte sich kaum für die Probleme des Alltags, so dass Leon und Patrizia immer auf sich allein gestellt waren und so auch die Entscheidungen fällten. Warum dann also nicht alleine nach San Francisco fliegen?

Leon war hochbegeistert. Er liebte Flugzeuge und wollte schon immer Pilot werden, doch aufgrund einer Augenkrankheit, war ihm der Wunsch verwehrt. Ihn begeisterte die Technik aber ebenso. Er strebte ein Studium mit der Fachrichtung Maschinenbau an.
„Wow", sagte er, „dann fliegen wir mit dem A380 Flieger nonstop nach San Francisco. Das wird ein Vergnügen. Den Termin finde ich auch klasse, meine letzte Prüfung schreibe ich Mitte März, danach habe ich sowieso ein paar Monate Zeit, bis das Studium beginnt."

Leon würde bereits mit siebzehn Jahren sein Abitur schreiben. Durch die verkürzte Schulzeit an den Gymnasien war er einer der jüngsten Absolventen. Das Lernen fiel ihm nicht immer leicht, er musste hart arbeiten, um sein von ihm selber hoch gestecktes Notenziel, zu erreichen. Eine schöne Reise wäre die perfekte Belohnung. Patrizia nickte zustimmend und überschlug gedanklich schon einmal die bevorstehenden Ausgaben. Sie hatte seit einigen Jahren etwas Geld gespart und auch wenn Sly keine

Kosten übernehmen könnte, das Geld würde reichen.

Sogleich recherchierten beide nochmals zusammen im Internet nach den günstigsten Flügen. Direktflüge waren teurer, aber das sollte es ihnen schon Wert sein. Zeit ist letztendlich ja auch Geld. Patrizia hatte nach wie vor ein wenig Bammel in ein Flugzeug zu steigen, obwohl sie schon öfters geflogen war, auch die sogenannte Langstrecke. Aber ihre Abenteuerlust war noch größer als die Angst. Der Entschluss war nun gefasst: Ein Direktflug nach San Francisco und zwar exakt an ihrem achtundvierzigsten Geburtstag. So konnte sie sich selber ein Geschenk machen. Was für eine großartige Idee.

Über Tim machte sie sich keine Gedanken, wenn sie an ihrem Geburtstag nicht daheim wäre. Hatte er sie doch schon an manchen ihrer Geburtstage der vergangenen Jahre allein gelassen, vor allem mit der damit verbundenen Arbeit. An diesen Tagen rückte die ganze Verwandtschaft beider Seiten an und da war immer einiges los im Haus. Tim verbrachte nach wie vor seine Zeit bei der Arbeit oder am Computer im Keller. Sein Familiensinn hatte sich auch im Laufe der Jahre nicht geändert und so würde er kaum merken, dass Leon und Patrizia gar nicht da waren. Also, es sprach nichts mehr dagegen, einfach mal aus dem heimischen Nest in die große weite Welt zu fliegen. Und selbst wenn es Jeff nicht gäbe und Tim hätte mitgehen können, so wäre er doch nicht interessiert an irgendeiner Stadt in den Staaten gewesen, noch hätte er irgendwelche Freundschaften pflegen wollen. Tim war und blieb ein Einzelgänger. Freunde hatte er keine. Seine Welt bestand nur aus Patrizia und wenn da einer eindrang, war er eifersüchtig. Dann zog er sich wieder alleine in seine eigene Welt zurück und stieß somit die Familie vor den Kopf.

„Noch einen Klick entfernt", wandte sich Patrizia an Leon.
„Wenn ich die Entertaste drücke sind die Flüge gebucht. Sollen wir das wirklich tun?"
„Klar" antwortete Leon souverän, "was hält dich davon ab?"
Patrizia drückte die Taste und das Herz schlug ihr bis zum Hals. Sollte es wirklich so sein, dass sie Jeff nach fünfzehn Jahren wiedersehen würde?
„So", sagte sie zu Leon. „Kannst schon mal anfangen dein Taschengeld zu sparen. In sechs Monaten geht es los. Wir fliegen für zwölf Tage mit dem A380 Flieger der Lufthansa nach San Francisco und besuchen unseren Freund Sly und seine Familie. Du wirst sehen, dass wird eine unfassbar schöne Zeit, mein Großer. Ich werde Sly nachher gleich unsere Flugdaten durchgeben, damit er sich schon mal nach dem Hotel umsehen kann. Und deinem Vater werden wir es am Wochenende sagen, wenn wir ihn zu Gesicht bekommen."

Patrizia war aufgeregt. Hatte sie wirklich einen Flug gebucht? Woher kam plötzlich diese Entschlossenheit? Vor allem aber wollte sie Klarheit über ihre Gefühle bekommen. Seit der Verabschiedung von Jeff vor fünfzehn Jahren, litt sie ständig unter Herzrhythmusstörungen. War dies ein Zeichen, dass Herz und Verstand nicht eins waren? Ihr Hausarzt fragte sie einmal bei einer eingehenden Untersuchung, was zuvor geschehen war, als die Störungen begannen. Sie konnte durchaus Parallelen feststellen. Der Zeitraum des Beginns ihres Leidens überschnitt sich mit der Trennung von Jeff.

Als Patrizia Tim am folgenden Wochenende von ihren Absichten auf Reisen zu gehen erzählte, reagierte er ziemlich emotionslos, ja schon fast desinteressiert. Ein trockenes „wenn ihr meint, das braucht ihr" war sein einziger Kommentar. Und damit war die Sache gegessen. Was hatte sie erwartet? Aber hätte er nicht wenigstens ein bisschen mehr Interesse an ihren Reiseplänen zeigen können? Oder vielleicht sogar dagegen sein? Aber so gar keine Reaktion zeigte ihr mal wieder Tims Desinteresse an seiner Familie. Sie wusste natürlich genau, dass sich Tim mit keinem Cent an den Reisekosten für Leon beteiligen würde. Also war jetzt eisernes Sparen angesagt. Patrizia legte zurück was sie konnte. Sie arbeitete nur halbtags und konnte daher von ihrem Gehalt nicht viel abzweigen. Aber sie wusste gut zu haushalten und die Belohnung kam ja prompt. Ab und zu versuchte sie ihr Glück im

Internet bei den zahlreichen Casinos. Man sollte es nicht glauben, aber mit geringstem Einsatz konnte sie zumindest das Geld für einen kompletten Flug von Frankfurt nach San Francisco hin und zurück, gewinnen. Nicht schlecht, das Glück war noch immer an ihrer Seite.

Weihnachten rückte näher. Patrizia, die eigentlich mehr den Frühling mochte, liebte auch die Vorweihnachtszeit. Viele Erinnerungen kamen hoch und sie hatte ein gutes Gefühl, dass sich manches bald klären würde, was noch offen war. In drei Monaten würde sie mehr wissen. Um den langen Wintermonaten ein wenig Wärme zu geben, gönnte sie sich mit Eve ab und zu ein schönes Gospelkonzert in der Nähe. Sie fühlte sich dadurch mit Jeff verbunden.

Die Stimmung zwischen ihr und Tim blieb unverändert wechselhaft. Es gab gute und schlechte Tage zwischen den beiden, doch das Eheleben fand nur noch sehr selten statt und Patrizia hatte das Gefühl, dass auch Tim kein Interesse mehr an ihr hatte. Bisher war ihm nur das Familienleben nicht so wichtig, doch jetzt ließ er auch seine Ehefrau immer mehr links liegen. Patrizia kam das gerade recht. Sie musste nun nicht mehr um seine Gunst buhlen, wenn es darum ging sich um Leon zu kümmern. Leon war erwachsen geworden. Sollte sein Studium ihn von zu Hause wegführen, hatte Patrizia keinen Grund mehr zu bleiben. Auch sie wollte weg. Weg in ein neues, anderes Leben, mit einem Partner, der die gleichen Ansichten teilte, dieselben Interessen hatte und auf jemanden, mit dem sie sich wieder auf Zweisamkeit freuen konnte. Patrizia erinnerte sich an die vielen Wochenenden, die Leon nicht zu Hause war, weil er mit dem Schulchor oder mit dem Sportverein unterwegs war. Da wäre genügend Zeit für ihre Ehe gewesen, aber Tim ließ die Tage einfach im Keller am Computer verstreichen. Nun kam der Punkt, wo Patrizia absolut nicht mehr warten wollte. Fürs Herumsitzen war sie zu jung.

Das neue Jahr begann so fade, wie das alte aufgehört hatte. Jeder ging seinem Tagwerk nach und nahm kaum Notiz vom anderen. Silvester wurde auch nicht groß gefeiert. Es gab keine Gemeinsamkeiten mehr unter den Eheleuten. Tims Hauptbeschäftigung während der freien Tage war und blieb, der Computer. Also ließ sie ihm seine Ruhe, die er so dringend einforderte.

Doch Leon und Patrizia waren voller euphorischer Vorfreude auf den kommenden Urlaub. Die Flüge waren ja bereits auf Ende März gebucht. Konnte es ein schöneres Geschenk geben, als mit ihrem Sohn dem Alltag zu entfliehen? Sie machte sich dieser Tatsache immer wieder bewusst.

Leon kämpfte sich tapfer durch das Abitur und obwohl er noch keine endgültigen Ergebnisse hatte, fühlte es sich gut an. Und das gute Gefühl sollte ihn nicht täuschen.

Der Tag der Abreise rückte näher. Patrizia hatte ein paar Geschenke eingepackt und viel Schokolade. Die Amerikaner mochten deutsche Schokolade sehr. Tim glaubte bis zum Abreisetag nicht, dass die beiden wirklich fliegen würden. Er dachte Patrizia machte nur einen Witz oder wollte ihn sogar ärgern. Als sie ihn eine Woche vorher fragte, ob er sie zum Bahnhof bringen würde um den Zug zum Flughafen zu nehmen, stutze er: „Ihr geht also tatsächlich?".
„Ja", lachte Patrizia, „warum denn nicht? Fährst du uns nun oder muss ich nach einem Transfer schauen?"
„Aber sicher", antwortete Tim. "Wenn ihr tatsächlich fliegen wollt, fahre ich euch selbstverständlich zum Bahnhof." Patrizia war ganz erstaunt über seine positive Antwort.

An Patrizias Geburtstag klingelte um halb zwei Uhr morgens der Wecker. Als sie aus dem Schlafzimmer lief, bemerkte sie das Licht, welches im Hausflur und im Wohnzimmer brannte. Tim saß noch vor dem Fernseher als sie die Treppe hinunterstieg. Er hatte wie immer vor, sich die Nacht um die Ohren zu schlagen. Fünf Stunden Schlaf waren für ihn genug. Der Weg zum Bahnhof dauerte etwa eine Stunde, also würde Tim diese Nacht wieder nicht mehr in sein Bett kommen.

Leon kam nun auch gähnend aus seinem Zimmer. Er umarmte zuerst seine Mama und wünschte ihr alles erdenklich Gute zu ihrem Geburtstag. Was für ein Tag. In ein paar Stunden würden sie im Flieger sitzen. Tim erhob sich von der Couch und schaltete den Fernseher ab. Er ging in sein Badezimmer und machte sich frisch. Patrizia packte noch die letzten Sachen in den Koffer, während Leon im anderen Badezimmer in der ersten Etage, eine Dusche nahm.
Tim kam nun auch auf Patrizia zu und gratulierte ihr zum Geburtstag. Er war eher sachlich und kühl, aber auch unsicher und zurückhaltend, denn ihm wurde endgültig bewusst, dass die Abreise seiner Frau nun kurz bevor stand.
Patrizia hatte alles gut vorbereitet. Die Koffer standen bereit. Das Handgepäck war sorgfältig gepackt. Frühstück brauchten sie um diese Uhrzeit nicht. Da die Anreise zum Flughafen allein schon über vier Stunden dauerte und sie dann noch drei Stunden auf dem Flughafen warten mussten bis zum Abflug, hatte Patrizia für unterwegs belegte Brote und Obst eingepackt. Dann ging es endlich los. Leon freute sich riesig, endlich einmal mit dem A380 Flieger in die Luft zu gehen. Patrizia hingegen war sehr aufgeregt, denn einerseits hatte sie ja diese unbegründete Angst vor dem Fliegen, aber andererseits konnte sie es kaum erwarten ihre Freunde und den besonderen Menschen in ihrem Leben, Jeff, in San Francisco zu treffen. Ihr Puls raste und Leon war bemüht, während der Fahrt zum Bahnhof, seine Mutter zu beruhigen. Er erklärte ihr

die technischen Details, warum ein Flugzeug fliegen konnte. Patrizia tat ihr Bestes daran zu glauben. Für Technik war sie nicht so sehr zu begeistern und Physik war eines ihrer schlechtesten Fächer in der Schule. Tim blieb still und sprach kaum ein Wort.

Die Fahrt zum Bahnhof dauerte länger als eine Stunde, weil Tim sich auch noch verfahren hatte. Patrizia war besorgt, den Zug zu verpassen. Dort angekommen ließ es sich Tim nicht nehmen mit auf den Bahnsteig zu kommen. Als der Zug zwei Minuten später einfuhr, bemühte sich Tim, die Koffer seiner Frau aufzunehmen. Patrizia nahm ihm das Gepäck sogleich wieder ab und versicherte ihm, dass sie es alleine schaffen würde. Tims Fürsorge kam unerwartet und überraschend. Im reservierten Abteil angekommen setzte sich Leon ans Fenster und Patrizia daneben. Tim stand noch immer auf dem Bahnsteig. Er wirkte verlassen und Patrizia hatte fast Mitleid mit ihm. Als sich der Zug in Bewegung setzte, winkte Tim mit der einen Hand und mit der anderen warf er den beiden ein paar Handküsse zu. So emotional hatte Patrizia ihren Ehemann schon lange nicht mehr erlebt. Sie bekam Tränen in die Augen vor Rührung. Ja, sie liebte ihn sicherlich noch, doch das Leben an seiner Seite war einsam geworden. Aber wie er da so stand, hätte sie ihn am liebsten in den Arm genommen.
Leon fragte entgeistert: „Wer ist das? Mein Vater?"

Beide verstanden diese Gefühlsregung nicht. Tim, der immer so gleichgültig und desinteressiert war, zeigte wie es ihm ging. Man hatte den Eindruck, dass es ihm sehr leid tat, dass seine Frau und sein Sohn ohne ihn verreisten. Aber warum kümmerte er sich dann zu Hause nie um sie? Patrizia wusste, dass es Tim sehr schwer fiel Gefühle zu zeigen. Doch um eine Beziehung aufrecht zu erhalten muss man sich eben auch überwinden können, damit der andere weiß was er einem bedeutet.

Die Fahrt im ICE nach Frankfurt war angenehm. Patrizia und Leon dösten in ihren Sitzen, denn beide waren müde vom frühen Aufstehen. Drei Stunden würde die Fahrt dauern.

Am Flughafen angekommen war Leon in seinem Element. Er fotografierte alles was er vor die Linse bekam. Jeder Flieger der bereitstand, die Gepäckwagen, Flughafenbusse und andere Fahrzeuge. Dies hier war seine Welt. Eines Tages hätte er gerne einen Job, der genau mit diesen Dingen zu tun hatte, wenn er schon kein Pilot werden durfte. Das war sicher.

Als die Koffer am Lufthansa Schalter aufgegeben waren, schlenderten Patrizia und Leon durch die Hallen im Flughafengebäude. Dann kam die Passkontrolle. Ein freundlicher Beamter sah genau hin und gratulierte Patrizia zu ihrem Geburtstag. Sie freute sich über diese Aufmerksamkeit und wechselte noch ein paar nette Wor-

te mit ihm. Dann ging es zur Sicherheitskontrolle. Patrizia und Leon mussten ihren Schmuck ablegen, die Jacke und die Schuhe ausziehen. Es wurde alles gründlich kontrolliert. So verging die Zeit wie im Fluge. Im Duty-Free-Shop fand Patrizia noch ihre Lieblingsbodylotion von Chanel, den Duft, welchen sie trug als sie Jeff getroffen hatte. Er würde sich bestimmt daran erinnern, wenn er sie wieder umarmte. Leon erstand ein maßstabsgetreues Flugzeugmodell des A380 Fliegers. Zwischendurch erreichten Patrizia zahlreiche Anrufe mit Glückwünschen zu ihrem Geburtstag. Sie hätte den Tag schon sehr gerne auch mit ihren Eltern verbracht, zwei der wichtigsten Menschen in ihrem Leben neben Leon, aber das ging nun mal heute nicht.
Dann kam der Aufruf zum Boarding. Aufgeregt begaben sie sich in die Wartehalle am Schalter.
„Oh Mann", begann Patrizia, „da müssen ja ganz schön viele Leute in den Vogel rein".
„Ja", erwiderte Leon lachend, „in dieses Flugzeug passen über fünfhundertfünfzig Passagiere plus vierundzwanzig Crewmitglieder." Er holte erneut seine Kamera aus dem Rucksack und machte ein Foto von seiner Mutter, die versuchte ihre Aufregung zu verbergen. Hoffentlich würde ihr Herz nicht wieder „ausflippen". Das konnte sie nun gerade gar nicht gebrauchen. Im Lautsprecher ertönte eine Stimme. Die Passagiere wurden in bestimmten Reihen aufgerufen in das Flugzeug einzusteigen. So vermied man, dass alle gleichzeitig losstürmten. „Manche Passagiere vergessen, dass wenn sie früher auf

ihrem Platz saßen sie auch nicht schneller am Ziel sein würden", sagte Leon schelmisch lachend.

Überraschenderweise wurde die Reihe, in welcher Patrizia und Leon gebucht hatten, zuletzt aufgerufen, obwohl sie in der Mitte des Flugzeuges reservierten. Was dies wohl zu bedeuten hatte? Patrizia wurde immer nervöser und die Spannung stieg. Dann war es endlich soweit. Patrizia ging voran. Als sie ihre Sitzplatzreservierung in den Schalter steckte und auf die Bordkarte wartete, bekam sie einen kleinen Schreck. „Oje Leon", sagte sie zu ihrem Sohn, „jetzt haben sie uns neue Sitzplätze zugeteilt. Hoffentlich ist wieder ein Platz am Gang dabei. So ein Mist. Für was macht man sich dann die Mühe und sucht sich einen guten Platz aus. Ich werde öfters aufstehen müssen, um den Flug durchzustehen. Das fängt ja gut an."

Leon nahm ihr Ticket, um es sich genauer anzusehen und platzte fast vor Freude: „Mama, schau doch mal genauer hin. Wir haben ein Upgrade auf die Business Class bekommen."

„Was?" fragte Patrizia mit zittriger Stimme. Sie freute sich so sehr, dass ihr Tränen vor Dankbarkeit und Angst zugleich, in die Augen schossen. Was für ein Geburtstagsgeschenk. Das Glück war wie immer an ihrer Seite und dies würde ihr den Flug um einiges leichter machen; die Bedenken und Zweifel wurden kleiner. Und sie freute sich besonders für Leon. Davon hatte er geträumt. Den ersten Flug im A380 und dann auch noch in der bequemen Business Class.

Patrizia freute sich über die unerwartete Überraschung und sagte zu sich selber laut: „Oh Happy Day". Sie würde gerne jemanden dafür danken wollen, wusste aber nicht wem. So dankte sie in einem Gebet für alle Unterstützung, die sie und Leon für diese Reise bekamen.
„Komm Mama, jetzt stehen wir in der falschen Reihe. Zur Business Class geht es erst einmal die Treppen hoch", drängte Leon. Er konnte es kaum mehr erwarten und genoss jeden Augenblick. Patrizia folgte Leon, der sich bestens auf diesem Terrain zurecht fand. Mit weichen Knien stieg sie hinter Leon die Treppen empor, die zum Eingang der First und der Business Class führten. Sie würden also im oberen Deck des Fliegers sitzen. Der A380 hatte 2 Decks, das Cockpit lag natürlich ganz vorne, etwa in der Mitte der Decks, über eine weitere, kleine Treppe erreichbar. Mit achtzig Metern Spannweite, war dieses Flugzeug ein Gigant der Lüfte, das mit rund eintausend Kilometern pro Stunde die Passagiere an ihr Ziel brachte. Patrizia staunte. Es war kaum zu glauben. Ihre Reise schien unter einem guten Stern zu stehen.

Auf dem Oberdeck angekommen, wurden sie sogleich von einer freundlich lächelnden Stewardess empfangen. Ihre Jacken fanden sich auf einem Bügel an eine Garderobe wieder, die seitlich in der Kabine angebracht war. Dann führte die Flugbegleiterin die beiden Reisenden zu ihren neu zugewiesenen Sitzen. Leon war

beeindruckt. „Siehst du Mama, hier hast Du genügend Platz deine Beine auszustrecken." Patrizia setzte sich überwältigt in den grauen Ledersessel, der elektrisch zum Liegebett verstellt werden konnte. Das war wirklich spitze. Sie konnte sich komplett hinlegen, was bei ihrer Größe von einem Meter zweiundachtzig nicht selbstverständlich war. Dann gab es da auch noch eine Massagefunktion, die in verschiedene Stufen eingestellt werden konnte. Dies bescherte ihr einen echten Wohlfühlmoment und sie freute sich auf die kommenden zwölf Stunden Flug. Leon erkundete sogleich das Entertainment Programm, während die freundliche Stewardess die Willkommensdrinks reichte. Patrizia und Leon wurden von einer Menge neuer Eindrücke überflutet, welche bei beiden größte Begeisterung auslöste. Bevor die Maschine sich auf den Weg zum Rollfeld machte, schoss Leon die ersten Fotos in der Kabine und von seiner Mutter, die es sich bereits bequem gemacht hatte. Patrizia lächelte entspannt. Bevor sie ihr Mobiltelefon ausschaltete, rief sie noch kurz bei ihren Eltern an, um ihnen mitzuteilen, was sie für eine wundervolle Überraschung von der Fluglinie zu ihrem Geburtstag bekommen hatte.
Dann kam die Durchsage vom Flugkapitän an die Crew, dass sie sich zum Start vorbereiten sollten. Nun ging es wirklich los. Die Stewardessen begannen mit der Sicherheitsvorführung. Die Maschine rollte währenddessen in ihre Startposition. Einen kurzen Moment später spürte man die Kraft der Triebwerke als der Pilot vol-

len Schub gab. Die Passagiere wurden in die Sitze gedrückt und mit einer Startgeschwindigkeit von dreihundert Kilometern in der Stunde hob der Flieger schließlich ab. Ein tolles Gefühl, dass man einfach mal erleben musste.

In Frankfurt war trübes Wetter angesagt, doch als die Maschine die Wolkendecke durchdrang schien die Sonne mit voller Kraft. Besser hätte das Urlaubsgefühl nicht sein können. Patrizia war überglücklich und voller Vorfreude auf das, was sie und Leon in den nächsten Tagen erwartete. Der lange Flug würde sicher rasch vorbei gehen.

Zum Essen, welches à la carte serviert wurde, genossen die beiden ein Gläschen kalifornischen Weißwein. Patrizia schmeckte ihr Geburtstagsmenü ausgezeichnet. Nach dem köstlichen Gaumenschmaus boten die Stewardessen ein reichhaltiges Sortiment an zollfreier Ware an. Leon kaufte ein weiteres Souvenir. Nach der Shoppingrunde wurden noch einmal Getränke serviert, bevor das Licht etwas gedimmt wurde. Leon setzte seine Schlafmaske auf und per Knopfdruck machte er seinen bequemen Ledersessel zum Bett. Er zog die bereitgelegte Decke über sich und versuchte zu schlafen. Patrizia gönnte sich zuerst eine kleine Massage und genoss mit geschlossenen Augen den Flug. Schlafen konnte sie nicht. Ihre Gedanken schweiften in die Ferne. Für ein paar Stunden war Ausruhen und Entspannen für die Passagiere angesagt. Wer nicht schlafen konnte, döste einfach vor sich hin.

Nach etwa sieben Stunden Flugzeit wurde das Licht wieder heller und das Bordpersonal kam erneut mit Getränken und warmen, feuchten Tüchern, damit sich die Passagiere ein wenig frisch machen konnten. Noch fünf Stunden bis zur Landung. Leon zog sich die Schlafmaske von den Augen und stellte seinen Sitz wieder in eine aufrechte Position.
„Hast Du Durst?" fragte Patrizia ihren Sohn, während die Stewardess ihm ein Getränk reichen wollte. Leon nahm das Glas dankend entgegen.
„Oh ich habe so wunderbar geschlafen" sagte er und streckte sich. „So ein Flug ist doch eine tolle Sache, nicht wahr Mama?"
Patrizia lachte. „Ja, das ist schon eine tolle Sache. Jetzt schau ich mir noch ein wenig das Bordprogramm an. Bald sind wir da."
Leon nickte zustimmend und setzte den Kopfhörer auf, um sich noch einen Film anzusehen. Es gab ein großes Angebot in diversen Kategorien und er entschied sich für eine Komödie. Patrizia suchte sich einen jazzigen Musikkanal. Kurz vor der Landung wurde eine weitere Mahlzeit serviert. Bestens versorgt warteten sie auf das Ende des Fluges.

Die Landung in San Francisco war planmäßig. Sonnenstrahlen blitzten durch die kleinen Fenster in die Kabine. Aus den Lautsprechern ertönte eine männliche Stimme. Der Chefsteward verabschiedete sich, im Namen der gesamten Crew von den Passagieren und bat darum, noch bis zum Ausrollen der Maschine sitzen zu bleiben. Kurze Zeit später hatte der A380 seine Parkposition erreicht. Die fleißigen Stewardessen brachten die Jacken und Patrizia und Leon machten sich bereit, aus dem Flieger auszusteigen.

Die Business Class durfte gleich nach der ersten Klasse das Flugzeug verlassen, so dass Patrizia und Leon die Chance bekamen, im vorderen Teil der langen Schlange am Zoll im Flughafengebäude zu stehen. Die Pässe wurden kontrolliert und jeder musste seinen Fingerabdruck hergeben. Dummerweise klappte das bei Patrizia nicht auf Anhieb. Ein Beamter mit strenger Mine brachte sie in ein kleines Büro. Leon musste draußen bleiben und wartete geduldig vor der Tür. Nun wurde Patrizias Pass durch sämtliche Computer der Welt gescannt. Man wollte bei der Einreise sicher gehen, dass von ihr keine Gefahr ausging. Nach etwa einer Stunde durfte sie gehen. Manche Kontrollen dauern einfach länger.

Leon und Patrizia beeilten sich zur Gepäckausgabe zu kommen. Auf dem Laufband waren nur noch wenige Koffer. Schnell hatte Leon ihre eigenen entdeckt und schnappte sie vom Band. Nun ging es geradewegs auf den Ausgang zu. Ob Sly sie wohl schon erwartete? Als sie durch die milchige Glastür kamen entdeckten sie nie-

manden, auf welchen die Beschreibung hätte passen können. „War er schon weg, weil es bei der Einreise so lange gedauert hatte?" fragten sie sich.
Patrizia nahm ihr Mobiltelefon und tippte eine Nachricht ein. Sogleich kam die Antwort. Sly war noch in der Stadt unterwegs und er würde in circa zwanzig Minuten am Flughafen sein um sie abzuholen.

Patrizia und Leon verließen das Flughafengebäude und warteten vor der Tür.
„San Francisco" rief Patrizia laut, „hier sind wir". Beide freuten sich wie Schneekönige endlich am Ziel zu sein. Ein Traum, den sie viele Jahre geträumt hatte, wurde nun Wirklichkeit.

Gespannt blickte sie auf die heranfahrenden Autos. Einmal dachte Patrizia, das könnte Sly sein und winkte heftig. Als das Fahrzeug näher kam, bemerkte sie, dass es nicht Sly war. Aber der Fahrer winkte freundlich zurück. Nun, sie hatte Sly noch nie gesehen, nur auf Bildern und die entsprachen ja vielleicht auch nicht immer haargenau der Realität. Nach mehreren Fehlwinkern passte es endlich. Sly stoppte seinen Wagen und stieg aus. Patrizia musste lachen. Herzlich umarmten sie sich, als ob man sich schon ewig kannte. Sly war ungefähr eineinhalb Köpfe kleiner als sie und von kräftiger Statur. Mit großen braunen Augen, die lustig in die Welt blickten, schaute er Patrizia neugierig an. Ihr fielen sofort seine Schuhe auf. Schwarze Lederschuhe mit langer fellbesetzter Spitze. Einmalig. Auch Leon bekam eine freundliche Umarmung und alle drei waren sich auf Anhieb sympathisch. Patrizia war glücklich und zufrieden, wie schon lange nicht mehr in ihrem Leben. Nach dem sie einem überaus angenehmen Flug hatte, fühlte sie sich hier in San Francisco willkommen und war sehr froh, dass Sly einen so guten ersten Eindruck auf sie machte. Letztendlich war er derjenige, mit welchem die beiden die kommenden Tage verbringen würden. Aber sie kannte ihn ja schon einige Jahre von den Telefonaten und die Begegnung mit ihm, enttäuschte sie nicht.

Sly und Leon stellten das Gepäck in den Kofferraum. Leon setzte sich auf die Rückbank, während Patrizia vorne neben Sly Platz nahm. Die Straßen von San Francisco erwarteten sie. Ein herrliches Gefühl machte sich breit. Doch auch die Spannung stieg. Erwartungsvoll blickte sie aus dem Fenster.

Sly erzählte von seiner neuen CD, die er gerade herausgebracht hatte und erklärte Patrizia, dass sie erst noch ins Studio müssten, bevor es ins Hotel ging. Auf der Fahrt dahin wurde geredet und erzählt und obwohl Patrizia im Flieger nicht geschlafen hatte, fühlte sie sich fitter denn je. Sly lenkte sein großes Auto sicher durch die Straßen von San Francisco. Patrizia erinnerte sich an die Krimiserie mit Michael Douglas und begann zu schmunzeln. Tausend Eindrücke stürmten auf sie ein und sie musste sich auf die

Worte von Sly konzentrieren, um bei ihrem Gespräch mithalten zu können. Die Sonne strahlte am blauen Himmel und die Stadt bot ihren Gästen einen freundlichen Empfang. Nach kurzer Fahrt erreichten sie das Tonstudio. Sly parkte den Wagen vor der Eingangstür und alle drei stiegen aus. Ein Musikerkollege von Sly kam ihnen sogleich entgegen und Sly nutzte die Gelegenheit seine Freunde aus Deutschland vorzustellen. Patrizia freute sich darauf, neue Menschen kennenzulernen. Sly holte einen großen Karton, in welchem eine beachtliche Anzahl seiner brandneuen CDs verpackt waren. Er öffnete ihn sogleich und Patrizia und Leon bekamen jeder ein Exemplar geschenkt. Sly deutete auf die Rückseite. Dort standen unter anderem auch Widmungen. Patrizia freute sich sehr, als sie ihren und Leons Namen dort auch lesen konnte. Was für ein schönes, persönliches Geschenk. Sly war ein wirklich guter Freund, dem viel daran gelegen war, diese Freundschaft auch zu pflegen und wert zu schätzen. „Was für eine nette Überraschung", sagte Patrizia zu Sly und bedankte sich mit einer Umarmung.

Nach einer halben Stunde Aufenthalt machten sie sich auf den Weg zum Hotel. Sly hatte sie bei der Auswahl unterstützt und die Hotelanlage machte einen guten und gepflegten Eindruck auf die Ankömmlinge aus Deutschland. Sly hatte bereits früher hier Gäste untergebracht und nur Gutes gehört. Er führte Patrizia und Leon zum Empfang. Dann sprach er mit dem Angestellten an der Rezeption. Dieser begrüßte seine neuen Gäste auf das herzlichste und reichte ihnen ein kleines Willkommensgeschenk, welches aus einer Flasche Wasser, Keksen und Chips bestand. Eine nette Geste. Sly verabschiedete sich wieder, nachdem sie beschlossen hatten, dass er sie am Abend zum Essen wieder abholen wollte. Da würden Patrizia und Leon auch seine Frau und einen ihrer Söhne aus erster Ehe kennenlernen.

Im fünften Stock bezogen Patrizia und Leon ihr Zimmer. Zwei große Betten ein Schreibtisch, ein großer Schrank und ein sehr geräumiges Bad sollten für die nächsten Tage für ihr Wohlbefinden sorgen. Patrizia streckte sich sogleich auf dem Bett aus. Selten lag sie so gut. Zuhause litt sie des Öfteren unter Rückenschmerzen. Diese hohe Matratze hier würde ihr sicher gut tun. Leon studierte die Fernbedienung des Fernsehers. Alles funktionierte. Er setzte sich auf sein Bett und machte sich über die Tüte mit den Willkommenssnacks her.

Patrizia nutzte die Pause und schloss die Augen. Ihre Gedanken kreisten wieder einmal um Jeff. Er war hier irgendwo in dieser Stadt, keine Stunde von ihr entfernt. Ihr Herz hüpfte vor Freude und die Sehnsucht nach ihm wuchs ins Unermessliche. Sie stellte sich das Wiedersehen in vielen Variationen vor und war doch sehr gespannt wie es sich für beide anfühlen würde. Aber wusste er überhaupt, dass sie da war?

Konnte er überhaupt den Mut aufbringen sie zu treffen obwohl er nun verheiratet war. Über all diese Gedanken hinweg, nickte sie schließlich ein. Leon hatte vorsorglich den Wecker an seinem iPad gestellt, um pünktlich in der Hotelhalle zu sein, wenn Sly die beiden nachher wieder abholen würde.

Als die Musik erklang, die Leon als Klingelton ausgesucht hatte, öffnete Patrizia ihre Augen. Sie konnte es immer noch nicht fassen, endlich in San Francisco zu sein. Jahrelang hatte sie von diesem Moment geträumt. Nun war sie wirklich hier. Sie hätte noch weiterschlafen wollen, doch die unendliche Neugier auf die Stadt und die Menschen, hier ließ sie aus dem Bett springen. Leon rieb sich müde die Augen. „Geh du schon mal ins Bad, Mama, dann kann ich noch kurz liegenbleiben," raunte er.
Patrizia blickte in den Spiegel. Für so wenig Schlaf sah sie erstaunlich frisch aus. Sie erneuerte ihr Make-up und kämmte sich die Haare nachdem sie zuvor eine Dusche genommen hatte. „Leon" rief sie laut ins Zimmer, „du bist dran. Ab ins Bad. Sonst muss Sly noch auf uns warten."
Leon kämpfte sich aus dem Bett und taumelte ins Badezimmer. Patrizia pfiff fröhlich vor sich hin. Sie fühlte sich lebendig und war bereit für neue Abenteuer.

Zur vereinbarten Zeit standen sie in der Hotelhalle und warteten. Was Patrizia und Leon noch nicht wussten, war, dass es hier in den Staaten mit der Pünktlichkeit nicht so genaugenommen wurde, wie in Deutschland. Sly kam eine Stunde nach der vereinbarten Uhrzeit. Die Stadt war voll mit Autos und ein gutes Durchkommen war nicht immer möglich. Doch, was soll's, sie hatten ja Urlaub und jede Menge Zeit.

Chantal, Slys Frau, und ihr Sohn Aram, warteten in einem nahegelegenen Schnellrestaurant. Als die beiden Sly sahen, gefolgt von Leon und Patrizia, standen sie auf und liefen ihnen entgegen. Es gab herzliche Umarmungen und alle waren sich auf Anhieb wohl gesonnen. Sly hatte eine sehr hübsche Frau an seiner Seite. Patrizia mochte sie vom ersten Augenblick an. Sie strahlte Ruhe und Wärme aus. Sly hatte schon zuvor am Telefon viel von ihr geschwärmt. Liebevoll nannten sie sich gegenseitig „Babe". Patrizia wünschte sich auch, eines Tages „Babe" genannt zu werden, was unter Liebenden sowas wie „Schatz" bedeutete. Leon wandte sich an Aram, Chantals Sohn aus erster Ehe. Er war froh auf jemand in seinem Alter zu treffen. Aram hatte gerade Semesterferien, so konnte er bei vielen Unternehmungen mit dabei sein.

Ein Angestellter des Restaurants kam zu den fünf Freunden herüber und bot an, Fotos zu machen. So hatte Leon gleich das erste Bild für die Lieben zuhause, welches er in einem sozialen Netzwerk veröffentlichte. Schließlich interessierten sich Patrizias Eltern sehr dafür, wo und bei wem ihre Tochter und ihr Enkel Urlaub machten.

Eine fröhliche Runde mit anregenden Gesprächen, sorgten an diesem Abend, der ja auch Patrizias Geburtstag war, für ein gutes Gefühl. Dieses Jahr dauerte er, bedingt durch die Zeitverschiebung hier, neun Stunden länger. Chantal versprach eine größere Feier am nächsten Tag, da auch Aram bald Geburtstag hatte und an seinem Ehrentag nicht in der Stadt sein würde. So konnten sie gemeinsam feiern.

Gegen halb elf Uhr abends waren Patrizia und Leon wieder in ihrem Hotel angekommen. Ruckzuck lagen die beiden in ihrem Betten. Jetzt waren sie wirklich müde geworden. Der Tag war lang und voller neuer Eindrücke gewesen. Sie schliefen sofort ein.

Am nächsten Morgen weckte sie die Sonne, die in das Zimmer schien. Patrizia streckte sich und schlug Leon vor, heute Morgen als erster ins Bad zu gehen. Während er sich dort zurecht machte, bereitete sie das Frühstück, denn das war im Zimmerpreis nicht inbegriffen und ganz schön teuer. Es gab mitgebrachte Vollkornkekse, Obst und für Leon noch ein Stück Schokolade. Beide aßen für gewöhnlich nur ein kleines vegetarisches Frühstück, daher lohnte sich der Besuch im Hotelrestaurant auch nicht. Hauptsache der Magen hatte etwas zu tun. Sie wollten sich den Bauch nicht übermäßig vollschlagen.

Als sie mit allem fertig waren beschlossen sie in der Hotelhalle auf Sly zu warten. Zehn Uhr war vereinbart. Als es bereits halb elf war, schickte Patrizia Sly eine Nachricht. Sie war es nicht gewohnt zu warten und wunderte sich etwas über die Unpünktlichkeit ihres Freundes. Später erfuhr sie, dass Sly wohl immer ein bis zwei Stunden später kam als abgesprochen. Sie würde das in den nächsten Tagen noch zu spüren bekommen. Ungeduldig rutschte sie im Sessel umher. „Da kann ich ja nochmal auf die Toilette gehen", sagte sie zu Leon und stand auf. Leon wusste um die Ungeduld seiner Mutter und sagte schmunzelnd: "Mama, erinnere dich, wir sind im Urlaub. Da kommt es doch auf eine Stunde hin oder her nicht an."

Schließlich kam Slys Wagen vor den Hoteleingang gefahren. Für ihn war es keine große Sache, dass er eineinhalb Stunden später als verabredet angekommen war. Er verlor kein Wort darüber und Patrizia beschloss, dies auch nicht zu tun. Sie stiegen in seinen Wagen und begrüßten auch Aram, der den heutigen Tag mit ihnen verbringen würde. Als Sly losgefahren war, überraschte er Patrizia mit der Idee, einem Besuch in der berühmten Kirche in Oakland, einer Stadt ganz in der Nähe von San Francisco, welche man über eine große Brücke, genannt die Bay Bridge, erreichen konnte. Diese Kirche gehörte der Hoskins Familie. Wesley Hoskins, Jeffs anderer Onkel, war der Besitzer und gleichsam der Pastor. Patrizia staunte und war, was die Verspätung von Sly betroffen hatte, in höchstem Maße versöhnt. Wie oft hatte sie davon geträumt, in dieser Kirche zu sitzen, den Chor zu hören und die Stimmung zu erleben, wenn die berühmte Familie Konzerte gab oder Gottesdienste abgehalten wurden. Sly parkte an der Straßenseite gegenüber, an welcher das Gotteshaus stand. Sie betraten das Gebäude und welch' glücklicher Zufall, der Chor probte gerade. Patrizia bekam sofort Gänsehaut. Da war es wieder, das Gefühl, dass sie bereits zu Hause hatte, als Edward ein Konzert gab. Gebannt setzten sie sich allesamt in die erste Reihe. Sly kannte den Chorleiter Rusty sehr gut und er erzählte ihm von seinen Besuchern aus Deutschland. Auch, dass Patrizia am Tag zuvor Geburtstag hatte. Rusty winkte freundlich lächelnd zu den Kirchenbesuchern hinüber und flüsterte dann seinen Chormitgliedern leise etwas zu. Patrizia wartete gespannt, welcher Gospelsong jetzt wohl gesungen wurde. Plötzlich und unerwartet stimmte der Chor das Lied „Happy Birthday" für Patrizia an. Tränen der Rührung schossen in ihre Augen. Diesen Moment würde sie nie mehr vergessen. Der mit einem Grammy, der höchste Musikpreis für Künstler, ausgezeichnete Chor des Edward Hoskins, sang für sie ein Geburtstagslied. Unfassbar! Patrizia bedankte sich herzlich bei den Sängern für dieses Geschenk, während sie noch schnell die Freudentränen vom Gesicht wischte. Rusty schmunzelte. Er freute sich, dass Patrizia so ergriffen war. Leon knipste fleißig ein paar Bilder. Besser hätte der Tag mit Sly nicht beginnen können. Leider war Jeff nicht in der Band, die den Chor an diesem Tag begleitete, denn dafür war er zu hochkarätig. Jeff spielte nur an den großen Konzerten mit. Für die Proben ließ man den Nachwuchs ran. Sly, Patrizia, Aram und Leon winkten Rusty zum Abschied zu, als sie die Kirche gut gelaunt wieder verließen.

Sly, der heute noch keine Zeit für ein Frühstück hatte, schlug vor einen kleinen Mittagssnack zu nehmen, bevor es dann später nach Hause zur Geburtstagsparty gehen sollte. Amerikaner essen viel, einfach, unterwegs und immer wieder mal so zwischendurch. Patrizia kannte dies so nicht, da sie zu Hause das Essen immer selber und frisch zubereitete. Aber sie passte sich an und verzichtete gerne mal auf eine Mahlzeit, wenn es ihr zu viel Fastfood wurde. So konnte sie auf einfache Weise ein paar Pfunde abnehmen. Wenn Patrizia auf Reisen war, stand das Essen nicht an erster Stelle. Sie wollte unterwegs sein, was erleben, viel sehen und Neues kennenlernen. Zum Essen blieb am Abend immer noch genügend Zeit. Doch sie wusste, dass hauptsächlich Männern gute Verpflegung wichtig war. Heute saßen gleich drei davon am Tisch. Patrizia begnügte sich mit einer kleinen Flasche Wasser. Sly bestellte mehrere Gerichte und Patrizia fragte sich, wer das wohl alles Essen sollte. Sly bot ihr die verschiedensten Kostproben der Speisen an, die nun auf den Tellern vor ihnen lagen. Patrizia wollte nicht unhöflich sein und probierte ein wenig davon. Frittierte Meeresfrüchte und Kartoffeln, gebackenes Gemüse sowie natürlich Burger. Sly liebte Burger. Er und die Jungs langten kräftig zu.

Nachdem sie fast alles aufgegessen hatten, bezahlte Sly die Rechnung. Er ließ es nicht zu, dass Patrizia ihren Teil dazu beitrug. Er wollte für sie und Leon sorgen, solange sie seine Gäste waren. Patrizia und Leon bedankten sich bei ihm. Sie würden es eines Tages hoffentlich wieder gutmachen können.

Zurück im Auto, fuhr Sly eine Stunde durch die Gegend, bis er endlich sagte, wohin es gehen sollte. Er hatte bei einem ganz besonderen Konditor, der für seine Köstlichkeiten weit über die Stadtgrenze hinaus bekannt war, eine riesengroße Geburtstagstorte für Patrizia bestellt. Sie blieb mit Leon und Aram im Wagen sitzen, als Sly in das Geschäft ging. Mit einem imposanten Karton in den Händen, kam er wieder zurück zum Auto. Er öffnete den Kofferraum und verstaute seinen Einkauf. Patrizia war erneut gerührt und freute sich über die vielen Aufmerksamkeiten ihres Gastgebers. „Heute wird wohl nichts aus dem Kaloriensparen", sagte sie lachend zu Leon, der sich gerade angeregt mit Aram unterhielt.

Sly fuhr weiter in einen kleinen Vorort von San Francisco, in welchem er wohnte. Patrizia sah nun zum ersten Mal sein Haus und sie war angenehm überrascht. Seine Frau Chantal erwartete die vier bereits. Patrizia blickte sich neugierig im Wohnzimmer des Hauses um. „Hier also saß Sly immer auf der Couch, wenn sie mit ihm telefonierte", sagte sie leise zu Leon. Chantal war bereits in der Küche fleißig und bereitete das Geburtstagsessen zu. Sly stellte die mitgebrachte Torte auf den Tisch, der nun schon fast zur Hälfte bedeckt war. Die Zeit verging wie im Fluge. Patrizia deckte den Tisch. Vereinzelt trafen die ersten Gäste ein. Sly setze sich ans Keyboard und spielte ein paar Takte bis alle Eingeladenen zugegen waren. Derweil tischte Chantal gebratenen Fisch mit Reis auf, bevor Jonn, ein Bruder Arams, die Torte anschnitt. Ein schönes Fest mit gutem Essen wurde Patrizia beschert. Leon fühlte sich ebenso pudelwohl wie seine Mutter und hielt alles mit seiner Kamera fest. Doch so glücklich und zufrieden Patrizia auch war, so sehr vermisste sie Jeff. Eigentlich war sie im so nah wie die ganzen letzten Jahre nicht mehr und trotzdem war er nicht zu sehen. Er wohnte mit seiner Familie ungefähr eine Stunde von Sly entfernt. Dort konnten sie doch nicht einfach hinfahren und an der Haustüre klingeln. Was würde Anna, seine Frau sagen? Patrizia überlegte, was sie tun könnte. Jeff wusste nicht, dass sie in San Francisco war. Sie wollte ihn überraschen. Sly hatte ihr versprochen, ihm nichts zu sagen. Er musste allerdings zugeben, dass er eine Weile nichts von Jeff gehört hatte. Hoffentlich war er nicht gerade auf Tournee.

Patrizia konnte ihr Geburtstagsfest trotzdem genießen. Nach dem Essen wurde gelacht, gesungen und getanzt. Prächtige Stimmen erfüllten das Haus. Sly fühlte sich an seinem Keyboard am wohlsten. Das Tanzen lag ihm nicht so. Aber er brachte die schönsten Töne hervor. Ja, wo Musik war, da fühlte sich auch Patrizia entspannt. Sie hätte sich das Leben an der Seite eines Musikers, inzwischen nur allzu gut vorstellen können.

Gegen Mitternacht brachte Sly, Patrizia und Leon ins Hotel zurück. Kurz vor der Abfahrt erwähnte er, dass er am nächsten Tag leider keine Zeit haben würde und sich nicht um die beiden kümmern konnte, da er einen Termin im Tonstudio hatte. Dafür würde aber Chantal mit Aram kommen und den Tag mit ihnen verbringen. Müde verabschiedeten sich die Freunde vor dem Hoteleingang und jeder ging in sein Bett.

Patrizia lag noch eine Weile wach und ließ den wundervollen Tag Revue passieren. Voller Hoffnung, auf das, was die nächsten Tage noch bringen würden, war sie zufrieden eingeschlafen und hatte sich in das Land ihrer Träume begeben.

Am nächsten Morgen war Leon als erster auf den Beinen. Er und Patrizia aßen noch schnell ihr kleines Frühstück und schon waren sie wieder unterwegs. Heute stand eine Tour in San Francisco auf dem Programm. Chantal und Aram erwarteten die beiden pünktlich um neun Uhr in der Hotelhalle.

Nach kurzer Fahrt mit dem Wagen stiegen sie in einen Zug. Die Fahrt dauerte ungefähr fünfundvierzig Minuten. Dann standen sie mitten in der Stadt. Patrizia schlug den Reiseführer auf. Cable Car, Golden Gate Bridge, Fisherman's Wharf, Lombard Street, Alcatraz und so weiter und so weiter. Wo sollten sie da nur anfangen. Leon machte den Vorschlag ein Zweitagesticket mit den roten Bussen zu buchen. Alle waren einverstanden. Chantal musste zugeben, dass obwohl sie nur knapp eine Stunde von San Francisco entfernt wohnte, sie auch noch nie eine Stadtrundfahrt gemacht hatte.

Das herrlich sonnige Wetter lud die vier ein, oben im roten Doppelstockbus Platz zu nehmen. Da der Wind aber doch ein wenig kühl war, wurden die Schals eng um den Hals geschlungen. Patrizia fühlte sich wie im Rausch. Während zu Hause Rückenschmerzen, Herzrhythmusstörungen und Langeweile ihren Tagesablauf bestimmten, fühlte sie sich hier ausgesprochen gut und wohl. Viele Gedanken verschwendete sie nicht an zu Hause. Einzig an ihre Patenkinder und an ihre lieben Eltern, die ihr Leben lang stets für sie da waren, dachte sie hin und wieder. Sie wusste, dass ihrem Vater Georg, diese Reise auch sehr gut gefallen hätte, da er ebenso unternehmungslustig und reisefreudig war, wie seine älteste Tochter. Der liebste Mensch aber, den sie in ihrem Leben hatte, war ja bei ihr. Ohne Leon wäre sie nicht geflogen. Wer oder was also sollte ihr fehlen?

Patrizias und Leons persönliches Highlight auf dieser Tour war die imposante Golden Gate Bridge. Für einen Fotostopp verließen sie den Bus. In der Sonne strahlte sie wirklich rotgolden. Sie ist und bleibt das Wahrzeichen der Stadt. Ein Wunderwerk der Technik, zweikommasieben Kilometer lang. In majestätischer Pracht lag sie vor Ihnen. Patrizia war beeindruckt. Leon knipste die Brücke von allen Seiten. Der Wind blies eiskalt, als er sie fast zur Hälfte überquerte, sodass er jetzt noch die Kapuze seines Anoraks über den Kopf ziehen musste, aber die Faszination über diesen Anblick ließ sich dadurch nicht schmälern. Patrizia wartete mit den anderen am Anfang der Brücke, von wo aus sie einen herrlichen Blick auf die Stadt und die Gefängnisinsel im Wasser hatten, bis Leon wieder bei ihnen war.

Mit dem nächsten Bus fuhren sie dann weiter, beziehungsweise wieder zurück in Richtung des Zentrums von San Francisco. Am Rathaus der Stadt wurde ein weiterer Ausstieg aus dem Bus entschieden. Chantal hatte eine Bekannte, die im Rathaus arbeitete und die sie kurzerhand anrief und um eine kleine private Führung bat. Sie war die Assistentin des Bürgermeisters und stimmte spontan zu. Im Rathaus angekommen wurden die vier bereits erwartet. Sie standen nun auf der Treppe, auf welcher Marilyn Monroe schon ihre Hochzeitsbilder gemacht hatte. Ein legendärer Platz. Conny, so hieß die Bekannte von Chantal, führte sie in das Besucherzimmer und auf den Balkon, auf welchen sonst nur geladene Gäste des Bürgermeisters gelangten. Er selber war leider nicht zugegen, sonst hätte sie ihnen ihn vielleicht auch noch vorgestellt. Viele Eindrücke wurden von Leons Kamera festgehalten und auch dieser Ausflug hatte etwas Besonderes. Nach etwa einer Stunde verabschiedeten sich die vier dankbar von Chantals Freundin und die Stadtrundfahrt ging weiter. Patrizia hatte noch Schokolade in ihrer Tasche. Sie gab Conny eine Tafel, die sich sehr darüber freute.

Der Bus fuhr nun in Richtung Hafen. Leon liebte die Gegend um die Piers. Am berühmten Pier 39, der üppig mit großen Blumenkübeln geschmückt war, konnte man Seelöwen beobachten, die sich auf den Bootsstegen in der Sonne aalten. Bis zu neunhundert Tiere waren im Winter hier versammelt. Da konnte es schon mal eng werden. Es machte allen großen Spaß die Tiere zu beobachten. Einige der Raubtiere zeigten elegante Sprünge ins Wasser, andere brüllten laut. Leon machte viele schöne Bilder als Erinnerung für zuhause.

Als sie erneut den Bus nahmen und in der berühmten Lombard Street ankamen, staunten die vier nicht schlecht. Diese mit Ziegelsteinen gepflasterte Straße, war so krumm und steil, dass sie nur abwärts befahren werden durfte. Die mit Blumenrabatten verzierten Kurven boten ein eindrucksvolles Fotomotiv.

Die nächste Station ihrer Stadtrundfahrt, waren die einzigartigen Cable Cars. Leon wollte schon immer einmal damit fahren, doch der Andrang war zu groß. Patrizia konnte ihren Sohn auf das nächste Mal vertrösten. So gab es einen Grund, eines Tages zurückzukommen. Historische Wagen zogen an ihnen vorbei, die einer Ausstellung in einem Museum glichen. Leon, der ein wenig traurig war nicht mitfahren zu dürfen, hielt alles mit seiner Kamera fest.

Der erste Tag in der Stadt der Goldgräber und Opportunisten, wie San Francisco auch genannt wurde, neigte sich dem Ende zu. Gespannt was der zweite Tag noch für sie bereit hielt, machten sich Patrizia, Chantal, Leon und Aram gegen Abend auf den Heimweg. Bevor Chantal ins Hotel fuhr, wurde unterwegs noch das Abendessen eingekauft. Leckere belegte Sandwiches mit Salat.

Patrizia und Leon saßen auf ihren Betten und genossen nach einem abwechslungsreichen Tag ihre Mahlzeit. Leon schaute noch die Nachrichten während Patrizia all ihren Mut zusammen fasste und den Hörer in die Hand nahm. Sie wollte Jeff erreichen. Ihr Herz schlug wild vor freudiger Erwartung, aber auf ihr Klingeln kam keine Antwort. Enttäuscht legte sie den Hörer wieder auf. Sie war nun schon drei Tage da und hatte ihn noch nicht gesprochen oder gesehen.

Am nächsten Morgen pünktlich um neun Uhr waren Patrizia, Leon, Chantal und Aram wieder auf den Beinen um San Francisco zu erkunden. Sly gesellte sich ebenso dazu, denn er hatte an diesem Tag keine Termine. Heute sollte Alcatraz auf dem Programm stehen. Die Gefängnisinsel war immer gut besucht und es bildete sich bereits am frühen Morgen eine lange Schlange am Bootssteg für die Überfahrt. Der Name kam von den Spaniern, die diese Insel „Isla de los Alcatraces" nannten was soviel heißt wie „Insel der Pelikane". Tausende dieser Tiere waren hier zu Hause. Erst die Amerikaner machten ein Fort daraus welches am Ende zum meist gefürchteten Zuchthaus umgewandelt wurde. Starke Strömungen, eiskaltes Wasser und Maschinengewehrtürme sorgten für eine sichere Unterbringung der gefährlichsten Verbrecher Amerikas. Aber auch Autodiebe und Kleinkriminelle fanden hier für einige Zeit ein „Zuhause". Anfang der sechziger Jahre gelang drei Verbrechern die Flucht, obwohl das Gefängnis als ausbruchsicher galt. Die Regierung nahm dies zum Anlass, es zu schließen. Die Audiotour im inneren Teil des Gebäudes, war sehr interessant. Patrizia konnte sich schwerlich vorstellen, hier nur eine Nacht zu verbringen. Die Haftbedingungen waren fast so schwer, wie die Verbrechen wegen derer sie einsaßen. Nach einem anschließenden kurzen Spaziergang auf der Insel, fuhr das Boot sie wieder auf das Festland zurück.

Den restlichen Tag wollten die fünf zu Fuß in den Straßen von San Francisco zurücklegen. Souvenirs mussten gekauft werden und Patrizia durfte sich noch ein Geburtstagsgeschenk von Leon aussuchen. Der rote Bus stoppte an einer Einkaufsstraße. Es war Samstag und die Stadt war voll mit Einheimischen und Touristen. Patrizia und die anderen schlenderten die Straße entlang und bevorzugten es dann, sich in die kleinen Nebengassen zu begeben. Entzückend niedliche Geschäfte, die das eine oder andere Schnäppchen und Andenken hervorbrachten. Chantal verliebte sich in ein paar Stiefel und Patrizia erstand eine Bluse. Leon fand einen schönen Kugelschreiber und Aram kaufte sich ein Buch. Nach einer Pause in einem Schnellrestaurant suchten sie nach einer Bushaltestelle um wieder an ihren Ausgangspunkt zurück zu gelangen. Ein weiterer schöner, ereignisreicher Tag neigte sich dem Ende zu! Müde und zufrieden fuhren sie wieder heim. Sly sorgte immer dafür, dass Patrizia und Leon abends sicher im Hotel ankamen.

Am nächsten Tag, es war Sonntag und Kirchentag, hatte Sly erneut eine schöne Überraschung für seine beiden Gäste geplant. Sly wollte pünktlich um neun Uhr am Hotel sein, um sie abzuholen. In Deutschland sind Patrizia und Leon nur in die Kirche gegangen, wenn ein besonderer Anlass gegeben war. Man hatte sich dort bei Hochzeiten und Konfirmationen oder bei Taufen getroffen, selbstverständlich aber auch an Weihnachten. In den Staaten gingen die meisten gläubigen Afroamerikaner jeden Sonntag in die Kirche und das nicht nur für eine Stunde. Patrizia und Leon sollten so einen Kirchensonntag erleben. Sly hatte die beiden in seiner Gemeinde bereits angekündigt.

Pünktlich um neun Uhr war sein Wagen vor dem Hotel vorgefahren. Leon, der noch etwas müde war, kletterte auf den Rücksitz. Sly war heute mit einem kleineren, sportlichen Auto gekommen. Freudig erzählte er, dass sie bereits von der Gemeinde erwartet werden würden. Nach einer halbstündigen Fahrt parkte Sly den Wagen im Hof der Kirche. Sly selber konnte nicht mit in die Bankreihe sitzen, denn er würde das Klavier spielen und seinen Chor dirigieren. Er wusste um einen von Patrizia Lieblingsgospelsongs Bescheid und ließ diesen anstimmen. Patrizia, die in der Kirche immer sehr angespannt war, weil sie da oft sehr ernst wurde, kämpfte wieder mal mit den Tränen. Doch es waren Tränen der Freude, als das Lied begann. Es klang so wunderbar. Der Moment war zum Weinen schön. Kurz danach kam sie aus dem Staunen nicht mehr heraus. Der Pastor trat vor die Gemeinde.

Er nahm das Mikrofon und erzählte, dass Gäste von weit her unter ihnen weilten. Patrizia hörte ihren Namen und den von Leon. Nun machte sich die ganze Kirchengemeinde auf, sie und Leon persönlich per Handschlag zu begrüßen. Zweihundertfünfzig Handschläge hatten sie willkommen geheißen. Eine unglaubliche Geste. Sie fragte sich, was wohl ein Schwarzer bei uns in einer weißen Kirche erleben würde. Wahrscheinlich würde nicht mal jemand in dieselbe Kirchenbank sitzen. Patrizia hasste Rassismus und verabscheute ihn auf das Äußerste. Für sie gab es nur gute oder schlechte Menschen, egal welcher Hautfarbe oder Herkunft. Und so erzog sie auch Leon.

Als das Begrüßungsprocedere vorbei war, stimmte der Chor erneut ein Lied an. Danach begann die Predigt. Die Kirchgänger waren sehr aktiv und bestätigten immer wieder die Worte des Pastors mit einem lauten „Yes". Der Pastor stand in ständigem Dialog mit den Menschen in der Kirche. So eine Art des Gottesdienstes hatten die beiden Gäste aus Deutschland noch nie erlebt. In Deutschland saßen alle immer nur still da, während allein der Pfarrer redete. Wen wundert's, dass so mancher seine Kirche nicht voll brachte. Patrizia gefiel die Musik hier in Amerika: Der Chor und die Band. Kein Vergleich zudem, was daheim geboten war.

Nach etwa zwei Stunden kam Sly und holte die beiden ab. Er musste noch in einer anderen

Gemeinde spielen. Sogleich brachen sie auf. Patrizia und Leon setzten sich diesmal in die letzte Reihe, um alles gut beobachten zu können. So lange war sie noch nie an einem Tag in einer Kirche gewesen, doch es hatte ihr gut gefallen. Sly verbrachte, wie jede Woche, den ganzen Sonntag in verschiedenen Kirchen, in denen er spielte und dabei nahm er die beiden heute einfach mal mit. Gegen später trafen sie wieder auf Chantal. Im Hafen von Oakland gab es einen Italiener, in welchem Sly gerne aß. „Ich empfehle die Pasta mit Fisch", sagte er zu Patrizia und erklärte, dass sie natürlich auch hier seine Gäste sein werden. Er ließ es wieder nicht zu, dass Patrizia selber bezahlte. Patrizia staunte nicht schlecht über die Preise. Hier bezahlte man eindeutig die Lage des Restaurants, welches eine wunderschöne Aussicht auf die Bucht und den darin gelegen Yachten bot. Das Essen schmeckte hervorragend.

Es war mittlerweile spät geworden und ein ereignisreicher Tag neigte sich dem Ende zu. Da schon morgen ein weiteres Highlight auf dem Programm stand, beschlossen sie einstimmig nach Hause zu gehen. Sly brachte Patrizia und Leon wie gewohnt zurück ins Hotel, bevor er selber zur Ruhe kommen konnte. War er doch den ganzen Tag auf den Beinen gewesen und hatte auch viele Stunden an diesem Sonntag arbeiten müssen. Bevor sie aus dem Auto stiegen, bedankte sich Patrizia für den schönen und interessanten Tag und für das exklusive Essen.

Sly hatte sich wirklich sehr viel Mühe für seine Besucher gegeben. Patrizia wollte dies eines Tages ganz sicher wiedergutmachen. Das stand außer Frage.

Leon holte den Aufzug, als sie in der Hotelhalle ankamen. Nun war er auch müde geworden und in den fünften Stock war es zu weit zu laufen. Auf Treppensteigen hatten beide keine Lust mehr an diesem Abend gehabt. Im Zimmer angekommen, ließ sich Patrizia sogleich auf ihr Bett fallen. Doch sie raffte sich schnell wieder auf, denn sie hatte noch mehr vor an diesem Abend. Leon schaltete den Fernseher ein. „Ich geh noch Duschen und Haare waschen", sagte sie und verschwand im Badezimmer, „das kann eine Weile dauern". Leon legte sich gemütlich auf sein Bett.

Er war bereits eingeschlafen als Patrizia aus dem Badezimmer kam. Sie löschte das Licht und schaltete den Fernseher ab. Dann ging auch sie ins Bett. Erschöpft und beeindruckt zugleich schlief sie bald ein. Zuvor jedoch dachte sie an Jeff. Warum nur konnte sie ihn nicht erreichen. Sie hatte Sorge, dass die Urlaubstage zu schnell vergehen und sie womöglich Jeff gar nicht treffen würde. Schnell verwischte sie diesen Gedanken und stellte sich vor, wie er vor ihr stehen würde. Sie musste wohl Sly bitten, ihr dabei ein wenig zu helfen. Er konnte vielleicht über die Familie erfahren, wo Jeff war.

Am nächsten Morgen regnete es leicht. Nebel hing über der Stadt und es war kühler geworden. Patrizia und Leon verbrachten den Tag im Haus von Sly. Aram und seine beiden Brüder Jonn und Taron waren ebenfalls da. Chantal brachte drei Jungs mit in die Ehe, als Sly sie vor ein paar Jahren geheiratet hatte. Allesamt waren sehr nett und kümmerten sich bestens um die Gäste aus Deutschland. Man konnte sich hier unter ihnen nur wohl fühlen.

Abends stand ein ganz besonderer Ausflug auf dem Programm. Sly hatte fünf Plätze auf einem Musikschiff reserviert. Er und seine Frau luden Patrizia, Leon und auch Aram ein, mit ihnen diese Bootsfahrt zu machen. Es sollte auch für sie ein besonderer Abend werden, den man nicht alle Tage machen würde. Alle fünf kleideten sich sehr chic, bevor es losging. Sly trug einen dunklen Anzug, Chantal ein rotes Kleid. Patrizia hatte leider kein Kleid dabei. Sie trug eine elegante schwarze Hose, eine rot-schwarz-weiße Bluse und einen schwarzen Blazer darüber. Leon glänzte in einer dunklen Jeans und einem roten Pullover, Aram trug ein weißes Hemd zur schwarzen Hose. Ohne es so geplant zu haben, harmonierten alle farblich miteinander. Sly schmunzelte, als er die ungeplante Übereinstimmung der Abendgarderobe sah.

Es war bereits dunkel, als sie im Hafen von San Francisco angekommen waren und das mit bunten Lichtern beleuchtete Schiff sahen. Mit ungefähr einhundert weiteren Passagieren legten sie ab und der Steuermann nahm Kurs auf die Golden Gate Bridge. Bei einem Glas Sekt und gutem Essen, welches auf einem reichhaltigen Buffet angerichtet war, sowie heißer Discomusik, die ein DJ auflegte, erfreuten sich Sly, Chantal, Patrizia, Leon und Aram dieses Erlebnisses. Nach dem Essen wurde getanzt. Es machte allen einen riesen Spaß. Das Musikschiff fuhr unter der Golden Gate Bridge durch und nahm dann wieder Kurs zurück zum Hafen. Sly hatte seinen Gästen und sich selber mit dieser Tour eine Freude gemacht. Patrizia konnte gar nicht dankbar genug sein. Sie und ihr Sohn wurden wie Familienmitglieder behandelt. Spät in der Nacht war nun auch dieser Tag zu Ende gegangen.

Die letzten beiden Tage waren bereits angebrochen und Patrizia konnte nach mehrmaligen Versuchen Jeff immer noch nicht erreichen. Würde sie tatsächlich wieder abreisen müssen, ohne ihren geliebten Jeff zu treffen? Ihr wurde ganz übel bei diesem Gedanken. Schließlich hatte sie dann doch Sly um seine Hilfe gebeten. Er hatte keine Ahnung, wo sich sein Kumpel gerade aufhielt. Sly schlug vor, Jeffs Schwester Mary anzurufen. Sie würde bestimmt mehr darüber wissen. Sly nahm sein Mobiltelefon und suchte ihre Nummer im Verzeichnis. Dann drückte er den Speicherknopf und der Klingelton war zu hören. Mary freute sich über den Anruf von Sly, denn die beiden waren gut befreundet.

Früher sind sie für ein paar Jahre mal ein Paar gewesen. Leider hatte die Beziehung nicht gehalten. Mary wollte weder heiraten noch Kinder bekommen. Sly wünschte sich aber eine große Familie.
„Hey Sly, schön von dir zu hören. Wie geht es dir?" begann sie. Sly erzählte, dass er Jeff nicht erreichen konnte und fragte ob sie wissen würde, wo er sein könnte.
Mary antwortete: „Oh, Jeff ist derzeit in Japan auf Tournee. Er wird in circa einer Woche wieder in San Francisco sein." Sly erzählte, dass Patrizia, die gerade bei ihm zu Besuch war, ihn gerne getroffen hätte. Mary lachte leise. Sie wusste um das Verhältnis zwischen ihrem Bruder und Patrizia und sagte: „Das ist aber schade. Warum hatte sie sich nicht angemeldet? Jeff hätte sich sicher sehr gefreut."
Sly bedankte sich für die Auskunft, wünschte Mary noch einen schönen Tag und verabschiedete sich.

Patrizia schaute traurig zu Leon. Sie konnte über den Außenlautsprecher das Telefonat mitverfolgen. „Ich werde ihn also selbst hier tatsächlich nicht sehen. Es ist unglaublich, wie das Schicksal gegen uns ist." Sie ärgerte sich, Jeff nichts von ihrem Vorhaben nach San Francisco zu reisen, erzählt zu haben. Manche Überraschungen werden so letztendlich zu Enttäuschungen.

Wehmutsvoll lag Patrizia an diesem Abend in ihrem Bett des Hotelzimmers. Morgen würde ihr letzter Tag sein und dann hieß es Abschied nehmen. So herrlich und erlebnisvoll die Tage in San Francisco und Umgebung auch waren, umso untröstlicher war es für Patrizia, Jeff nicht gesehen zu haben. Sie liebte ihn nach all den Jahren noch so sehr, dass es weh tat. Sie wollte ihm soviel sagen. Sie machte sich viele Gedanken. Die Liebe kam ihr vor, wie eine Droge. Erfüllt zeigt sie einem das Paradies, unerfüllt bringt sie dich fast um den Verstand. Sie überlegte, die Abreise zu verschieben. Doch das wäre nur mit erheblichem finanziellem Aufwand möglich gewesen. Zuerst die Flugumbuchung, dann die Hotelverlängerung und dann noch eine Anfrage in ihrer Firma bezüglich einer Urlaubsverlängerung. Das konnte sie sich einfach nicht leisten. Traurig und enttäuscht schlief sie ein.

Am letzten Tag ihrer Reise stand Silicon Valley auf dem Programm, gleich nachdem sie die Stanford Universität in Palo Alto besichtigt hatten. Leon interessierte sich sehr für die zahlreichen Technologieunternehmen in der südlichen San Francisco Bay. Apple. Google und Facebook gehören zu den bekanntesten.

Chantal, ihre Schwester und ihre Nichte begleiteten Patrizia und Leon auf ihrem letzten Ausflug in diesem Urlaub. Chantal lenkte den Wagen sicher durch die mehrspurigen Straßen. Patrizia saß vorne neben ihr und achtete mit auf den

Verkehr. Chantals Schwester Audrey, plapperte rege mit Leon und ihrer Tochter auf der Rückbank. Sie selber machte wenige Ausflüge dieser Art und war daher auch gespannt, was sie heute so erleben würde. Chantal fand einen geeigneten Parkplatz in der Nähe von Facebook. Dann stiegen allesamt aus und erkundeten die Gegend erst einmal zu Fuß. Es war warm und die Sonne Kaliforniens begleitete sie.

Um die Mittagszeit hatten sie eine Pause vor den Toren von Facebook eingelegt. Plötzlich kam ein Jeep angefahren, aus welchen eine Sicherheitsbeamtin ausstieg. Sie bat darum, keine Fotos zu machen. Wahrscheinlich waren sie bereits durch rundherum auf dem Areal installierte Kameras beobachtet worden. Leon packte schnell seinen Fotoapparat in den Rucksack. Chantal ergriff das Wort und erklärte, dass dies Besucher aus Deutschland waren, die sich hier ein wenig umschauen wollten. Die Beamtin lauschte aufmerksam und erzählte dann, dass ihr Bruder gerade in Deutschland in einer der Kasernen seinen Dienst tat. Kurze Zeit später kam noch einer ihrer Kollegen aus dem Gebäude, welchen sie ansprach. „Hey Bruder, was machst Du gerade". Er war auch Mitglied ihrer Kirchengemeinde, daher kannte er sie auch. „Mittagspause", rief er zu ihr hinüber und war im Begriff weiter zu gehen. „Stopp", sagte sie, „hier kannst Du ein gutes Werk tun und den Brüdern und Schwestern das Gebäude zeigen". Leon war ganz aufgeregt. Normalerweise wurden bei

Facebook keine Besichtigungen für Besucher erlaubt. Der Mitarbeiter zögerte kurz und sagte: „Na gut, kommt, ich führe euch herum. Wenn jemand fragen sollte, wer ihr seid, dann sagt ihr, ihr seid meine Verwandten." Leon und Patrizia mussten lachen. Sie wussten nicht, dass ihre Verwandten schwarz waren, freuten sich aber sehr über diese Gefälligkeit von dem netten jungen Mann.

Leon knipste viele tolle Bilder während des Rundgangs in dem großen Gebäude und auch die anderen waren beeindruckt, einmal hinter die Kulissen schauen zu dürfen. Kurz bekamen sie auch Marc, den Gründer zu Gesicht, da sämtliche Bürowände aus Glas waren. Er war gerade im Gespräch mit einem seiner Angestellten. Patrizia hatte sich den Chef des Unternehmens größer vorgestellt. Er maß gerade mal einem Meter siebzig. Aber um Erfolg zu haben, braucht es keine imposante Körpergröße. Köpfchen muss man haben und das hatte er.

Der Mitarbeiter, der Patrizia und die anderen durch die Gänge führte, betonte, wie angenehm es wäre, hier zu arbeiten. Allerdings hatte man locker einen Zehn-Stunden-Tag. Vor jedem Büro gab es gemütliche Sitzecken mit gut gefüllten Kühlschränken daneben. „Keine schlechte Arbeitsatmosphäre", dachte sich Patrizia. Am Ende der Führung lud der Mitarbeiter die Besucher noch in die Firmenkantine ein, in welcher es reichlich zu Essen in Form eines Buffets gab.

Derartige Annehmlichkeiten waren nun wirklich nicht zu erwarten gewesen. Dankbar wurde dann aber gegessen und getrunken, denn so ein Rundgang machte hungrig.

Zurück in Slys Haus, wurde der letzte Abend mit Freunden und anderen Familienmitgliedern begangen. Sly spielte auf seinem Keyboard, es wurde wieder gesungen, getanzt und gelacht. Patrizia und Leon bedankten sich auf das herzlichste bei allen Beteiligten und als Sly eine Einladung aussprach, das nächste Mal, wenn sie kommen wollten, doch bei Ihnen zu wohnen, war Patrizia von soviel Herzlichkeit sehr berührt und nahm dankend an. Beim Abschied nehmen wurde so manche Träne vergossen, denn die Zeit, die sie alle miteinander verbracht hatten, war sehr intensiv und würde ihnen unvergesslich bleiben.

Am nächsten Morgen, kurz bevor Sly Patrizia und Leon von ihm zum Flughafen gebracht wurden, machten die drei noch einen Abstecher zu Slys leiblichen Sohn DeMario. Er und seine Freundin hatten gerade eine Tochter bekommen, DeMya. Patrizia war entzückt die Kleine zu sehen. Natürlich hatte sie auch Geschenke für alle dabei. Patrizia wurde gefragt, ob sie denn gerne die Patentante sein wollte. Überwältigt nahm sie an, mit der Bemerkung, dass man die Entfernung nicht vergessen dürfte, die die beiden trennte. Die Frage war wohl mehr eine Geste der Verbundenheit gewesen, als der der Verpflichtung.

Es war nun höchste Zeit zum Aufbruch, sonst würde der Flieger ohne Patrizia und Leon starten. Sly fuhr die beiden schleunigst zum Flughafen, der zum Glück quasi um die Ecke lag. Er parkte seinen Wagen auf einem Parkplatz für Kurzparker und half Leon mit dem Gepäck. Patrizia stand da und weinte. Sie wollte nicht „good bye" sagen. Sly war ihr so ein guter Freund geworden und es fiel ihr sehr schwer, Abschied zu nehmen. Leon knipste die letzten Bilder. Dann liefen sie zum Eingang des Flughafengebäudes. Wehmütig dachte Patrizia daran, Jeff nicht getroffen zu haben.

Um zwei Uhr nachmittags, startete der Flieger in Richtung Frankfurt. Wunderschöne und überwältigende Tage waren zu Ende gegangen. Würde sie sich freuen Tim, ihren Ehemann wieder zu sehen? Den ganzen Flug lang hatte sie keine Antwort gefunden. Tim schrieb ihr während ihres Aufenthaltes in den Staaten, mehrere Nachrichten, in welchen er ausdrückte, wie sehr er sie und Leon doch vermissen würde. Wie unheimlich leer ihm das Haus jetzt vor kam und er es gar nicht erwarten könnte, bis sie endlich wieder da wären. Derartige Äußerungen war Patrizia von Tim nicht gewohnt. Liebte er sie mehr als er auszudrücken vermochte? Oder vermisste er sie nur, weil das Mittagessen nicht auf dem Tisch stand und keiner da war, der das Bad putzte.

Patrizia war durcheinander. Auf der einen Seite war der Mann, mit welchem sie verheiratet war, und auf der anderen Seite, war der Mann, der nichts von ihr wissen wollte, den sie aber glaubte mehr zu lieben. Was für ein Gefühlswirrwarr. Wenn Tim nur Leon und ihr mehr Aufmerksamkeit geschenkt hätte, würde kein anderer Mann eine Chance bei ihr haben und sie hätte sich vielleicht gar nicht in Jeff verlieben können. Denn sie war sich sicher, in eine intakte Ehe und Familie kann keiner einbrechen. Man wird sehen wie alles weitergeht, beruhigte sie sich selber und versuchte ein wenig zu schlafen. Der Flug würde noch eine Weile dauern.

Tim begrüßte Patrizia und Leon überschwänglich, als die beiden wieder zu Hause eintrafen. Er hatte sie so sehr vermisst, das Haus war einsam und leer ohne sie gewesen. Er war sehr froh, dass seine Frau und sein Sohn wieder da waren. Patrizia bemerkte das und bat Tim, mit ihr in den nächsten Tagen einmal über die Familie zu reden. Tim hatte keine Ahnung, was Patrizia meinte. Für ihn war doch alles soweit in Ordnung. Über was sollte man reden müssen? Patrizia lebte sich so langsam wieder in ihren Alltag ein. Die Arbeit machte ihr Spaß und sie freute sich wieder mit ihren Freundinnen quatschen zu können. Der Abend mit Tim, an welchen sie mit ihm geredet hatte, brachte wenig Änderung. Tim erklärte, dass er nach Feierabend seine Ruhe vom Job brauchte und er am besten vor seinem Computer entspannen konnte. Die längst fälligen Arbeiten im Haus würde er dann schon irgendwann mal angehen. Patrizia ärgerte sich, denn vor der Dusche im Bad begann der Boden aufzuweichen und zu schimmeln. Das war ein Zustand, den sie nicht annehmen konnte. Tim erledigte die Sache, indem vorläufig ein kleiner Teppich über die Schimmelstelle gelegt wurde. Auch zu diesem Thema konnte es bei den Eheleuten wohl kaum zu einer Einigung kommen. Alles lief so weiter, wie bisher.

Schwere Jahre

Als Jeff aus Japan zurück kam und von seinem Kumpel Sly erfahren hatte, dass Patrizia vor ein paar Tagen in San Francisco Urlaub machte, stimmte ihn das melancholisch. Er hätte sie so gerne wiedergesehen, obwohl er verheiratet war. Er erinnerte sich immer gerne an die gemeinsame Zeit und nie wieder war er in eine Frau so verliebt, wie in Patrizia. Seine Ehefrau Anna hatte ihm zwar den geliebten Sohn geschenkt, aber außer an seinem Geld und seinem guten Namen, war sie nur an sich selber interessiert. Jeff war nicht glücklich, was seine Ehe betraf. Anna führte ihr eigenes Leben im Schutz der Familie. Er bemerkte, dass sie immer häufiger unterwegs war und Kendal musste sehr oft die Aufsicht von Jeff jr., seinem kleinen Halbbruder übernehmen, wenn der Vater auf Tournee war. Doch Jeff hatte keine Wahl. Sein Beruf erforderte nun mal, dass er immer wieder tage- oder wochenlang unterwegs sein musste. Wenn er nach Hause kam, erwartete ihn nicht das traute Heim, so wie er es sich immer vorgestellt hatte. Jeff verbrachte wieder sehr viel Zeit bei seinem Onkel Wesley in der Kirche. Dort bekam er immer einen guten Rat und sein Onkel hatte jederzeit ein offenes Ohr für den Neffen. Beide hatten ein sehr inniges Verhältnis. Wesley liebte seinen Beruf und auch er sang auf vielen CDs die Lieder zu Ehren Gottes. Seine Konzerte, sowie seine Gottesdienste waren ein Garant für eine volle Kirche.

An einem Samstag, als Jeff wieder bei Wesley war, musste dieser ihm eine schlechte Mitteilung machen und die bittere Wahrheit über seinen Gesundheitszustand gestehen. Er hatte seiner Familie lange nichts erzählt, weil er sie nicht beunruhigen wollte. Doch jetzt konnte er nicht mehr länger schweigen, denn das letzte Untersuchungsergebnis bestätigte die schlimme Vermutung: Wesley war an Krebs erkrankt. Eine böse Krebsart, die eine sehr schlechte Prognose auf Heilung hatte, zerstörte seine Zellen. Jeff war sehr bestürzt. Er konnte es kaum glauben. Dieser Mann, der ihm immer Kraft, Mut und Beistand gab, brauchte nun selber Hilfe und Zuspruch. Die ganze Familie bemühte sich um Wesley und alle unterstützten ihn, wo sie nur konnten. Doch beten allein half nicht. Wesley bekam eine Chemotherapie, die ihn sehr schwächte. Er magerte ab und sah um Jahre gealtert aus. Man konnte gar nicht mit ansehen, wie der Krebs diesen vitalen und gutaussehenden Mann verändert hatte. Doch das Aussehen war unwichtig. Wesley wollte leben und führte mutig seinen Kampf fort. Er hatte Verantwortung für seine Familie, für seine Gemeinde und all die Menschen, die immer seinen Rat suchten. Jede Chance, die zur Heilung führen könnte, sollte genutzt werden. Später, wenn er wieder bei Kräften sein würde, wollte man durch eine Transplantation das befallene Organ austauschen. Er kämpfte tapfer. Monate später kam er erneut ins Krankenhaus. Die Operation gelang und der Körper nahm das fremde Organ an. Wesley schöpfte neue Hoffnung, obwohl er sich nicht besonders gut fühlte. Er hatte so eine Ahnung und er spürte, dass er bald seinem Schöpfer begegnen würde. Bei einer Kontrolluntersuchung wusste er, dass sein Gefühl ihn nicht getäuscht hatte. Der Krebs war bereits an anderen Stellen des Körpers zu sehen. Mit letzter Kraft trat er in der Kirche vor seine Gemeinde und legte Zeugnis ab. Er erzählte von seiner Erkrankung, seinen Therapien und davon, dass er hoffte, den Krebs, der sich nun bereits ausgebreitet hatte, doch noch besiegen zu können oder zumindest mit ihm noch ein paar Jahre leben könnte. Er machte wohl mehr den Anwesenden, als sich Mut. Eine ergreifende Rede überflutete die Kirchenbesucher, die zu Tränen gerührt, ihrem Pastor lauschten. Der Chor sang die Lieder, die Wesley einst selber komponierte und er schaffte es tatsächlich den Solopart zu singen. Edward unterstützte ihn mit seiner Stimme. Jeff spielte den Bass. Es fühlte sich ein wenig wie eine Verabschiedung an, doch keiner wollte diesen Gedanken zulassen.

Es war Wesleys letztes Erscheinen in der Kirche. Vier Wochen später starb der Pastor und mit ihm eine Legende, die ebenso mit seiner Musik die Menschen berührte wie sein Bruder Edward.

Jeff war sehr mitgenommen von den Ereignissen. Ein wichtiger Mensch war aus seinem Leben gegangen. Allein die Erinnerung blieb. Er flüchtete sich in die Musik, die ihm in all den Jahren immer Trost gespendet hatte. Das Familienleben gestaltete sich weiterhin nicht wie erwartet. Anna lebte wie gewohnt, neben ihm ihr eigenes Leben. Sie war fast nur noch unterwegs. Als Jeff dann zusätzlich den Verdacht hatte, dass sie ihn wohl schon seit Monaten mit einem anderen Mann betrog, stellte er sie zur Rede. Anna gab zu, dass jemand in ihr Leben getreten wäre, der ihr mehr bedeutete als ihr Ehemann. Jeff traf dieses Geständnis wie ein Blitz und war fest entschlossen, die Ehe zu beenden und das gemeinsame Appartement zu verlassen. Er konnte ihr diesen Vertrauensbruch nicht verzeihen und wollte sobald wie möglich die Scheidung einreichen. Er wusste, er würde dadurch seinen Sohn weniger um sich haben können. Dieser Umstand ließ ihn unendlich leiden. Er konnte Jeff jr. aber auch nicht zu sich nehmen, da er wegen seines Jobs oft unterwegs sein musste. Alle, die ihn vor der Ehe mit dieser Frau gewarnt hatten, sollten Recht behalten. Anna nutzte ihn nur aus. Jeff war ein gutmütiger Kerl und diese Schlange hatte leichtes Spiel mit ihm. Womit hatte er das verdient? Er überlegte sich immer wieder, ob Patrizia nicht doch die bessere Frau für ihn gewesen wäre. Doch das würde ihm jetzt auch nichts mehr nützen. Sie wollte sich damals, vor vielen Jahren, nicht zu ihm bekennen und hatte an ihrer, wenn auch unglücklichen Ehe, festgehalten. Er würde diesen Fehler nicht machen und Anna verlassen. Verbittert zog er sich auch von seinen Freunden

zurück. Nur seine Familie hatte jederzeit Kontakt zu ihm. Familie war das einzige was zählte. Jeff konzentrierte sich voll auf seine Arbeit und freute sich unendlich auf die Wochenenden mit seinem Sohn. Er beschloss in Zukunft alleine zu leben und wollte keine weitere Beziehung mehr eingehen. Er fühlte sich matt und ausgelaugt. Sein Rücken machte ihm immer wieder Probleme und er nahm starke Schmerzmittel. So war ein Monat nach dem anderen vergangen. In seinem Leben hatte er keine Höhepunkte mehr verzeichnen können. Allein sein Sohn und die Musik brachten ihn auf andere Gedanken.
Er fragte sich immer wieder, warum alles so kommen musste. Warum hatte er Patrizia getroffen? Warum Anna? Wieso durfte er seine Liebe nicht der Frau geben, die ihn auch liebte? Liebte Patrizia ihn überhaupt noch? Sie war zwar nach San Francisco gekommen, doch wo war sie jetzt, wenn er sie brauchte? Wieso musste Wesley so früh sterben? Wo würde sein Weg ihn in den kommenden Jahren hinführen? Jeff beschloss, sich um die Zukunft keine Sorgen zu machen. Er lebte im Moment, er lebte allein für seinen Sohn und seine Musik. Das Morgen war ungewiss und nicht planbar.

Auch in den folgenden Wochen verbachte Patrizia viel Zeit damit, im Internet Informationen über Jeff zu bekommen. Bei ihrem letzten Telefonat mit Sly erfuhr sie wichtige Neuigkeiten. Jeff wollte sich scheiden lassen. Umso mehr hatte sie erwartet, dass er sich wieder bei ihr meldete.

Er tat es nicht. „Warum nicht?" fragte sie sich. „Warum teilte er ihr nicht mit, dass er wieder frei wäre?" Das brachte sie schier zur Verzweiflung. Wie Sly ihr mitteilte, hatte Jeffs Ehefrau Anna einen Geliebten. Patrizia konnte es nicht glauben. Jeff, der jahrelang für Anna und ihre Kinder geschuftet hatte, wurde nun von ihr betrogen. Unglaublich. Und wusste diese Anna eigentlich nicht, was für einen tollen Mann sie da an ihrer Seite hatte? Patrizia war ein wenig neidisch auf Anna gewesen, denn sie hatte das Glück gehabt, Jeffs Frau zu werden. Und nun? Sie schätzte das nicht einmal. Wie konnte Anna nur Jeff betrügen? Einen liebevolleren, zärtlicheren und besseren Mann hätte sie nicht finden können. Sie musste trotz ihrer Bildung, wenig Herz und Verstand haben. Patrizia tat es zwar auf der einen Seite leid, dass Jeffs kleine Familie zerbrochen war, doch sie malte sich gleichzeitig aus, wie sie und Leon mit Jeff und Jeff jr. eine Familie sein könnten. Patrizia wäre Jeffs Sohn auch eine gute Stiefmutter gewesen, wenn er nur wollte. Doch das waren alles nur Träume. Sie sah keinen Weg, diese wahr werden zu lassen.

Patrizia fiel auf, wenn aktuelle Konzertfotos im Internet von Jeff auftauchten, dass er schmal und bleich geworden war. Wo war nur der strahlende Jeff, den sie vor vielen Jahren kennengelernt hatte? Aber warum sah er nur so schlecht aus? Musste er nicht froh sein, diese Anna endlich loszuwerden? Nagte die Trennung so sehr an ihm? Erneut versuchte Patrizia mehr über Jeff von Sly und Joshua zu erfahren. Beide gaben ihr aber zu verstehen, dass sie selber nicht mehr wussten. Jeff lebte seit einiger Zeit sehr zurückgezogen. Patrizia blieb nichts übrig als abzuwarten. Jeden Tag hatte sie neue Hoffnung, dass er sich bei ihr melden würde. Die Mobiltelefonnummer, die er ihr einst gab, existierte zwar noch, doch außer dem Anrufbeantworter ging keiner ans Telefon. Das machte sie sehr traurig. Sie wartete jeden Tag darauf, endlich eine Nachricht von Jeff zu erhalten. Während ihre Ehe so dahin plätscherte, sie den einen oder anderen Versuch machte, sie noch zu retten, blieb am Ende nichts davon übrig. Tim hatte seinen Tagesablauf endgültig gefunden. Die Familie war für ihn keine Option mehr. Patrizia fühlte sich einsam und verzweifelt, doch sie war immer noch unfähig, weitere Schritte einzuleiten. Vor dem endgültigen Aus ihrer Beziehung hatte sie Angst. Gesundheitlich nahm sie das schwer mit. Ihr Herz zeigte ihr jeden Tag, dass etwas aus dem Takt geraten war. Ihr Leben. Es gab wenig zu lachen und wenig Hoffnung auf Änderung. Alle möglichen Symptome ergaben sich bei ihr. Zu den täglichen Herzrhythmusstörungen kamen zahlreiche Allergien dazu, welche bei ihr Asthma auslösten. Das Asthmamedikament, welches ihr freies Atmen ermöglichte, löste wiederum unregelmäßige Herzschläge aus. Ein Teufelskreis. Der Rücken machte ihr zu schaffen. Sie rannte von einem Spezialisten zum anderen, machte Krankengymnastik und

Entspannungsübungen, doch alles in allem fühlte sie sich nicht wohl in ihrer Haut. Einzig, wenn sie eine Reise oder einen Konzertbesuch plante, erhellte sich ihr Gemüt. Eve, die immer noch alleine nebenan wohnte, unterstütze ihre Schwägerin so gut sie konnte. Patrizia fragte sich oft, ob das denn alles im Leben gewesen sei. Beruflich konnte sie nie richtig durchstarten, weil sie ja für Leon da sein wollte. Und obwohl sie alles hatte, was sie sich für Geld wünschen konnte, war sie unglücklich. Doch wie jedes Kind weiß, Geld allein macht nicht glücklich. Die kleinste Hütte reicht, wenn man sie mit einem besonderen Menschen teilt. Nur, wo war der zu finden? Eines Tages würde sie ihm begegnen, da war sich Patrizia ganz sicher.

Es war Winter geworden. Der erste Schnee fiel sanft auf die Wiesen und Felder, auf denen Patrizia so gerne Entspannung bei einem Spaziergang suchte. Kälte machte sich breit. Das Jahr neigte sich dem Ende zu und die Vergänglichkeit zeigte sich in der Natur.
Kalt fühlte sich auch das Herz an, dass solange ungehört geschlagen hatte. Ein leichter Windhauch streifte Patrizias Gesicht, als sie nach heftigen Schwindelgefühlen zu Boden fiel. Er war gefroren und hart, aber Patrizia spürte dies nicht. Sie wollte ihre Liebe in den Himmel tragen. Im Himmel würde sie ihn wiedersehen, ohne Schmerz und Leid. Ohne Entfernung, ganz nah und in Sehnsucht vereint. Es war wieder

einer dieser kalten Novembertage, an dem alles endet und vielleicht irgendwo im Universum wieder beginnen sollte.

„Los, tu doch etwas" feuerte Monika ihren Mann Karl an, als sie Patrizia am Boden liegen sahen. „Mach eine Herzdruckmassage oder so, vielleicht kommt sie wieder zu sich."
„Aber ihr Herz schlägt doch noch", entgegnete Karl angespannt. „Ich sehe es an ihrer Halsschlagader. Dort pocht es sichtbar. Und sie atmet. Außerdem habe ich das noch nie gemacht, vielleicht mache ich dann etwas falsch." Karl war nervös und aufgeregt.

Patrizia hatte ein Foto in der Hand, auf welchem sie und Jeff abgebildet waren. Karl wusste nicht was er zuerst tun sollte. Er nahm das Foto und steckte es in ihre Manteltasche. Dann drehte er die Frau, die ihm unbekannt war, auf die Seite.

„Egal, das kann nicht schaden. Nichts zu machen wäre falsch, denk an die Bee Gees und ihren Hit „Stayin alive, das ist der richtige Rhythmus. Ich rufe derweil den Rettungsdienst an", erwiderte Monika und nahm ihr Mobiltelefon um zu telefonieren. Karl gab sein Bestes. Es war lange her, seit er einen Erste-Hilfe-Kurs gemacht hatte. Er versuchte alles abzurufen, was er einst gelernt hatte.

Nach wenigen Minuten hörten sie das Martinshorn. Monika rannte übers Feld, um auf sich aufmerksam zu machen. Der Wagen des Notarztes, gefolgt vom Krankenwagen, bog in den Spazierweg ein.

Karl wich erleichtert zur Seite als der Arzt bei ihnen ankam. Was war bloß passiert? Karl und Monika konnten dem Arzt nichts Näheres berichten. Nur, dass die Frau bereits am Boden lag, als sie an diesem kühlen Nachmittag im November ihren täglichen Spaziergang machten. Der Arzt nickte ihm wohlwollend zu. „Sie haben gute Arbeit geleistet", sagte er zu Karl, „wir haben einen kräftigen Herzschlag, jedoch auch mit einigen heftigen Zwischenschlägen".

Der Rettungssanitäter zog eine Spritze auf, die der Arzt Patrizia verabreichte. Einen kurzen Moment später schlug sie die Augen auf. Sie war wohl nur ohnmächtig geworden. Patrizia blickte erstaunt um sich und fragte: „Wo bin ich? Was ist passiert?" Sie wollte aufstehen, doch der Arzt hielt sie sanft zurück. „Alles in Ordnung", beruhigte er sie. Sie sind ohnmächtig geworden. Wir nehmen sie zur Beobachtung mit in die Klinik. Bitte nennen Sie uns noch ihren Namen."

Der Arzt gab dem Rettungssanitäter noch ein paar Anweisungen und dann wurde Patrizia in den Krankenwagen gebracht, um in die Klinik zu fahren. Das im Schnee durchgeführte EKG wies eine Reihe an Herzrhythmusstörungen auf, die genauer untersucht werden mussten. Vermutlich wurde dadurch die Ohnmacht hervorgerufen.

Als Leon am späten Nachmittag nach Hause kam wunderte er sich, dass seine Mutter nicht da war, jedoch ihre Handtasche stand am gewohnten Platz. Auch das Auto stand in der Garage. Weit konnte sie also nicht sein. Vermutlich war sie nebenan bei Eve. Sein Vater hatte Spätschicht, folglich konnte er ihn auch nicht fragen. Leon setzte sich vor den Fernseher und aß ein belegtes Brot. Gegen 19.00 Uhr wurde er unruhig. Es war schon lange dunkel draußen." Wo könnte nur seine Mutter sein?", fragte sich Leon. Er nahm das Telefon und erkundigte sich bei Eve und anderen Freundinnen. Keiner hatte von Patrizia seit Stunden etwas gehört. Nun machte er sich richtig Sorgen. Seine Mutter schickte ihm immer eine Nachricht, wenn sie unterwegs war oder später heimkam als üblich. Er verständigte seinen Vater, aber auch er wusste nicht, wo seine Frau sein könnte. Er nahm es gelassen mit den Worten: „Sie wird schon wieder auftauchen". Mehr hatte er nicht zu sagen.

Leon konnte sich aber nicht beruhigen und überlegte weiter. Er entschloss sich, die Polizei einzuschalten. Aber er bekam nur zur Antwort, dass seine Mutter noch nicht lange genug weg wäre, um etwas zu unternehmen. Was nun? Leon schaute immer wieder auf sein Mobiltelefon, doch da war kein unbeantworteter Anruf. Plötzlich kam ihm eine Idee. Er nahm das Telefonbuch und suchte die Nummer des Krankenhauses.

„Guten Tag, ist bei Ihnen vielleicht heute eine Frau eingeliefert worden, die einen Unfall hatte?" begann er und nannte den Namen seiner Mutter. „Moment bitte, ich verbinde", antwortete eine freundliche Stimme am anderen Ende des Telefons. Nach dreimaligen Klingeln wurde der Hörer abgenommen: „Stationszimmer 28, wie kann ich Ihnen helfen?" Leon erzählte, dass seine Mutter seit Stunden unauffindbar war und erkundigte sich ob sie auf dieser Station wäre. „Ja, ganz richtig, ihre Mutter liegt bei uns. Wir haben schon mehrmals versucht jemanden zu erreichen, aber es ist niemand ans Telefon gegangen", sagte die Schwester.
„Was ist passiert", fragte Leon aufgeregt, geht es ihr gut?"

Die Stationsschwester reichte den Hörer weiter und ein Arzt sprach zu Leon: „Sie sind ihr Sohn? Am besten Sie kommen her."

Leon stürzte aus dem Haus und rannte schnell zu seinem Auto. Er fuhr los und missachtete sämtliche Geschwindigkeitsbeschränkungen um ins Krankenhaus zu kommen. Er dachte nach: Ausgerechnet heute wurden wichtige Wartungsarbeiten von der Telefongesellschaft gemacht und dadurch war der Anschluss für mehrere Stunden nicht erreichbar. Deswegen konnte die Krankenschwester auch niemanden bei ihm zu Hause verständigen. „So ein Mist aber auch, sagte er laut vor sich hin". Es schneite wieder und die Straßen waren rutschig, doch nach etwa zwanzig Minuten erreichte er die Klinik. Zum Glück machte die Parkplatzsuche heute keine Probleme, denn um diese Uhrzeit waren im Krankenhaus nicht mehr viele Besucher. Kurzerhand stellte er seinen Wagen ab und lief zum Haupteingang. Die Station 28 lag in dritten Stock. Er nahm zwei Stufen auf einmal und stürmte die Treppen hoch. Eine Krankenschwester stand im Flur und sprach mit einem Arzt. Leon lief direkt auf die beiden zu und nannte seinen Namen. Der Arzt zeigte auf eine Zimmertür hinter ihm und sagte: „Ich komme gleich nochmal dazu, dann können wir reden." Vorsichtig öffnete Leon die Tür und sah seine Mutter im Bett liegen. Er erschrak. Sie lag da mit geschlossenen Augen und war sehr blass im Gesicht. Er lief zu ihr hin und nahm ihre Hand. „Mama, was ist passiert um Himmels Willen", fragte er aufgeregt. Patrizia öffnete die Augen. Sie hatte geschlafen. Während dessen betrat der Arzt das Krankenzimmer. Patrizia setzte sich auf und lächelte: „Alles in Ordnung mein Sohn, mir geht es wieder gut."

Der Arzt erklärte Patrizia, dass sie zwar heftige Herzrhythmusstörungen hatte, diese aber ungefährlich wären, da ihr Herz an sich gesund war. Zudem kam ein sehr niedriger Blutdruck hinzu. Patrizia kannte diese Thematik, deswegen nahm sie auch keine Betablocker ein, denn diese senkten den Blutdruck noch weiter. Zu einer

Ohnmacht kam es aber noch nie. Leon war erleichtert. „Sie können ihre Mutter mit nach Hause nehmen, "sagte der Arzt, „rein körperlich fehlt ihr nichts. Ich mache mir aber ein wenig Sorgen um ihren Gemütszustand", fuhr er fort, während er Patrizia anschaute. Haben Sie irgendwelche Sorgen oder Kummer? Eigentlich sollten sie frohen Mutes das Bett verlassen können, denn Sie sind wie bereits erwähnt, fit und gesund." Patrizia lächelte gequält. „Alles bestens, danke", antwortet sie. „Komm Leon, bitte bring mich nach Hause."

Sie stand auf, zog ihren Mantel und Schuhe an und verließ mit Leon das Krankenzimmer. Ja, seine über alles geliebte Mutter hatte Kummer, aber auch er konnte ihr nicht helfen und wusste keinen Rat. Im Auto sagte Leon zu seiner Mutter: „Bitte Mama, jage mir nie wieder solch einen großen Schrecken ein. Warum gehst Du denn allein spazieren, wenn Du merkst, dass es dir nicht gut geht? Und wenn das mit meinem Vater absolut nicht mehr passt, dann lasst euch doch scheiden."

Leon wusste, dass dies nicht der einzige Grund war, warum seine Mutter so deprimiert neben ihm im Auto saß. Sie vermisste Jeff, doch er ließ seit vielen Monaten nicht mehr das Geringste von sich hören. Das war Patrizias Hauptproblem. Wenn sie sich wenigstens zuhause wohlfühlen würde, doch dem war nicht so. Der Einzug in das Haus war der Anfang vom Ende ihrer

Ehe, welches sich über viele Jahre hingezogen hatte. Jeden Tag bewegte sie sich teilweise in einem Rohbau: Es fehlten Bodenbeläge im Wohnbereich. Das Parkett im Wohnzimmer war zwar verlegt worden, doch die Abschlussleisten lagen schon seit Jahre lose daneben. Das Bad war ein Chaos. Die furnierte Holzdecke blätterte ab, an der Wand klebten billige Fliesen, von denen viele schon einen Sprung hatten und der Boden schimmelte vor sich hin. Die Fenstersimse fehlten im Bad ebenso, wie in der Küche. Patrizia musste erkennen, dass kein Zimmer im Haus komplett fertig gestellt war. Vom Garten und der Terrasse ganz zu schweigen. Überall wurde nur improvisiert. Billige Materialien rundeten das Bild ab. Ihr kostbares Auto, das Tim ihr zum Geburtstag geschenkt hatte, stand in einer undichten Garage, in welcher bei Regen oder Schnee das Wasser am Boden stand. Auch von der Decke tropfte das Wasser herunter, selbst seitlich an den Wänden waren Undichtigkeiten zu entdecken. Nach jeden Regen sah ihr Auto aus, als wäre sie durch Matsch gefahren. Patrizia musste einiges an Reparaturen bezahlen, um die dadurch entstandenen Schäden am Auto zu beheben. Das interessierte aber auch niemanden. Bei den Garagen hatte Tims Vater offensichtlich ein Schnäppchen ergattert. Was konnte man da schon erwarten. Billig ist eben nicht unbedingt auch gut. Tim war mit alldem einfach überfordert, er nahm aber auch keine Hilfe an. Patrizia schlug oft genug vor, Handwerker zu bestellen, Tim war jedoch nicht gewillt, diese zu bezahlen. Er sagte, dass das Haus nicht ihm gehörte, also wollte er auch nichts darin investieren. Noch weniger hatte er den Schneid, die Fakten seinem Vater darzulegen. Davor hatte er Angst, denn es könnte womöglich noch seine Undankbarkeit ausdrücken. Patrizia durfte auch nichts mehr sagen, sie galt dann als Schwiegertochter mit zu hohen Ansprüchen. Ein Teufelskreis, und so blieb alles beim Alten. Das Haus sorgte bei den Eheleuten ständig für Zoff, weil Patrizia wohl mehr von ihrem Ehemann verlangte, als er bereit war zu geben. Sie war nur noch unzufrieden und was ihr Liebesleben betraf, sah sie kein Licht am Horizont. Von Tim fühlte sie sich nicht mehr angezogen, da der Ärger über ihn und seine ständige Unlust und Untätigkeit im Haus etwas zu tun, ihr die Lust nahm. Und Jeff, ja Jeff war, wie immer, aus dem Augen, aus dem Sinn. Das alles schlug ihr auf das Gemüt und machte ihr das Herz schwer. Nach langem Grübeln beschloss sie Jeff endgültig zu vergessen. Ihr Verstand sollte diesmal siegen. Sie bemerkte, dass trotz all' den Schwierigkeiten, die sie mit Tim hatte, sie ihn dennoch liebte. Sie fragte sich, ob man wohl zwei Menschen lieben konnte. Vielleicht war die ganze Sache mit Jeff nur eine naive Träumerei?

Patrizia wollte sich wieder mehr ihrem Ehemann zuwenden, doch so sehr sie sich auch bemühte, es fehlte dieses besondere Gefühl. Das Gefühl, das man Verlangen nennt. Tim war kein Mann, der bei einer Frau Herzklopfen auslösen konnte.

Zumindest nicht im positiven Sinne. Patrizia zählte im Geiste alle seine guten Eigenschaften auf, die sicher nicht wenige waren, doch die schlechten überwiegten und es fehlte ihr einfach die Leidenschaft ihn wieder körperlich zu lieben. Sie liebte Tim anders. Sie beruhigte sich erst einmal dahingehend, dass jede Ehe mit den Jahren zur Gewohnheit wurde und versuchte mehr Gemeinsamkeiten mit Tim zu finden. Doch was hatten die Eheleute eigentlich für gemeinsame Interessen? Patrizia fand außer dem Reisen nicht viel. Früher waren sie jedes Wochenende Tanzen gegangen oder hatten sich mit Freunden zum Essen verabredet. Tim wollte das alles nicht mehr. Er hatte keine Freunde. Patrizia war daher viel ohne ihn unterwegs, um ihre Freundschaften zu pflegen.

Es war bereits Anfang Dezember, als Patrizia mit Schrecken an das bevorstehende Jahresende dachte. Tim würde wieder nur im Keller sitzen und am Computer seine Zeit totschlagen und Patrizia würde wohl wieder um halb elf vor dem Fernseher einschlafen. So verbrachten sie die letzten Jahre den Silvesterabend. Dieses Jahr müsste es anders werden. Dann hatte sie eine Idee, welche sie Tim möglichst bald erzählen wollte und die sicher auch bei ihm gut ankommen würde. Es sollte die allerletzte Chance sein, die sie ihrer Ehe geben wollte. Sie wusste, Tim konnte anders sein, wenn er wollte. Schließlich hatten sie doch auch viele glückliche Jahre. Könnte man nicht da wieder ansetzten, wo man vor Jahren aufgehört hatte? Doch Menschen verändern sich im Laufe der Zeit. Der eine entwickelt sich in diese, der andere in jene Richtung. Waren sie und Tim schon zu weit voneinander entfernt? Dies galt es nun endlich herauszufinden.

Das Unvermeidbare geschieht

Eine größere Reise auf einem Schiff sollte den beiden gut tun und sie wieder näher bringen. Immerhin gehörte das Reisen zu einer ihrer wenigen Gemeinsamkeiten. Tim hatte zwar nie eigene Ideen, ließ sich aber gerne von seiner Frau überzeugen und war für vieles offen. Das wiederrum gefiel Patrizia an ihrem Ehemann. Es gab fast nichts, was er ihr verwehrt hätte, nur das Ausziehen aus dem Haus, das wollte er nicht. Niemals käme das für ihn in Frage, so wie er immer betonte.

Patrizia machte Tim ein paar Routenvorschläge, die ihm gut gefielen. Auch er benötigte dringend Abwechslung zu seinem Alltag, denn sein Job forderte ihn sehr. So kam es, dass die Familie für zwei Wochen auf ein luxuriöses Kreuzfahrtschiff gehen sollte. Tim zeigte sich sehr großzügig, denn eine solche Fahrt über Weihnachten und Silvester kostete das dreifache, als zu jedem anderen Zeitpunkt.

Die letzte Woche des Jahres war angebrochen, beide hatten schon Urlaub und Patrizia war mit den Reisevorbereitungen voll ausgelastet. Sie kümmerte sich um die Buchungen, die Transfers, die Ausflüge und natürlich um das Kofferpacken. Tim sollte nur schauen, dass sein Auto für die Anreise über die Alpen zum Hafen in Italien, winterfest war. Man musste um die Jahreszeit mit allen möglichen Wetterbedingungen rechnen. Es herrschte tatsächlich mal wieder gute Laune in der Familie, was wohl der Vorfreude zuzuschreiben war. Silvester auf einem Schiff, bei milden Temperaturen in Ostafrika. Sie freuten sich sehr darauf. Auch Leon fand die Reise sehr spannend und konnte es kaum erwarten auf dem großen Dampfer zu sein. Er studierte sämtliche technischen Details, die er begeistert seinen Eltern erzählte.

Der Tag der Abreise war endlich da. Die Familie stand um drei Uhr früh auf, um genügend Zeit für die Fahrt zu haben. Schließlich durften sie auf keinen Fall das Schiff verpassen. Das Wetter spielte mit. Es war trocken und kalt. Also waren vorerst keine glatten Straßen zu erwarten. Sie kamen zügig vorwärts und Tim steuerte seinen fünfer BMW gut über die Berge. In Italien angekommen machten sie eine Pause in einem Rasthof und gönnten sich jeder einen Cappuccino. Urlaubsstimmung lag in der Luft. Patrizia freute sich sehr über dieses Gefühl, mal wieder mit der Familie im Einklang zu sein. Tim war leicht gestresst, denn das frühe Aufstehen lag ihm nicht. Patrizia schlug vor, den Rest der Strecke bis zum Hafen zu fahren, damit er sich ausruhen konnte. Tim war einverstanden und setzte sich sogleich auf die Rückbank des Wagens.

Die Autobahn Richtung Genua war schon gut befahren und Patrizia musste sich auf den Verkehr konzentrieren. Leon passte mit auf, denn

Tim war inzwischen eingeschlafen. Zum Glück war alles gut beschildert. Patrizia, die auch die Landessprache beherrschte, fand den Weg recht schnell zum Hafen. Sie weckte Tim. Er war überrascht, dass sie schon angekommen waren. Neugierig blickten die drei aus dem Fenster. Man sah bereits Hafenarbeiter, die den ankommenden Gästen die Koffer und sogar das Fahrzeug abnahmen. Dies bedeutete, man musste sich also nicht noch erst einen Parkplatz suchen. Plötzlich rief Leon laut: „Schaut mal, da steht unser Schiff. Mann, ist das riesengroß". Wie ein mehrstöckiges, breites Hochhaus lag das Kreuzfahrtschiff im Hafen. Zu Leons Freude gab es sogar mehrere davon. Dazwischen sah man kleinere und größere Boote, Fähren und teure Yachten. Ein schöner Anblick. Auf der anderen Seite konnte man die bunten dicht aneinander gebauten Häuser Genuas sehen.

Sogleich kam ein Angestellter des Hafens und bot den Neuankömmlingen seine Hilfe an. Tim hob die Koffer aus dem Auto und Patrizia übergab den Autoschlüssel. Ihre Koffer waren bereits mit einem Anhänger versehen, welchen Patrizia daheim schon angebracht hatte, damit sie in die richtige Kabine auf dem Schiff gebracht werden konnten. Der Empfang im Hafen war bestens organisiert.

Tim, Patrizia und Leon machten sich, jeder mit einem kleinen Handgepäck ausgestattet, auf den Weg zum Hafengebäude. Es herrschte bereits dichtes Gedränge in der Halle. Bevor die Familie endlich auf das Schiff durfte, mussten die Pass- und Sicherheitskontrollen passiert werden. Geduld war gefragt. Nach zwei Stunden hatten sie es geschafft und sie betraten den Luxusliner. Da es nicht ihre erste Kreuzfahrt war, wussten die drei so ungefähr, was sie erwartete. Patrizia liebte es auf Schiffen zu reisen. Sie fühlte sich auf dem Wasser wohl und konnte es selbst dann noch genießen, wenn das Schiff heftig den Wellen ausgesetzt war und schaukelte. Die Kabinen waren zwar nicht besonders groß, jedoch sehr modern ausgestattet und wenn man die Balkontür offen stehen ließ, fühlte man sich auch nicht eingeengt. Das Schiff verfügte über alles, was das Herz begehrte. Mehrere Bars in den auch getanzt wurde, vier Restaurants, ein Café mit italienischen Kaffeespezialitäten, eine kleine Einkaufsstraße mit Läden für Schmuck, Designerkleidung oder Souvenirs, zwei große Pools und drei kleine Whirlpools am Oberdeck. Ein wunderbares mehrstöckiges Theater, in welchem abends bezaubernde Shows aufgeführt wurden, war im mittleren Teil des Schiffes zu finden. Daran schloss sich ein Casino an, für die Leute, die noch genügend Geld übrig hatten. Auch eine nette Bibliothek, für die ruhigen Stunden an Bord, war am Heck des Schiffes auf einem der Oberdecks zu finden. Hier konnte man einfach nur still sitzen, auf das Wasser schauen und entspannen. Wer wollte, konnte sich so dem Trubel eine Weile entziehen. Doch das Schiff hatte noch mehr im Angebot.

Auf dem Wellnessdeck konnte man sich eine wohltuende Massage oder eine verschönernde Kosmetikbehandlung gönnen. Wer zu viel gegessen hatte, trimmte sich im daneben liegenden Fitnesscenter wieder schlank. Es gab noch eine Krankenstation auf dem Unterdeck, für den Fall, dass jemand ärztliche Hilfe benötigte. Für jeden Geschmack und jedes Bedürfnis war hier gesorgt. Tim hatte ein wenig Probleme mit den vielen Menschen um ihn herum. Während Patrizia kontaktfreudig war, zog er es vor, mit seiner kleinen Familie allein zu sein. Und so kam es, dass jeder wieder einmal andere Erwartungen, als sein Gegenüber hatte. Patrizia sehnte sich nach Abenteuer, Action und Unterhaltung, während Tim einfach nur seine Ruhe wollte. Dazu gehörte selbstverständlich auch gutes Essen. Essen und Nichtstun, das waren seine Bedürfnisse, Urlaub zu machen. Für Patrizia war das entschieden zu wenig. Sie redete gerne mit anderen Menschen, doch Tim blieb still. Der „Zoff" war vorprogrammiert und so kam es, dass Patrizia mit Leon ständig alleine unterwegs war, während Tim auf dem Balkon ihrer Kabine saß und nichts tat. Einfach nichts. Bei einigen Landausflügen trottete er hinter seiner Frau und seinen Sohn her, konnte sich aber wenig für das Gesehene begeistern. Patrizia wurde über diese Interessenlosigkeit sehr wütend. So versuchte nun jeder für sich aus dem Urlaub das Beste zu machen, Gemeinsamkeiten gab es dabei kaum. Patrizia hatte es endgültig satt, mit Tim an ihrer Seite. Sie bemerkte zwar, dass sie ihn noch liebte, aber ein Zusammenleben war so nicht mehr möglich.

Nach dem Urlaub ging nun jeder wieder seiner Arbeit nach und der Alltag brachte wenig Abwechslung. Eines Tages entdeckte Patrizia ein Preisausschreiben, bei welchen zwei Flüge an ein Ziel ihrer Wahl verlost werden sollten. Patrizia nahm die Chance wahr und schickte das Lösungswort, nach welchen gefragt wurde, ein. Sie hatte natürlich nur ein Ziel im Kopf: San Francisco und Jeff. Sie konnte ihn nicht so einfach aus ihrem Herzen verbannen und dachte wieder täglich an ihn. Wenn das Schicksal es so wollte, dass sie endlich Klarheit über sich und Jeff bekommen sollte, würde es eine weitere Chance geben ihn zu sehen. Sie träumte wieder davon, eines Tages mit Jeff glücklich zu sein.

Nach ein paar Monaten flatterte bei Patrizia ein Schreiben von einem Reisebüro in den Briefkasten. Patrizia hatte das Preisausschreiben, bei welchem sie ein halbes Jahr zuvor mit gemacht hatte, längst vergessen. Sie traute ihren Augen nicht, was in dem Brief stand. Tatsächlich war sie die Gewinnerin der beiden Flüge zu einem Ziel ihrer Wahl. Patrizia war platt. Das man heutzutage wirklich noch etwas gewinnen konnte, überraschte und freute sie sehr. Patrizia hatte nur ein Ziel: San Francisco.

Mittlerweile war seit Wochen die Kommunikation mit Tim komplett unmöglich und Patrizia dachte sogar zeitweise daran, die Flüge für einen Urlaub mit Tim zu nutzen und nicht nach San Francisco fliegen zu wollen. Irgendetwas in ihr schlug Alarm. Sie liebte Ihren Ehemann immer noch, ohne Zweifel, aber sie bemerkte, die Ehe zerbrach Stück für Stück.

Seit dem gemeinsamen Urlaub hatten sie bereits mehrere Wochen, ja sogar Monate nicht ein Wort miteinander gesprochen und Patrizia konnte die Situation nicht länger ertragen. Sie schrieb Tim einen Brief, dass sie ihn in ihrem Lieblingsrestaurant nach seiner Arbeit treffen wollte, um ihm etwas zu sagen. Sie plante tatsächlich, Tim mit den Flugtickets zu überraschen und nochmals einen Anlauf zu Rettung ihrer Ehe zu machen. Vielleicht konnte er auch nicht aus seiner Haut und war so, wie er eben war. Jeder Mensch hat seine zwei Seiten. Sie musste wissen, wie es weitergehen sollte. Der endgültige Schlussstrich unter ihre Ehe, konnte noch nicht gezogen werden.

Tim erschien pünktlich auf dem Parkplatz vor dem Restaurant und Patrizia hakte sich in seinen Arm ein, als sie zur Eingangstür liefen. „Was soll das, was willst Du von mir", fragte er in einem unfreundlichen Ton. „Ich habe eine Überraschung für Dich", antwortete sie verheißungsvoll lächelnd. Tim verdrehte die Augen und sagte nichts weiter dazu. Als sie an ihrem Tisch saßen, fragte er Patrizia, was sie ihm denn zu sagen hätte. Patrizia erklärte ihrem Mann, dass sie die Situation zu Hause gerne wieder verbessern möchte und sie erzählte von den beiden Flugtickets. Tim blickte sie mit großen Augen an, während Patrizia schon Vorschläge aufzeigte, wo sie hinfliegen könnten. Beide wollten schon lange einmal nach Mexiko. Tim seufzte und blickte sie bitter an. Dann hörte Patrizia ihn sagen: „So einfach geht das nicht." Patrizia schaute ihn fragend an. Er redete weiter: „Es gibt da eine Kollegin. Sie ist sehr nett zu mir. Du hast mich von dir gestoßen und ich dachte Du liebst mich nicht mehr. Jetzt habe ich mich in eine andere Frau verliebt."

Patrizia glaubte nicht, was sie da gerade von Tim gehört hatte. Sie war geschockt und wütend zugleich. Anstatt endlich mal an ihrer Ehe zu arbeiten, legte sich Tim nach über dreißig Jahren, einfach in das Bett einer anderen Frau. War das ihre Strafe, weil sie schon lange auch in einen anderen Mann verliebt war. Doch sie hatte nie mit Jeff geschlafen, obwohl Tim ihr das hätte verzeihen wollen. Warum muss alles nur so schwer sein. Patrizia hatte nicht damit gerechnet, dass Tim bei einer anderen Frau die Hosen runterlassen würde. War er doch derjenige, der sie immer wieder gebeten hatte, ihn nicht zu verlassen. Hätte sie jetzt eigentlich nicht froh sein müssen, ihn endlich los zu werden? Nein, das war sie nicht. Heulend verließ sie das Restaurant. Dennoch, der Abend war gelaufen.

Am nächsten Tag stand ihr Entschluss fest, mit Leon erneut nach San Francisco zu fliegen. Vielleicht würde den Eheleuten der Abstand gut tun. Leon freute sich, wieder dabei zu sein. Patrizia litt sehr unter dem Fremdgehen ihres Ehemannes, war aber bereit zu kämpfen. Jetzt erst merkte sie, dass Tim ihr mehr bedeutete, als sie dachte. Und was war mit Jeff? Sie musste unbedingt vor Ort gehen, Jeff treffen und herausfinden, wen sie mehr liebte und wem in Zukunft ihr Herz allein gehörte. Wahrscheinlich hatte sie am Ende keinen der beiden Männer an ihrer Seite. Alles war möglich.

Im darauf folgenden Herbst saßen Patrizia und Leon erneut im A380 nach San Francisco, um den Gewinn einzulösen. Sie wurden zwar im Flieger nicht in der Business Class platziert, doch ergatterten sie zwei schöne Sitzlätze, mit ausreichend Beinfreiheit, im oberen Deck. Der Flug war angenehm. Als die Flugbegleiterin erfuhr, dass Patrizia die Flüge gewonnen hatte, verwöhnte sie ihre Gäste außerordentlich. Sie brachte Champagner und Pralinen und fragte immer wieder nach, was sie noch für die beiden tun könnte. Patrizia und Leon waren begeistert. Wieder wurden sie von der Lufthansa verwöhnt. Nicht zu Unrecht hatte die Fluglinie die Auszeichnung, die beste in Europa zu sein.

Dieses Mal wohnten sie in Slys Haus, der sich riesig über ihren Besuch freute. Immerhin waren seither vier Jahre vergangen. Sly hatte schon wieder einiges organisiert, um Patrizia eine Freude zu machen. Er wusste von den Geschehnissen bei ihr zu Hause. Chantal riet Patrizia, nur nicht so schnell das Feld zu räumen. Patrizia war unsicher, was sie tun sollte. Sly kümmerte sich rührend um sie. Gleich am zweiten Tag nach ihrer Ankunft fuhren sie in ein Weinanbaugebiet, um ein Weingut zu besichtigen. Es war herrlich um diese Jahreszeit. Patrizia blühte auf. Der Kummer um ihre zerbrochene Ehe hatte sie mehr als dreißig Pfund abmagern lassen. Ihren Freunden blieb dies nicht unbemerkt. Aber sie fühlte sich wohl, nun zwei Kleidergrößen weniger zu tragen, wenngleich der Preis dafür sehr hoch war. Der Betrug ihres Mannes hatte ihrem Selbstwertgefühl einen schweren Abbruch getan. Sie wollte sich wieder als Frau und begehrenswert fühlen. Daher drängte sie gleich am Anfang ihres Urlaubes darauf, Jeff endlich zu treffen. Sly wusste, wie wichtig das für Patrizia war.

Patrizia hatte Glück und Jeff war beim ersten Anruf von ihr gleich erreichbar. „Pat, ich fasse es nicht. Du bist wieder da?" sagte er, als er Patrizia am anderen Ende der Leitung reden hörte. Er hatte Tränen der Freude und der Schmerzen in den Augen. Zum Glück konnte sie ihn nicht sehen. Seine tiefe Stimme klang umwerfend männlich. Sie bekam weiche Knie und ihr Herz schlug höher. Dieses Mal war ihr die Überraschung gelungen. Da war er wieder, Jeff, endlich war er wieder erreichbar. Sie wollte ihm am liebsten gleich sagen, wie sehr sie ihn noch liebte, doch sie nahm sich zurück, um ihn nicht zu

verschrecken. Patrizia hätte in diesem Moment die Welt umarmen können und daher bat sie sogleich um ein Treffen. Jeff war traurig, er wollte nicht, dass sie ihn so sehen würde. Er war nicht mehr der Mann, den sie vor vielen Jahren getroffen hatte. Jeff musste starke Schmerzmittel wegen seiner unerklärlichen Rückenschmerzen nehmen. Er war dünn geworden und sah sehr schlecht aus. Wie sollte er es ihr bloß sagen? Er liebte sie zwar noch, doch er wollte sie vor einer Enttäuschung bewahren. Er würde ihr nicht mehr der Mann sein können, der er einst war, oder den sie suchte. Jeff fühlte sich geschwächt.
„Mein Liebes", schwindelte er sie an, „ich bin momentan krank, liege im Bett und habe hohes Fieber. Ich kann nicht aus dem Haus." Jeff saß in seinem Sessel und es fiel ihm sehr schwer, seine große Liebe derart anlügen zu müssen. Ja, krank war er, aber er fühlte, dass es wohl mehr war, als eine kleine Erkältung, wie er Patrizia vermuten ließ.
„Dann komme ich zu dir", sagte Patrizia sofort „es macht mir nichts aus zu dir zu fahren, egal wie weit weg du bist." Jeff war gerührt. Er sah sie vor sich, strahlend schön, wie vor Jahren, so würde sie sicher noch aussehen. Ein paar Fältchen um ihre Augen, würden ihr sicher auch gut stehen. Er war versucht die Gelegenheit zu nutzen, doch letztendlich gab er ihrer Liebe keine Chance mehr. Sein Leben war nicht mehr dasselbe wie früher. Erneut schwindelte er sie an: „Du brauchst nicht zu kommen, ich melde mich bei dir oder Sly, wenn das Fieber weg ist. Wir

sehen uns danach, Babe. Ich freue mich so sehr, dass du endlich im meiner Nähe bist."
Patrizia war froh, diese Worte von Jeff zu hören. Sie fühlte sich gut wie schon lange nicht mehr in ihrem Leben. Jeffs Worte machten sie glücklich. Nach ein paar weiteren Sätzen verabschiedeten sich beide mit der Aussicht auf ein baldiges Wiedersehen.

„Er will sich melden", sagte Patrizia freudestrahlend zu Sly und umarmte ihn in ihrer Euphorie. Da er daneben stand, hatte er das Gespräch mitbekommen. Sly lächelte sie milde an, hatte aber das Gefühl, dass Jeff sich nicht melden würde. Sagte aber nichts zu ihr. Er wollte ihr die Hoffnung nicht nehmen. Er selber versuchte seit Monaten Jeff zu treffen, doch ohne Erfolg.

Jeff lebte weiterhin sehr zurückgezogen. Die Trennung von seinem Sohn machte ihm schwer zu schaffen. Körperlich fühlte er sich immer wieder schlapp und müde. Irgendetwas stimmte nicht mit ihm. Er schob es auf seine schlechte Stimmung wegen der Scheidung und dem Umzug. Die Musik war sein einziger Trost geblieben. Er entschied sich eine Erholungskur zu machen um sich wieder ein wenig aufzupäppeln. Momentan hatte er aber keine Zeit dazu, weil eine langwierige Studioaufnahme, die über Wochen dauern sollte, zuerst bevorstand. Er war froh, wenn er durchhalten würde.

Patrizia erwartete derweil sehnsüchtig den Anruf von Jeff. Doch er kam nicht. Sie war sehr enttäuscht darüber. Aber sie wollte Jeff auch nicht nachrennen. Warum war er dann am Telefon so erfreut über ihren Anruf gewesen? Sie verstand die Welt nicht mehr. Es sollte wohl nicht sein, dass sie ihn wiedersehen konnte. Sie hatte keine Erklärung dafür. Sly wusste auch keinen Rat. Er erzählte ihr nur, dass Jeff in letzter Zeit etwas seltsam in seinem Verhalten geworden war. Nur wenige, außer der Familie hatten Zugang zu ihm bekommen.

Sly versuchte Patrizia aufzuheitern und lud sie am nächsten Abend in einen berühmten und gut besuchten Jazzclub ein. Patrizia war höchst erfreut darüber, denn in diesem Club trat auch Jeff immer auf. So konnte sie sich besser vorstellen, wo er sich aufhielt, wenn er Musik machte. Leider würde er am morgigen Abend nicht auftreten. Schade, sie hätte ihn nur zu gerne auch mal wieder spielen gehört.
Sly sorgte für einen wunderschönen Abend im Jazzclub. Er kannte den Besitzer und so bekamen er und seine Gäste die besten Plätze, nachdem ihnen ein langes Anstehen an der Warteschlange erspart geblieben war. Sie durften einfach an den anderen vorbeilaufen. Das hatte Patrizia und Leon besonders gut gefallen. Sie erhielten den reinsten VIP-Service: Cocktails und Snacks wurden serviert. Dann traten die Musiker und Sänger auf die Bühne. Heute spielte eine Formation, deren Spezialität Funk-Music

war. Yeah, da kam Stimmung auf. Patrizia geriet in Hochform und für kurze Zeit hatte sie Ihre Sorgen und Ängste vergessen. Die Musik hatte wieder einmal mehr ihre Stimmung positiv beeinflusst.

Der Abend endete kurz nach zwei Uhr in der Nacht. Sly fuhr den Wagen sicher nach Hause, denn er trank kaum Alkohol. Patrizia war etwas beschwipst gewesen und hatte auf dem Nachhauseweg noch weiter gesungen. Sly musste lachen. Eine Stunde später waren sie alle mehr oder weniger zufrieden im Bett. Patrizia wünschte sich Jeff an ihre Seite. Doch er war ja krank.

Einen Tag später hieß es erneut Abschied nehmen und nach Hause zu fliegen. Jeff hatte sich nicht mehr bei ihr oder seinem Kumpel gemeldet. Patrizia war durcheinander. Ihre Gefühle ließen sich nicht mehr einordnen. So sehr sie sich die Klärung mit Jeff gewünscht hätte, so sehr freute sie sich auch Tim wieder zu sehen. Doch wollte Tim auch seine Frau wiedersehen? Oder war er bereits glücklich mit der Anderen? Viele offene Fragen suchten eine Antwort.

Sly brachte Leon und seine Mutter wieder zum Flughafen, nachdem sie sich von seiner Familie verabschiedet hatten. Patrizia war unverrichteter Dinge abgereist und wusste nicht genau, was sie zu Hause mit Tim erwarten würde.

Zu Hause angekommen holte sie die Realität ein. Tim hielt an seiner Geliebten fest. Während sie mit Leon in Amerika war, machte Tim Urlaub mit seiner Geliebten, den er ihr sogar noch bezahlte. Für Handwerker hatte er kein Geld gehabt. Und nun das.

Patrizias Kampf um ihre Ehe hatte drei Monate später ein Ende. Sie tat das, was sie vor vielen Jahren schon hätte tun sollen. Sie verließ die gemeinsame Wohnung und zog endgültig aus. Mehr Demütigung konnte und wollte sie nicht verkraften. Tim hatte damit nicht gerechnet. Er wollte beide Frauen an seiner Seite haben. Nach Patrizias Auszug bekam er einen Nervenzusammenbruch und weinte bitterlich. Zwei Monate später erlitt er einen Herzinfarkt. Als Patrizia davon hörte, befand sie sich bei Bekannten in Italien. Sie musste weinen, als sie die Nachricht bekam, denn obwohl sie sich von Tim getrennt hatte, wünschte sie ihm nichts Böses. Die Vorstellung, dass er hätte sterben können, machte sie sehr traurig. Dennoch zeigten ihr all diese Vorkommnisse, dass Tim wohl mit der neuen Frau an seiner Seite auch nicht glücklicher war. Aber jetzt gab es kein Zurück mehr. Patrizia lebte nun allein und es ging ihr gut. Leider kamen die Kilos zurück, doch alle anderen körperlichen Leiden, die sie vorher hatte, verschwanden mit dem Auszug aus dem Haus. Von Jeff hatte sie auch nichts mehr gehört. Sie hoffte auf eine weitere Gelegenheit, ihn eines Tages wieder zu sehen. Es kam, wie sie es bereits voraus geahnt hatte: Keiner der beiden Männer war nun mehr an ihrer Seite. Im Nachhinein erkannte Patrizia, dass obwohl sie beide Männer liebte, und das tat sie von ganzem Herzen, beides ungesunde Beziehungen waren. Sie gab sich die Schuld dafür. Wahrscheinlich war sie zu anspruchsvoll oder erwartete einfach mehr, als beide bereit waren, ihr zu geben. Und dabei ging es ihr nicht ums Geld.

Ein paar Monate später, die Junisonne strahlte, war Patrizia wieder im Internet unterwegs. Auf Jeffs Seite las sie Schreckliches. Seine Schwester Mary, die Patrizia ebenso kannte, schrieb folgende Worte: „Liebe Freunde und Fans, bitte betet für meinen Bruder, nur ein Wunder kann uns noch helfen."

Patrizias Puls begann zu rasen, ihr wurde schwarz vor den Augen und sie brach in Tränen aus, obwohl sie noch gar nicht wusste, warum. Was um Himmels Willen war passiert? Es musste etwas Schreckliches geschehen sein. „Jeff", rief sie, „mein Geliebter Jeff", was ist mit dir los?. Patrizia drehte fast durch. Warum hatte ihr keiner etwas gesagt? Sofort wählte sie Slys Nummer, doch er hatte auch nur die Informationen von Jeffs Internetseite. Dann kontaktierte Patrizia Jeffs Schwester Mary. Sie meldete sich aber nicht. Patrizia überlegte. Vielleicht wusste Joshua mehr. Zitternd wählte sie seine Nummer. Patrizia konnte sich kaum noch auf den Beinen halten und setzte sich wieder hin, nachdem sie

mit dem Telefon in der Hand aufgeregt und weinend von einem Zimmer in das andere gelaufen war. Das Telefon klingelte am anderen Ende der Leitung. Joshua hob den Hörer ab: „Hello". „Joshua, Patrizia hier, was ist mit Jeff los. Bitte sag mir, hast du von ihm gehört?" Joshua wusste nicht, wie er Patrizia sagen sollte, was er ihr sagen musste. Es tat ihm unendlich leid, ihr diese Nachricht überbringen zu müssen.
„Pat, meine liebe, Jeff ist vor ein paar Tagen mit einem starken Schmerz im Rücken zusammengebrochen. Er konnte sich nicht mehr selber aufrichten und wurde ins Krankenhaus gebracht. Zahlreiche Untersuchungen folgten. Jetzt haben sie die Diagnose bekannt gegeben. Es ist Krebs. Eine Art Knochenkrebs und wie es aussieht unheilbar." Es war eine Sekunde still. „Nein", schrie Patrizia, nein, nein, nein". Sie legte den Hörer ohne Verabschiedung auf und brach zusammen und weinte hemmungslos, am Boden liegend. Leon kam in das Wohnzimmer gestürmt und erkundigte sich was los war. Mit Tränen erstickter Stimme erzählte Patrizia ihrem Sohn das eben gehörte. Leon nahm seine Mutter in die Arme und versuchte sie zu trösten. Doch nichts half.

Die folgenden Tage war Patrizia krank geschrieben. Sie war unfähig zu arbeiten. Den ganzen Tag recherchierte sie im Internet ob es was Neues gab. Schließlich erreichte sie eine Nachricht von Jeffs Schwester Mary. Sie bestätigte die Aussage von Joshua und konnte dann auch den Krebs benennen. Es handelte sich um ein

Multiples Myelom, welches durch bösartige Zellen im Knochenmark entstanden war. Patrizia konnte es immer noch nicht glauben. Sie machte sich schlau über diese Krankheit und musste mit der Tatsache leben, dass Jeff unheilbar krank war. Laut seiner Schwester war er an einer besonders schweren Form dieses Krebses erkrankt und es gab kaum Hoffnung. Patrizia suchte nach Spezialkliniken und Forschungszentren und konnte erkennen, dass Jeff in San Francisco damit in den besten Händen war. Patrizia, die schon immer eine Optimistin war, gab die Hoffnung nicht auf. Sie betete jeden Tag für Jeff, Gott möge ihm doch wenigstens noch ein paar Jahre mehr schenken. Es gab viele Menschen, die mit Krebs mehr als zwanzig Jahre leben konnten. Mary hielt Patrizia über die Therapie auf dem Laufenden. Nach Bestrahlung und Chemotherapie folgten Operationen. Zeitweise sah es so aus, als wäre der Krebs unter Kontrolle, doch dann ging es Jeff wieder so schlecht, dass er kaum seine Bassgitarre halten konnte. Es gab immer wieder herbe Rückschläge und die Hoffnung, ein paar Jahre länger zu leben, schwand. Als letzten Versuch, die Krankheit unter Kontrolle zu bekommen, schlugen die Ärzte eine Stammzellentransplantation vor. Ein Spender musste gefunden werden. Als Patrizia davon hörte, hatte sie nur einen Wunsch. Sie selber war als Stammzellenspenderin registriert und hoffte, Jeff helfen zu können. Sie stellte sich vor, wie ihre Zellen Jeff das Leben retteten. Allerdings hatte sie keine Ahnung, ob die Daten der

Spender weltweit oder nur europaweit übertragen wurden. Ein guter Freund von ihr war auch schon einmal Spender und der Gedanke Jeff retten zu können, war Tag und Nacht präsent. Doch bis Patrizia irgendetwas zu diesem Thema in Erfahrung bringen konnte, war der Termin bei Jeff für die Übertragung bereits festgelegt, denn glücklicherweise hatte sich ein Spender in den Staaten gefunden, dessen Zellen zwar nicht hundertprozentig, aber dennoch ziemlich gut passten. Familie und Freunde und natürlich auch Jeff selber hatten wieder Hoffnung. Doch zuvor musste Jeff Schweres durchmachen. Dies war die heftigste Prüfung seines Lebens. Sein Zustand war miserabel. Zuerst wurde sein Knochenmark mit den Tumorzellen zerstört, um für das neue Knochenmark bereit zu sein. Das dauerte insgesamt zehn Tage. Danach wurden in wenigen Stunden die neuen und gesunden Zellen übertragen. Jetzt hieß es abwarten. Innerhalb der nächsten zehn Tagen mussten sich neue Zellen aus den transplantierten Zellen bilden. Jeff war tapfer und fand Trost im Gebet. Seine Familie und Freunde taten ihm gleich und beteten um eine erfolgreiche Behandlung. Die Nerven aller waren zum Zerreißen gespannt. Patrizia verfolgte von Deutschland aus alles mit, so gut sie eben konnte. Seine Freunde und Schwester wussten, was sich Jeff und Patrizia bedeuteten. Dann, nach zwei Wochen gab es ein Aufatmen. Die Therapie hatte gut angeschlagen und Jeff konnte bald das Krankenhaus verlassen. Ein großes Fest wurde gefeiert, bei welchem Patrizia zwar nicht dabei sein konnte, dennoch war sie sehr glücklich. Jeff war am Leben und hatte gute Chancen mit der Erkrankung weiter zu leben.

Man sah ihn jetzt wieder auf den Bühnen in den Clubs seinen Bass spielen und jeder war davon überzeugt, dass Jeff es geschafft hatte, wieder zu seiner alten Form zurückzukehren. Doch er musste mehrere Gänge zurückschalten. Früher war er ein aktiver und sportlicher Mann gewesen, der alle Herausforderungen des Lebens annahm. In diesen Tagen wirkte er älter, gesetzter und noch zurückhaltender, was das öffentliche Leben betroffen hatte. Jeff weckte das Interesse vieler Menschen, besonders vieler Musiker und so musste er sich immer wieder selber schützen. Er war froh wieder arbeiten zu können, doch das war nur mit gewissen Einschränkungen möglich. Die vielen Therapien hatten sein Aussehen verändert und im ganzen Körper Spuren hinterlassen. Er nahm jeden Tag als ein Geschenk an und war froh, noch etwas Zeit mit seinem Sohn verbringen zu können.

Patrizia verfolgte weiterhin gespannt seine Spuren im Netz und wurde dabei auch immer auf die Aktivitäten von Edward, seinem berühmten Onkel aufmerksam. Sie wünschte sich zu lesen, dass Edward wieder nach Deutschland kommen würde und Jeff vielleicht ebenso. Patrizia traf Edward vor einiger Zeit in der Schweiz bei einem Konzert von ihm. Damals war Jeff nicht mit dabei, weil er bereits zu schwach war, um zu reisen. Er steckte seinerzeit mitten in den zahlreichen Chemotherapien, die einiges von ihm körperlich und seelisch abverlangt hatten. Aber auch Edward hatte gesundheitliche Probleme. Während seines Aufenthaltes in der Schweiz, musste er mehrmals ins Krankenhaus. Seine Nieren machten seit einiger Zeit Probleme. Doch für die Konzerte konnte er durchhalten. Patrizia tat es gut, sich mit ihm zu unterhalten. Edward, war nunmehr ein sehr charmanter Mann in den Sechzigern, und er freute sich ebenso, Patrizia wieder einmal zu sehen. Er erzählte ihr von Jeff und seinem Kampf gegen den Krebs. Von sich selber wollte er weniger sprechen, aber Patrizia merkte, dass etwas nicht stimmte. Einer der Musiker vertraute ihr an, dass Edward sogar sehr große gesundheitliche Probleme hatte und daher nur noch wenige Tage im Jahr auf Tournee gehen konnte. Es tat Patrizia sehr leid, das hören zu müssen, denn sie mochte Edward. Schließlich war er der Auslöser gewesen, Jeff kennen zu lernen. Wäre er damals nicht in ihrer Stadt aufgetreten, hätte sie ihn vermutlich niemals getroffen.

Patrizia pflegte weiterhin die Freundschaft zu Sly und sie hatte ja mittlerweile ein Patenkind in San Francisco, Slys Enkelin namens DeMya. Zu Weihnachten schickte sie jedes Jahr ein großes Paket mit Spielzeug für die Kleine und ihre beiden Schwestern und selbstverständlich durfte die gute deutsche Schokolade nicht fehlen. Sly mochte am liebsten „baby chocolate". Patrizia musste immer lachen, wenn er nach dieser Schokolade fragte, die hier in Deutschland bei Kindern sehr beliebt war.

Gerade hatte wieder ein neues Jahr begonnen und Patrizia konnte noch ein paar freie Tage genießen, bis es wieder mit der Arbeit im Büro losgehen sollte. Sie stand in ständiger Korrespondenz mit Sly, denn er hatte bereits bei ihrem letzten Telefonat einige Andeutungen gemacht, was Edwards Gesundheitszustand betraf. Patrizia war nicht bewusst gewesen, wie krank Edward bereits bei ihrem letzten Treffen in der Schweiz gewesen war und wie ernst es nun um ihn stand. Eines Nachts kam die Nachricht von Sly, dass Edward wohl nur noch zwei, höchstens drei Tage zu leben hätte. Die Ärzte hatten alle Hoffnung aufgegeben. Damit hatte Patrizia nicht gerechnet. Sie rief sogleich Sly an, um Details zu erfahren. Sly konnte ihr das Geschriebene nur bestätigen und fügte hinzu, dass er wohl an derselben Krebsart wie sein Bruder Wesley erkrankt sei, bei ihm aber auch keine Operation mehr helfen konnte, da bereits andere Organe schwer geschädigt waren, wie zum Beispiel die Nieren. Traurig beendete Patrizia das Gespräch. Als sie Leon davon erzählte, war er sprachlos. Er war damals mit Patrizia in der Schweiz gewesen und dieses Mal hatte er das Konzert von Edward nicht verschlafen, sondern begeistert mitgeklatscht und mitgesungen. Edward war schon ein sehr besonderer Künstler. Eine Stimme wie samt, jedoch kraftvoll und rein. Wenn er seine Töne angestimmt hatte, ist es Patrizia und Millionen anderen Menschen auch, warm ums Herz geworden. Sie bedauerte sehr, ihn wohl nie wieder auf der Konzertbühne sehen zu können. Am selben Abend schaute sie sich das Konzert an, in welchem sie hinter Edward im Chor stand und mit ihm gesungen hatte. Zum Glück wurde damals das Video gedreht. Es war eine wunderschöne Erinnerung an vergangene und glückliche Zeiten.

Vierundzwanzig Stunden nach dem Telefonat zwischen Sly und Patrizia, trauerte die Welt um einen der größten Künstler der Gospelszene überhaupt. Edward Hoskins starb im Januar, für viele seiner Fans unerwartet. Nur die Familie und enge Freunde hatten um seinen ernsten Zustand Bescheid gewusst. Patrizia war traurig über den Tod eines Freundes, der seit mehr als zwanzig Jahren große Bedeutung in ihrem Leben hatte. Sie hörte seine Musik fast täglich, denn sie gab ihr Trost in vielen einsamen Stunden, wo sie Jeff vermisste. Die Musik würde ihr bleiben, doch Edward blieb nur noch in ihrer Erinnerung.

Patrizia war lange nicht in San Francisco gewesen, so beschloss sie, wenn die Gelegenheit günstig wäre, mit Leon erneut zu fliegen. Er arbeitete seit ein paar Monaten bei einer Fluggesellschaft, was ihr wiederum die Möglichkeit gab, zu einem sehr günstigen Preis, mit ihm auf

Reisen zu gehen. Es vergingen sechs Monate, bis es endlich soweit sein sollte, dass Patrizia erneut in den Flieger nach San Francisco steigen konnte. Die Abreise kam zwar sehr kurzfristig, weil Leons Dienstplan geändert wurde und der Aufenthalt würde nur zwei Tage dauern, aber immerhin gab es für Patrizia die Chance mitzufliegen. Lange hatte sie von Jeff persönlich nichts mehr gehört. Patrizia musste Jeff unbedingt noch einmal in ihrem Leben sehen und vielleicht wäre jetzt, einundzwanzig Jahre nach ihrem ersten Treffen die Zeit gekommen, mit Jeff, trotz seiner schweren Erkrankung, noch irgendwo ein neues Leben zu beginnen. Sie war nun von Tim bereits mehr als ein halbes Jahr getrennt, da er genauso wie Anna, das Bedürfnis hatte, in fremden Betten die Glückseligkeit zu suchen. Ein Treffen mit Jeff würde nun keines der zehn Gebote mehr brechen. Jeff war ebenso frei, wie Patrizia. Oder doch nicht?

Als Patrizia in San Francisco ankam, kontaktierte sie sogleich Sly, ihren guten Freund. Diesmal überraschte sie ihn, denn Sly wusste nicht, das Patrizia auf dem Weg zu ihm war. Die Freude war groß. Sogleich luden Chantal und Sly ihre beiden Freunde Patrizia und Leon zum Essen ein, da sie ja nur zu einer kurzen Stippvisite in San Francisco waren. Während dessen erkundigte sich Patrizia nach Jeff. Sly schüttelte den Kopf. Seit Tagen hatte er vergeblich versucht Jeff zu erreichen, leider ohne Erfolg. Sein Telefon war ausgeschaltet. Von der Familie erhielt er die Auskunft, Jeff sei erneut schwer erkrankt und wollte keinen Besuch empfangen, nicht einmal Patrizia. Als Patrizia davon hörte, war sie nicht sauer auf ihn, sondern bekam es mit der Angst zu tun. Sie hoffte, dass Jeff keinen Rückfall hatte und wäre dieses Mal nicht unglücklich gewesen, wenn er nur zu feige war um sie zu treffen. Hauptsache er lebte. Ohne mehr erfahren zu haben, flog sie nach zwei Tagen wieder zurück nach Deutschland. Patrizia fand sich damit ab, dass Jeff sie nicht mehr in ihrem Leben haben wollte und es für sie keine gemeinsame Zukunft mehr gab. Sie schickte ihm eine Nachricht auf sein Mobiltelefon und wünschte ihm alles Gute. Sein Telefon blieb weiterhin ausgeschaltet und er hatte ihre Nachricht nicht bekommen.

Vier Wochen später folgte ein weiterer Schock. Joshua verständigte Patrizia, dass Jeff eine Hirnblutung erlitten hätte und nun im Koma lag. Dies war wohl die Folge der vielen Chemotherapien, welche Jeff, über sich hatte ergehen lassen müssen. Patrizia schaute mehrmals auf die Zeilen, so als müsste sie erst verstehen, was da geschrieben stand. Sie wollte es nicht wahrhaben. Ihr Herz begann zu stolpern, sie spürte Schwindel aufsteigen und wäre beinahe umgekippt. Tausend Gedanken schossen ihr durch den Kopf und sie brach weinend zusammen. „Hört denn das nie auf? Lieber Gott, bitte sag mir, dass das nicht wahr sein kann. Bitte, bitte, bitte." Flehend schaute sie aus dem Fenster zum Himmel, so als würde sie Gott suchen um mit ihm zu reden. „War das das Ende?", fragte sie sich. Hatte Jeff wirklich einen Rückfall erlitten, während sie in San Francisco war und ihn treffen wollte? Warum hatte sie nicht alles versucht ihn wenigstens noch einmal zu sehen? War das Schicksal dagegen? Oder wollte Jeff nicht, dass Patrizia ihn so sah, von Krankheit gezeichnet? Sie fand keine Antwort auf ihre Fragen.

In den folgenden Tagen konnte sie keinen anderen Gedanken mehr fassen, als den an Jeff, ihrer großen Liebe und an ihre Sehnsucht nach ihm. Sie schaute sich den ganzen Tag die Fotos an, auf welchen sie glücklich lachend zusammen waren. Das Foto, auf dem Leon mit ihm am Schlagzeug saß und spielen durfte, und das andere Bild, wo Jeff Patrizia behutsam im Arm hielt und sie verliebt anblickte. Es kam ihr vor, als wäre es gestern gewesen, wo sie noch in dieser einen besonderen Winternacht in seinen starken Armen lag und er sie zärtlich geküsst hatte. Sie spürte immer noch seine weichen Lippen auf den ihren und sehnte sich nach nichts mehr, als nach seiner Nähe. Wie kann ein Gefühl nur so lange anhalten? Sie versuchte sich an die vielen Telefonate über Jahre hinweg mit ihm zu erinnern. Hatte er ihr doch dadurch immer wieder über die vielen Schwierigkeiten mit Tim Trost gegeben. Patrizia versuchte sich genauestens an das letzte Telefonat mit Jeff, welches ja noch gar nicht allzu lange her war, zu erinnern. Seine

Worte klangen in ihrem Ohr. Seine tiefe Stimme, die sie so sehr mochte. Sie hatte viele Fragen, auf welche sie vielleicht keine Antwort mehr bekommen würde: Warum mussten sich die beiden begegnen, wenngleich ihre Liebe zueinander nie gelebt werden durfte? Patrizia konnte nicht glauben, dass das alles gewesen sein sollte. Sie betete Tag und Nacht für seine Genesung, dass er endlich wieder aufwachen sollte, aber nichts dergleichen war geschehen. Das Schicksal nahm einen anderen Lauf.

San Francisco September 2018

Sly saß gerade an seinem Keyboard, als ihn ein Anruf von Jeffs Schwester Mary erreichte. Es war der 8. September. Mary teilte ihm mit, dass Jeff an diesem Morgen friedlich eingeschlafen war. Sein Leiden hatte ein Ende gefunden. Er war nun frei. Sly konnte seine Trauer kaum in Worte fassen, sprach Mary sein Beileid aus und legte das Telefon zur Seite als sie beide wieder aufgelegt hatten. Tränen standen in seinen Augen. Sein bester Freund aus Kindheitstagen war tot. Doch nicht nur er hatte einen wichtigen Menschen verloren. Die Welt war um ein außergewöhnliches Musiktalent ärmer geworden. Er war unendlich traurig. Und nun, wie sollte er das nur Patrizia sagen? Er fand nicht den Mut dazu, weil er nicht wusste, wie sie die Nachricht über Jeffs Tod auffassen würde. Doch sie hatte ein Recht darauf, es von ihm, anstatt aus dem Internet zu erfahren. Nachdem er eine Weile überlegte, beschloss Sly, Leon eine Nachricht zu schreiben, denn in Deutschland war es bereits Mitternacht und da wollte er nicht mehr anrufen. Mit zitternden Fingern tippte Sly die Buchstaben in sein Mobiltelefon und schrieb, dass es ihm sehr leid täte, aber er ihm mitteilen musste, dass Jeff heute gestorben war. Er bat Leon, dies bitte seiner Mutter zu sagen. Mehr Worte fand Sly an diesem Abend nicht mehr. Sly setzte sich auf die Couch und betete.

Du bist in meinem Herzen

Leon, der soeben von einem Abend mit seinen Kumpels nach Hause gekommen war, hatte sich gerade im Flur aufgehalten, während er seine Jacke an den Bügel hängte. Es war Samstagnacht und neugierig blickte er auf sein Mobiltelefon, welche Nachrichten ihn so spät noch erreichten. Bestürzt schaute er auf die Zeilen. Patrizia hörte das Surren des Telefons und blickte auf, als sie gerade dabei war ins Bett zu gehen. Dann hörte sie die Stimme ihres Sohnes: „Mama, ich muss dir etwas sagen. Ich habe soeben eine sehr schlechte Nachricht bekommen."

Patrizia ahnte bereits das Schlimmste, denn wenn so spät nachts noch eine Nachricht kam, war sie sicher aus den Staaten und bedeutete nichts Gutes. Sie fürchtete sich vor dem Inhalt der Nachricht und hörte sich zu ihrem Sohn sagen:
„Jeff ist tot, nicht wahr?"
„Ja, Mama, Jeff ist tot. Er ist vor ein paar Stunden gestorben. Es tut mir wirklich sehr leid."
Leon blickte seine Mutter besorgt an. Wie würde sie diese Nachricht aufnehmen und verkraften?

Patrizia hatte im ersten Moment, als sie die Worte von Leon vernahm, keine Tränen mehr. Der Tag war anstrengend gewesen und sie war müde. Sie legte sich in ihr Bett und versuchte einzuschlafen. Doch das gelang ihr nicht. Ihr Herz stolperte und ließ ihr keine Ruhe. Heftige Kopfschmerzen kamen hinzu und plötzlich brach alles aus ihr heraus. Sie weinte die ganze Nacht und den ganzen Tag danach. Sie wollte es nicht glauben. Sie sah Jeff, wo immer sie hinschaute. Es hämmerte in ihren Kopf. Jeff, immer wieder Jeff. Leon konnte sie nicht trösten. Keiner konnte Patrizia trösten. All ihre Hoffnungen, all ihre Wünsche, nichts würde mehr bleiben. Die Endlichkeit des Seins wurde ihr schmerzhaft bewusst.

In den folgenden Wochen überfielen sie immer wieder regelrechte Heulkrämpfe. Patrizia konnte sich schlecht auf ihre Arbeit konzentrieren. Sie trauerte um Jeff, die Liebe ihres Lebens. Er hatte sie endgültig verlassen und würde nie wieder zurückkommen. Das Schicksal wollte es so. Warum? Immer wieder fragte sie nach dem Warum.

Patrizia stand in ständigem Kontakt mit Jeffs Schwester und zwei seiner besten Freunde. Sie luden Patrizia ein, nach San Francisco zur Trauerfeier zu kommen. Patrizia hatte nicht die Kraft dazu. Sollte sie nach über zwanzig Jahren neben Jeffs Sarg stehen, mit dem Bewusstsein, dass er ihr nun ganz nah war, aber doch unerreichbar? Dieser Gedanke machte sie fast verrückt. Jeff war tot. Sie musste sich dieser Tatsache bewusst werden, es akzeptieren und keiner konnte ihr dabei helfen. Die Zeit heilt viele Wunden, so sagt man, aber ihr Herz blutete und es würde eine ganze Weile dauern, bis sich diese

Wunde schloss. Sie konnte sich kaum vorstellen, dass sie es jemals wirklich ganz realisieren würde, dass Jeff nicht mehr auf dieser Welt war. Unerreichbar. Manchmal hatte sie Bilder im Kopf, dass er, wie die letzten Jahre, irgendwo in der Nähe von San Francisco lebte und voller Leidenschaft und Begeisterung seine Bassgitarre spielte. So hatte er am liebsten seine Zeit verbracht. Eines Tages, wenn sie wieder mal nach San Francisco fliegen könnte, würde sie an sein Grab gehen und sich von ihm verabschieden. Nicht heute und nicht morgen, aber irgendwann, wenn die Zeit dafür gekommen wäre.

Jeff hatte wenige Tage vor seinem Tod, so als ob er sein Ende hatte kommen sehen, noch ein Video aufzeichnen lassen. Er saß mit hochgestellter Rückenlehne in seinem Krankenbett, umgeben von vielen Apparaturen und sprach über seine Musik. Etwa zehn enge Freunde und Musikerkollegen standen daneben und lauschten ihm. Er sprach wie ein Meister zu seinen Schülern und forderte sie auf, nie die Disziplin beim Spielen ihrer Instrumente zu vergessen. Dann erzählte Jeff, wie dankbar er Gott für sein Leben war.

Als Patrizia dieses Video von Joshua zugeschickt bekam und es sich ansah, konnte sie nochmals die Veränderung bei Jeff erkennen, die sie zuvor schon aus den vielen Fotos aus dem Internet kannte. Das Strahlen war aus seinen Augen gewichen, dennoch, er schien frei von Schmerzen zu sein und wirkte überraschend zufrieden. Patrizia bewunderte ihn dafür, dass er wohl nicht mit seinem Schicksal haderte und in tiefstem Glauben sein Leben in Gottes Hände legte, was immer auch kommen mag.

Doch eins war ganz sicher. Jeff würde stets einen besonderen Platz in ihrem Herzen haben. Sie wollte sich immer an sein strahlendes Lachen erinnern und wie er sie mit seinem unwiderstehlichen Charme erobert hatte. Sie würde in der Nacht seinen Stern am Himmel sehen und sich damit trösten, dass er von seinem Leiden erlöst wurde. Jeff war einer von den Guten, der die Welt mit seiner Persönlichkeit ein Stück besser gemacht hatte.

Sie musste immer wieder an ein bestimmtes Lied denken, welches sie gerne mochte und fast täglich in der Zeit hörte, als Jeff damals vor über zwanzig Jahren, in Deutschland auf Tournee war, weil die Radiosender es ständig rauf und runter spielten. Viele schöne Erinnerungen kamen in ihr hoch. An die Worte, die er ihr einst ins Ohr geflüstert hatte, erinnerte sie sich, als wäre es gestern erst gewesen. Früher hatte sie bei diesem Lied mitgesungen, wenn es irgendwo erklang. Heute erstickten ihre Tränen die Worte. Das Lied trug den Titel „together again", ja, eines Tages wären sie „wieder zusammen". So wie das Lied es beschreibt: Zwei Liebende, die sich im Himmel wieder treffen.

Nie hätte Patrizia damals gedacht, als sie und Jeff sich zum letzten Mal sahen, dass dieses Lied das Omen für ihre Zukunft sein würde.

„In heaven we will meet again, my baby"